Gabriele von Braun

Ein Augenblick für immer

Ein Augenblick für immer

von Gabriele von Braun

Genehmigte Sonderausgabe 2019 für KMAV Kölner Medienagentur und
Verlags GmbH, Im Dau 3, 50678 Köln

Umschlaggestaltung:
F. Rüttgers
unter Verwendung eines Fotos von Cristina Conti sowie Yen Hung,
beide Shutterstock Inc.

Printed in Germany

1

„Für jeden Schneckenfreund die passende Schnecke – die Schneckenwochen im Backhaus König. Ein noch dämlicherer Claim für die Aktion ist euch wohl nicht eingefallen? Warum muss ich mich überhaupt mit diesem Mist herumärgern?“, knurre ich ins Telefon. Mein Blick wandert über den Flyer-Entwurf, hin zu einer allzu niedlichen Schnecke mit riesigen Kulleraugen und langen Wimpern, die an verschiedenen Obstsorten vorbeikriecht. „Tommi, was soll diese Grafik? Fehlen nur noch dicke Schneckenbrüste. Sexismus at its best! Was für ein Dreck!“
„Charlotte, reg dich ab! Das Briefing kam von euch, von Herrn Zimmermann“, sagt Tommi.
Tommi und ich kennen uns schon ewig. Mein Vater hat seine kleine Werbeagentur vor Jahren für unser Backhaus König engagiert.
„Der Zimmermann! Diesen Typen mit Marketingaufgaben zu betrauen, hätte ich mir besser sparen sollen. Bloß gut, dass mein Vater das nicht zu Gesicht gekriegt hat.“
„Jetzt sei nicht so hart, der arme Mann ist doch erst seit einem Monat dabei.“
„Nachsicht finde ich in diesem Fall völlig unangebracht. Er hätte es mir zeigen sollen, bevor er dir die Freigabe erteilt. Der kann was erleben!“ Unruhig rutsche ich in meinem Schreibtischsessel hin und her.
„Deswegen habe ich es dir ja geschickt. Ich war mir auch nicht sicher.“
„Alles muss man alleine machen! Der Flyer geht Montag früh in Druck. Was für ein Glück, dass du mich so gut kennst.“
„Für mich ist das nicht immer ein Glück. Aber ich schenke dir gern an einem Samstag meine wertvolle Zeit.“
Ich seufze. „Tommi, du bist nicht der Einzige, der heute arbeiten muss.“
„Schon gut, ich hätte mich sonst eh nur gelangweilt. Was willst du haben?“
„Lass mich kurz überlegen.“ Ich krakele mit meinem Montblanc-Füller auf ein weißes Blatt Papier. „Der Begriff ‚Schneckenwochen‘

ist leider seit Jahren gesetzt, da kommen wir nicht drum herum … “, murmle ich. In den sogenannten ‚Schneckenwochen‘ bieten wir von der Streusel- über die Heidelbeer- oder Pudding- bis zur Rhabarberschnecke alle möglichen Sorten dieses Süßkrams an. „Gut, schreibe: ‚Die majestätische Schneckenparade – Schneckenwochen im Backhaus König‘. Dann muss noch mit rein, dass drei köstliche Schnecken nur 3,33 Euro kosten. Und nicht zu vergessen: ‚Wir backen, was Sie begehren‘. Setz der Schnecke eine Krone auf, mach die Augen kleiner und reiß ihr die Wimpern aus.“

„Zu Befehl. Aber ich weiß nicht, ob …“

„Tommi, so machen wir das jetzt!“

„Charlotte, du treibst mich noch in den Wahnsinn. Aber gut, bei den vielen Schneckenfreunden da draußen wird die Aktion bestimmt wieder ein Selbstläufer.“

Ich grinse. „Ja, das denke ich auch. Schnecken gehen immer.“

„Äh, und mit dem Claim bist du dir wirklich sicher, ja?“

„Keine Diskussion mehr!“

„Du bist die Chefin. Ich schicke dir den fertigen Entwurf nachher rüber.“

„Ich danke dir, bis dann.“

Ich zerknülle das vollgekrakelte Blatt Papier und pfeffere es in den Papierkorb.

Das Backhaus König wurde kurz nach dem Ersten Weltkrieg von meinem Urgroßvater eröffnet. Er hat sich damals hier in Hamburg einen Traum erfüllt, an dessen Fortbestand die nachfolgenden Generationen teilhaben dürfen. Müssen. Im Alter von siebenunddreißig Jahren stieg ich, Charlotte Hansen, geborene König, an die Spitze des Familienunternehmens auf. Das ist jetzt knapp drei Jahre her. Mein Vater hat sich damals nach einer Prostatakrebs-Erkrankung entschieden, sich zurückzuziehen. Aber das Loslassen ist nicht so seine Sache. Er mischt entweder von der fernen Insel Sylt oder auch hier von Hamburg aus rege mit. Für ihn – und zwangsläufig für mich auch – war seit meinem ersten Schrei klar, dass ich eines Tages ins Familienunternehmen einsteigen würde. So habe ich nach der Schule zunächst eine Bäckerlehre gemacht und anschließend BWL studiert.

Neben unserer Hauptfiliale, die sich seit über dreißig Jahren im gleichen Haus befindet wie die Büros, haben wir neunundvierzig Geschäfte, fünf in Hamburg und die weiteren Filialen über das nördliche Schleswig-Holstein verteilt. Mit über vierhundert Mitarbeitern und einer top ausgebauten Produktionsstätte am Rande der Hansestadt kämpfen wir jeden Tag aufs Neue gegen all die Aufbackstationen in den Discountern und Supermärkten an. Hauptsache billig, von Jahr zu Jahr wird das Geschäft schwieriger, da können wir noch so sehr auf Qualität setzen. Zudem poppen ständig interne Probleme auf. Ob ein hoher Krankenstand oder Hygienemängel – irgendwas ist immer.

Ich trinke angewidert meinen kalten Kaffee aus und überfliege den neuen Vertrag mit einem Zulieferer, unterschreibe diverse Schriftstücke und gehe dann runter ins Geschäft. Samstags haben wir bis dreizehn Uhr geöffnet. Ich schaue auf die Uhr, eine knappe Stunde bis Ladenschluss. Es herrscht noch immer reger Andrang, die vier Verkäuferinnen haben gut zu tun. Mein Blick bleibt an Frau Wildmann hängen. Sie ist Anfang sechzig und schon seit über dreißig Jahren Verkäuferin bei uns. Heute gefällt sie mir gar nicht. Kaputt sieht sie aus, ihr Teint ist so fad wie Mehl und ihr Blick grimmig. Wie ein Schatten stelle ich mich hinter sie. Sie dreht sich kurz zu mir um, während sie das letzte glutenfreie Hafer-Hirse-Walnussbrot in eine Papiertüte steckt.

„Liebe Frau Wildmann, ich weiß, dass es anstrengend ist. Geht es trotzdem ein bisschen freundlicher?", raune ich.

„Aber … aber …"

„Nur noch eine knappe Stunde, dann haben Sie es geschafft!"

Eine Kundin reicht Frau Wildmann Kleingeld über den Tresen. Ich lächle falsch. Ich habe genug. Ich nicke den anderen Verkäuferinnen zu und mache, dass ich wegkomme.

Mein Magen knurrt vor Hunger. Ich schwinge mich auf mein Fahrrad und lege einen Zwischenstopp bei meinem Lieblings-Deli ein, wo ich eine Maishähnchen-Roulade verschlinge. Gut gesättigt radle ich entlang der Binnenalster über den Neuen Jungfernstieg bis zur Außenalster nach Harvestehude. Dort lebe ich mit Claas, meinem Mann, in einer geräumigen Fünf-Zimmer-Altbauwohnung.

Claas und ich sind seit elf Jahren verheiratet. Manchmal kann ich selber kaum glauben, wie schnell die Zeit vergangen ist. Aus einer früheren Beziehung hat er einen sechzehnjährigen Sohn, Julius. Er lebt bei seiner Mutter in Hannover, aber einmal im Monat verbringt er das Wochenende bei uns. Unser Verhältnis ist nicht gerade von Herzlichkeit geprägt. Julius ist kein Pubertier, sondern ein fieses

Pubermonster. Er tyrannisiert mich, wo er nur kann. Leider ist er an diesem Wochenende wieder zu Besuch. Aber von dem Gedanken an meinen hormongesteuerten Stiefnachwuchs lasse ich mir diesen wunderschönen Frühsommertag nicht kaputt machen. Die Sonne lugt hinter ein paar friedlichen Schäfchenwolken hervor, die sicher noch nie „Eybitchbistnichtmeinemutter" genuschelt haben.
Die Vögel zwitschern ausgelassen, und die Menschen, an denen ich vorbeifahre, sind im entspannten Wochenendmodus. Die haben es gut! Ein warmer Wind fährt mir durch die Haare. Die Hansestadt zeigt sich heute wirklich von ihrer schönsten Seite. Ich merke, wie sehr mir die vergangene Woche in den Knochen steckt, es ziept überall, und ich bin völlig erschöpft. Das ist quasi ein Dauerzustand bei mir. Am liebsten würde ich gleich ein Nickerchen machen. Aber das kann ich vergessen, wenn das Pubermonster zu Besuch ist.

Zigarettenrauch schlägt mir entgegen, als ich die Wohnungstür aufschließe. Wie ich das hasse!
Ich lasse meine Sachen auf den graugrünen Vintage-Zweisitzer von Ligne Roset fallen, der rechts neben der Tür in unserem großzügigen Entree steht, und registriere das Pochen meiner Halsschlagader. Reg dich nicht gleich wieder auf! Das ist leicht gesagt. Ich lasse meinen Blick über die Wand gleiten. Erst letztes Wochenende habe ich die Bildersammlung neu sortiert, nun in Petersburger Hängung. Dicht an dicht drängen sich die Rahmen mit Sprüchen und Schwarz-Weiß-Fotografien. Ein Neuzugang ist die motivierende Lebensweisheit C'est la fucking vie, die nun neben Happiness is the smell of a bakery hängt, einem Geschenk von Claas anlässlich meines Aufstiegs zur Chefin. Genug nicht aufgeregt! Ich falle ins Wohnzimmer ein.
Claas sitzt mit einer Flasche Bier in der Hand im Sessel, seine Beine liegen auf dem Tisch. Über den Fernsehbildschirm flimmert ein Fußballspiel.
„Es ist halb drei! Was soll das hier?", töne ich. Meine Müdigkeit ist wie weggeblasen.
„Ach, Charlotte, hallo. Schön, dass du da bist." Unbeeindruckt hebt er seine Hand zum Gruß.
„Wenn du schon unbedingt rauchen musst, dann auf dem Balkon, verdammt! Wie oft hab ich dich darum bereits gebeten?" Demonstrativ reiße ich ein Fenster auf.

„Entspann dich, Charly! Es war nur eine, aufs Wochenende sozusagen."
„Draußen ist so schönes Wetter, und du machst hier einen auf Couchpotato! Wo ist eigentlich Julius?" Glaubst du, deine Schimpftirade macht irgendetwas besser?
„Charly, es ist Wochenende! Komm, setz dich. Möchtest du was trinken? Ein Glas Wein oder Champagner? Wir haben auch noch einen Rest Crémant im Kühlschrank."
„Was solls, dann nehme ich ein Glas von dem, was wegmuss." Widerwillig setze ich mich auf den flauschigen Teppich.
Claas verschwindet in der Küche und bringt mir ein Gläschen von dem Schaumwein. „Danke. Auf das Wochenende!", sage ich.
„Zum Wohl, meine Liebe!" Claas prostet mir mit seiner Bierflasche zu.
„Wo ist denn nun dein reizender Sohn?"
„Er ist mit einem Freund verabredet und kommt erst heute Abend wieder."
„Na, da habt ihr beiden ja richtig was voneinander." Ich trinke noch einen Schluck. Ein Sonnenstrahl fällt ins Zimmer. „Komm, lass uns doch rausgehen bei dem schönen Wetter. Das haben wir ewig nicht gemacht. Dafür verzichte ich sogar auf meinen Nachmittagsschlaf."
„Charly, das ist ein wichtiges Spiel."
Ich stelle mein leeres Glas auf den Tisch. „Ja, na klar. Sag Bescheid, wenn du es dir anders überlegst."
Claas' Reaktion entgeht mir, denn es klingelt. Die Blumen! Wie jeden Samstag, pünktlich um fünfzehn Uhr, bringt mir der Lieferservice drei prächtige Sträuße vorbei. Einen platziere ich wie immer auf dem weißen Panton-Tulip-Table im Esszimmer, den zweiten auf dem Couchtisch im Wohnzimmer und den dritten auf dem Küchenboard. Ein behagliches Heim ist mir wichtig.
Ich gehe wieder zurück ins Wohnzimmer und setze mich in den neuen Designersessel, den ich erst letzten Monat gekauft habe. Von hier aus habe ich einen guten Blick auf Claas, der wie in Trance das dämliche Spiel verfolgt. Fülliger ist er geworden in letzter Zeit, aber das ist nicht verwunderlich bei seiner Lebensführung. Alkohol und Nikotin sind nun mal nicht die optimalen Fitness-Coaches.
Seine blonden Locken sind schütter geworden und verdecken nur noch ansatzweise seine Geheimratsecken. Unter seinem blauen Poloshirt zeichnet sich ein kleiner Schmerbauch ab. Er hat eine Hand

darauf abgelegt. Das Bild hat kaum mehr etwas von dem des Mannes, in den ich mich vor vierzehn Jahren verliebt habe. Mit seiner Energie, dem klaren Blick, seinem Witz und Intellekt hat er mich damals sofort in seinen Bann gezogen. Noch dazu sah er aus wie ein Surferboy, so durchtrainiert und athletisch, wie er war. Inzwischen beschränken sich seine sportlichen Aktivitäten nur noch darauf, ab und zu mit Größen aus der Hamburger Gesellschaft golfen zu gehen. Claas ist Anwalt für Verkehrsrecht und hat sich einen hervorragenden Ruf in der Hansestadt aufgebaut. Ich weiß nicht, wie viele VIPs und Politiker er schon vor dem Führerscheinentzug bewahrt hat.

„Charly, hör auf, mich zu beobachten. Ich sehe das. Und ich mag es nicht."

Ich verziehe das Gesicht. „Es gibt nun mal nichts Spannenderes für mich, als einen Bier trinkenden Mann vor dem Fernseher zu betrachten."

Claas wirft mir ein Küsschen zu. „Ach komm, so schlimm ist es doch nun auch wieder nicht."

Werbung flimmert über den Schirm. Claas steht auf und streckt seine Arme nach mir aus. Ich lasse mich von ihm hochziehen. Und jetzt? Er hebt mich hoch und wiegt mich wie ein Kind hin und her. Ich rieche das Eau de Toilette, das ich ihm zu Weihnachten geschenkt habe.

„Ich wusste gar nicht, dass du noch so viel Kraft hast", sage ich.

„Du unterschätzt mich eben ständig."

„Denkst du dran, dass Papa nächsten Samstag seinen Geburtstag feiert? Diesmal kommst du doch mit, oder?"

Claas setzt mich ab und streicht mir eine Haarsträhne aus dem Gesicht. „Wärst du sehr sauer, wenn ich hierbleibe?"

„Er wird fünfundsiebzig! Bitte spring doch einmal über deinen Schatten!" Ich lege meine Hände auf seine Schultern und schüttle ihn sanft.

„So einfach ist das nicht. Leif wird es verschmerzen, wenn ich nicht dabei bin."

Leider ist das Verhältnis zwischen meinem Vater und seinem Schwiegersohn alles andere als optimal, worunter ich immer wieder leide. „Sein Name könnte nicht treffender sein. ‚Your König for Leif – dein König fürs Leben'", sagt Claas gerne. Er wirft mir vor, dass ich mich stets und ständig meinem Vater unterordne und abrackere,

um ihm alles recht zu machen.
Die Werbepause ist vorbei. Claas gibt mir einen Klaps auf den Po und kehrt auf seinen Platz zurück.
„Du kannst es dir ja noch mal überlegen", sage ich, wohl wissend, dass das nicht passieren wird.
Ein Tor fällt. Claas jubelt. Ihm gelingt innerhalb kürzester Zeit das, was mir immer wieder schwerfällt: abschalten.
Ich tigere durch die Wohnung und lege die achtlos hingeworfenen Sachen von Julius auf einen Haufen. Da klingelt mein Telefon. Eltje ist dran, meine drei Jahre ältere Schwester. Wir telefonieren äußerst selten miteinander, es muss etwas Wichtiges sein.
„Was ist passiert?", frage ich zur Begrüßung.
„Wie ich dich kenne, hast du doch sicher längst ein Geschenk für dein Papilein, oder?"
„Stimmt. Lass mich raten, du nicht?" Ich rücke ein gerahmtes Foto meiner Eltern im Flurregal gerade.
„Korrekt. Ich wollte ihm ein Zepter schnitzen, aber ich habe mich an der Hand verletzt, und deswegen wird nichts draus. Kann ich mich bei dir beteiligen?"
„Eltje! Was ist denn los?"
„Ich hätte besser nicht dieses japanische Kochmesser zum Schneiden von Apfelspalten verwenden sollen."
„Autsch!"
„Danke für deine Anteilnahme. Was schenkst du ihm denn nun?"
„Eine Kiste australischen Shiraz, der gehört zu den besten Rotweinen der Welt."
„Wie originell, Rotwein! Was kostet der?"
„Ähm …"
„Okay, ich will es gar nicht wissen. Schenk ihm deinen exquisiten Wein, Prinzessin, mir fällt schon noch was ein. Wenn ich nicht kurzfristig absage, sehen wir uns nächstes Wochenende auf der Insel."
Blöde Kuh! „War es das jetzt?" Aber da hat Eltje bereits aufgelegt. Sie und mein Vater stehen sich nicht besonders nahe – und wir uns auch nicht. Meine Eltern haben anscheinend schon geahnt, dass wir nichts gemeinsam haben werden, als sie uns unsere Namen verpasst haben. Charlotte und Eltje harmonieren nicht miteinander, sie kommen aus völlig verschiedenen Welten. Wobei ich nur aus dem Grund nicht Stine oder Beeke heiße, weil meine Großmutter kurz vor meiner Geburt starb und es meiner Mutter gefiel, ihren Namen

an mich weiterzugeben.
Im Gegensatz zu mir war Eltje ein rebellischer Teenager, der sich die Haare grün färbte und nichts sagen ließ. Ich hingegen war für sie nur die Streberin und Papileins Liebling. Mit neunzehn wurde sie das erste Mal schwanger, von einer Urlaubsbekanntschaft in Frankreich. Kind Nummer zwei folgte zwei Jahre später, diesmal gezeugt bei einem One-Night-Stand in Deutschland. Mit sechsundzwanzig heiratete sie Ferdinand, einen Obstbauern aus dem Alten Land. Sie bewirtschaften zusammen den Hof seiner Eltern. Viel kommt nicht rum dabei. Mit Ferdinand bekam sie noch zwei weitere Kinder, die heute zehn und vierzehn sind.
„Was bildet die sich ein?", brabble ich, als ich an Claas vorbei in die Küche gehe, um mir etwas von dem Crémant nachzuschenken.
„Ist alles in Ordnung mit dir?"
„Sieht man das nicht?"
„Doch, doch." Er mustert mich mit einem derartig ernsten Blick, dass ich lachen muss.
„Das war Eltje, oder?"
Ich nicke.
„Es wird Zeit, dass ihr euer krankes Verhältnis endlich klärt – oder euch endgültig in Ruhe lasst."
Ich stütze meine Hände in die Hüften. „Kommst du mir jetzt etwa als Familientherapeut? Ausgerechnet du?"
„Warum nicht? Das war doch ein guter Anfang, oder?"
„Tsss … lasst mich doch alle in Ruhe!" Ich drehe mich um und stapfe in mein Zimmer. Tür zu!
Das ist wieder einer der Momente, wo ich besonders froh darüber bin, mein eigenes Reich zu haben. Da kann sich Claas noch so sehr über meine Mädchenzimmer-Macke, wie er es nennt, amüsieren. Jedes Jahr richte ich es mir neu ein. Diesen Grad an Veränderung ertrage ich gut, ansonsten habe ich es nicht so damit. Diesjähriges Motto: Bohemian Luxury. Seit ich für ein Wochenende in Marrakesch war, bin ich der Ethnowelle verfallen, und so kann ich meine Spontankäufe wie bunte Kelimteppiche und Kissen wenigstens noch verwerten. Ich lasse mich in den schwarzen Hängesessel fallen, den meine Freundin Sophie geknüpft hat, und rufe sie an. Mist, nur die Mailbox. Ich schreibe ihr eine Nachricht:
Ich bezahle den Babysitter, wenn du heute Abend mit mir essen gehst. C.

Es dauert nicht lange, bis die Antwort kommt: Ganz spontan schaffe ich es sogar ohne deine finanzielle Unterstützung. Torbens Schwester ist da! Dahinter hat sie zwei Sektgläser und eine Flasche gesetzt.
Ich tippe zurück: Großartig! Ich freue mich so auf dich!
Sophies Antwort in Form von fünf hochgestreckten Daumen und einem Restaurantvorschlag erreicht mich nur wenige Sekunden später. Ich lege meine Füße auf dem goldenen Beistelltisch ab, der vollgepackt ist mit Fach- und Frauenzeitschriften und sende Sophie einen Kussmund.
Um wie viel reicher wäre unser Leben wohl ohne diese infantilen Emojis, die uns zu viele Worte abnehmen?

2

Sophie und ich haben uns im Studium kennengelernt. Sie schmiss jedoch nach vier Semestern das BWL-Handtuch und sattelte auf Innenarchitektur um. Seit drei Jahren ist sie Mutter der kleinen Johanna. Vor einiger Zeit hat sie ihre Leidenschaft für Makramee entdeckt, diese orientalische Knüpftechnik. Angefangen hat alles mit Blumenampeln, inzwischen designt Sophie immer anspruchsvollere Objekte. Der Hängesessel, in dem ich sitze, ist eins davon. Torben, ihr Mann, ist fast zwanzig Jahre älter als sie und Schauspieler. Durch seine betont jugendliche Art wirkt er jedoch nicht so.

Die Vorfreude auf den Abend mit Sophie hat mich wieder etwas ruhiger werden lassen, und ich schaue bei Claas vorbei, um ihm von meiner Verabredung zu erzählen. Das ganze Zimmer ist nun von der Sonne geflutet. Die weißen Möbel und das helle Grau an den Wänden blenden mich regelrecht. „Läuft das Spiel etwa immer noch?", frage ich.
„Das ist nur noch die Analyse. Wir haben gewonnen!" Claas reißt seine Arme nach oben.
„Wozu musst du dir dann noch eine Analyse ansehen?"
„Das verstehst du nicht." Er hat recht. Wie er sich mit diesem Verein identifiziert, kann ich nicht nachvollziehen.
Ich schaue auf die Uhr. Es ist erst kurz nach vier. „Mach doch die Kiste aus, und lass uns draußen einen Kaffee trinken gehen! Das wird dir guttun, du Stubenhocker. Denk an deinen Vitamin-D-Speicher, der muss gefüllt werden."
Claas blickt mich mit seinen treuen grünen Augen an. „Lieb von dir, dass du nicht lockerlässt, aber gleich spielen noch die Bayern."
Ich rolle mit den Augen. „Ich sollte mir einen Hund anschaffen. Der fordert den Ausgang sogar ein."
„Bitte nicht! Komm, als Kompromiss gehen wir eine Runde auf den Balkon."
„Super, genau so habe ich mir unseren Spaziergang vorgestellt."
Ich folge Claas nach draußen. Sofort steckt er sich eine Zigarette an. „Es ist doch absurd, dass du nicht davon loskommst. Du warst

Nichtraucher, als wir uns kennengelernt haben. Ich war die Nikotinabhängige."
„Und ich habe es geschafft, dich davon wegzubringen."
„Warum musstest du dann plötzlich damit anfangen? Und warum kriege ich dich nicht weg davon?"
Claas nimmt einen tiefen Zug und zuckt mit den Schultern. „Weil ich es liebe zu rauchen und weil ich es nicht aufgeben möchte."
„Du liebst es, aha! So was Dummes habe ich lange nicht gehört", murmle ich.
„Nur die Besten sterben jung."
„Findest du das etwa witzig? Vor allem mach dir keine Illusionen, dafür bist du schon zu alt." Ich suche mir ein rauchfreies Plätzchen und inhaliere tief die milde Luft. Dabei blicke ich auf den grünen Park auf der anderen Straßenseite. Kinderstimmen erschallen und lautes Lachen.
„Es ist schön hier draußen. Der Balkon hat mehr verdient als ein Dasein als Raucherecke."
„Du hast ihn dazu stilisiert. Dabei ist so ein Balkon wesentlich flexibler", sagt Claas und ascht in einen leeren Blumentopf. Wir schweigen. Früher konnten wir uns stundenlang unterhalten über Gott, die Welt und unsere Gefühle. Heute sind unsere Gespräche oberflächlicher. Wir reden kaum mehr über uns, sondern am liebsten über andere. Als ich Claas einmal darauf ansprach, meinte er nur, dass wir uns doch gut eingerichtet hätten in unserem Leben und warum ich klagen würde. Letztlich hat er wohl recht. Was erwarte ich noch? Wir sind gesund und können uns alles leisten. Herzlichen Glückwunsch, Charlotte! Aber du sehnst dich doch nach mehr Leichtigkeit und Leidenschaft, du möchtest öfter ausgehen, unbeschwert lachen, am Strand entlanglaufen … „Und Tango tanzen", flüstere ich den purpurfarben blühenden Petunien in ihrem Kasten zu.
„Hast du was gesagt?", fragt Claas.
„Nichts, was dich interessieren würde."
„Sieh dir das an, da drüben läuft von Haubenstein mit seiner geliebten Ehefrau." Er lacht abfällig. „Und heute Nacht fickt er wieder kleine Jungs."
„Claas! Wie du redest!"
Konstantin von Haubenstein ist nicht nur ein Topmanager, sondern auch ein wichtiger Meinungsbildner in der Hansestadt, der immer

wieder in der Presse zu Wort kommt. Ich sehe die sehr blonde Mittfünfzigerin und den hochgewachsenen Mann mit den weißen Haaren Hand in Hand über den Gehweg schlendern. Sie wohnen um die Ecke.
„Na, ist doch wahr. Was für eine Show! Wahrscheinlich lauert irgendwo ein Paparazzo."
Claas hat Herrn von Haubenstein bereits mehrmals vertreten. Zuletzt wurde er nachts um zwei geblitzt, er war dreißig km/h zu schnell. Auf dem Beweisfoto sah man neben ihm einen augenscheinlich jungen Mann in Streetwear, da nutzte auch der Balken über den Augen nichts. Es ist von Haubensteins großes Geheimnis, dass er sich gern mit sehr jungen Männern trifft, was er Claas in angetrunkenem Zustand gebeichtet hat.
„Du bist widerlich. Ihr geht zusammen golfen, er vertraut dir!"
Claas beugt sich über die Brüstung und sieht ihm nach. „Stell dir vor, ich würde ihn damit erpressen. Das wäre doch mal ein Spaß." Er kichert.
Ich schüttle den Kopf. „Du kannst wirklich so wahnsinnig lustig sein."
„Mein Humor ist eine Grundsäule meines Erfolgs." Claas drückt seine Zigarette aus.
„Früher fand ich ihn großartig. Doch irgendwann hat sich dein Sinn für Humor gewandelt. Ich gehe heute Abend übrigens mit Sophie essen. Du kannst dir dann mit Julius einen schönen Männerabend machen."
„Wie du seinen Namen schon wieder aussprichst! Charly, sei nicht immer so empfindlich, wenn es um ihn geht. Der Junge ist mitten in der Pubertät, das sind die Hormone. Der meint es nicht so."
„Ja, sicher. Er wäre ein interessanter Fall für die Wissenschaft, solange wie er bereits unter hormonbedingten Ausfällen leidet. Das geht doch locker seit acht Jahren so."
„Ach komm schon, so schlimm ist er gar nicht." Claas steckt sich eine neue Zigarette an.
„Ja, weil er es manchmal schafft, sich zusammenzureißen, wenn du dabei bist."
„Siehst du, er verfügt durchaus über eine gewisse Sensibilität."
„Männer!"
„Mach dir einen schönen Abend mit Sophie. Aber du verpasst dann den Pizza-Lieferservice, von dem wir uns heute Abend verwöhnen lassen."

„Na, bei dieser Verlockung überlege ich mir natürlich noch mal, ob ich losziehe", witzele ich und gehe rein. Tommi hat den neuen Entwurf für den Flyer geschickt. Ich gebe ihn frei und mache mich ausgehfertig.

Sophie treffe ich um sieben bei dem neuen In-Italiener, der praktischerweise direkt bei ihr um die Ecke liegt. Sie sitzt an einem Zweiertisch am Fenster und steht auf, als sie mich kommen sieht.
„Stell mir zuerst diese Tasche vor! Wir kennen uns noch nicht", sagt Sophie zur Begrüßung und küsst mich auf die Wange.
„Hallo, Liebes."
Sophie nimmt mir die Tasche von der Schulter und inspiziert sie. „Hallo, du gutes Stück. Hübsch bist du, wirklich." Sie streichelt das weiche cognacfarbene Leder, bevor ihre Stimme schärfer wird. „Noch eine von Chloé, wie originell. Deine wievielte Tasche ist das?"
Ich hüstele. Was soll ich dazu sagen? Ein ganzes Regal ist voll mit Designertaschen, die in ihren feinen Staubbeuteln mit Logoaufdruck vor sich hin darben.
„Charlotte Hansen! Du bist kaufsüchtig! Es sind ja nicht nur die Taschen. Wir brauchen nicht über all die teuren Klamotten und deinen Möbeltick sprechen."
„Hey, hör auf zu schimpfen! Shoppen ist nun mal eins der Dinge in meinem Leben, bei denen ich die Welt da draußen für einen Augenblick vergessen kann."
Wir setzen uns. Auf dem Tisch liegt eine frisch gestärkte blütenweiße Tischdecke. Darauf ist akkurat das Besteck für Vorspeise, Hauptgang und Dessert angeordnet. Wein- und Wassergläser stehen auch schon bereit.
„Wie lange befriedigt dich das? Fünf Minuten? Oder lass mich raten: Es geht noch schneller vorbei."
Ich rolle mit den Augen und ignoriere Sophies Worte. „Das war ein Wetter heute!"
„Charlotte! Ich weiß, dass du nicht glücklich bist. Du arbeitest eindeutig zu viel, und deine Ehe läuft alles andere als rund. Aber du kannst doch so nicht ewig weitermachen. Mit deinen Shoppingexzessen versuchst du doch nur, deinen Frust zu kompensieren!"
„Mir geht's gut, Sophie. Ich hab mich so auf den Abend mit dir gefreut, bitte analysiere mich nicht kaputt!"
„Ich meine es nur gut mit dir. Du siehst abgespannt aus."

„Ja, zu dumm, ich habe es mal wieder nicht geschafft, ins Spa zu gehen und ausreichend zu schlafen. Was erwartest du nach einer randvollen Woche?"
„Meine Güte, bist du gereizt."
„Bin ich nicht!" Ich schiebe mit dem Messer die Gläser über die Tischdecke.
Der Kellner kommt an unseren Tisch, händigt uns die Speisekarten aus und erkundigt sich nach unseren Getränkewünschen. Wir ordern als Aperitif Campari Orange, das machen wir schon seit Jahren so, dazu stilles Wasser und eine Flasche Pinot Grigio.
„Du hast einen richtig leeren Blick, weißt du das?"
„Sophie, jetzt reicht es aber wirklich!" Ich tauche hinter der Speisekarte ab.
„Ich mache mir nur Sorgen um dich."
„Das sagst du mir jedes Mal. Brauchst du aber nicht!"
„Stimmt, wir drehen uns im Kreis."
„Dann fang nicht wieder damit an! Ich weiß es doch selber. Ich arbeite zu viel, gönne mir keinen Urlaub, mein Mann unternimmt nichts mehr mit mir …"
„Dabei sollte er dich auf Händen tragen."
„Das ist doch albern. Wir sind seit vierzehn Jahren zusammen und seit elf Jahren verheiratet. Du bist mit Torben nicht mal halb so lange zusammen. Damals war das bei uns auch noch anders."
„Das weiß ich, ich bin deine Trauzeugin. Und als diese kann ich es eben nur schwer mit ansehen, wie du fremdgesteuert und glücklos durch dein Leben huschst."
„Was soll das denn heißen? Sehe ich aus wie Siri? Ich lasse mich nicht fremdbestimmen!" Vor allem klingt „glücklos" viel zu deprimierend.
„Doch, das tust du. Oder kannst du mir sagen, welche eigenen Ziele du im Leben noch hast?"
„Das wird ja immer besser! Ich habe eine feste Richtung, ich führe ein erfolgreiches mittelständisches Familienunternehmen. Das fordert mich immer wieder aufs Neue heraus."
„Deine Ziele! Keine vorgegebene feste Richtung."
„Dass alles weiterhin gut läuft."
„Ja, ist schon klar." Sophie verdreht die Augen. „Es hat keinen Sinn, mit dir darüber zu reden, du stures Etwas. Aber es tut mir nun mal in der Seele weh, dass von der einst so lebenslustigen Charlotte

kaum mehr etwas übrig ist."
Der Kellner bringt den Aperitif und das Wasser. „Haben Sie schon gewählt?", fragt er.
Ich überfliege die Karte und entscheide mich für Erdbeersalat mit gerösteten Parmigiano-Haselnüssen und Balsamico sowie gespicktes Lammfilet auf Ratatouille. Sophie wählt lauwarmen Büffel-Ricotta auf Gemüsecreme und Tortelli mit Zackenbarsch in Safran- und Venusmuschelsoße.
Als der Kellner verschwunden ist, nimmt sie das Campari-Glas in die Hand und prostet mir zu. „Auf dich!"
„Nein, auf uns!"
Der Drink ist erfrischend und tut gut.
„Wie läuft es aktuell mit Claas?"
Ich stelle das fast leere Glas ab und zucke mit den Schultern. „Wie immer."
„Das klingt schrecklich."
„Was hast du erwartet?"
„Charlotte, das ist doch nicht normal, dass dein Mann über so lange Zeit kein Interesse daran hat, schöne Dinge des Lebens mit dir gemeinsam zu genießen."
Ich lutsche einen Eiswürfel und sage nichts.
„Vielleicht ist er depressiv? Ich hab erst neulich wieder gelesen, dass …"
„Sophie, bitte! Hör auf zu spekulieren. Er leidet nicht unter Depressionen."
„Wenn du meinst. Wann hattet ihr das letzte Mal Sex?"
„Puh!" Nun muss ich über Sophies Hartnäckigkeit schmunzeln. „Du nervst", sage ich und winke den Kellner heran, um zu fragen, wo der Wein bleibt.
„Kommt sofort", sagt er und räumt die leeren Campari-Gläser ab.
„Keine Ahnung. Das ist schon länger her."
„In diesem Jahr?"
Ich schweige und poche mit dem Zeigefinger gegen das Wasserglas.
„Voriges Jahr?"
Endlich kommt der Kellner mit dem Wein und lässt mich probieren. Ich nicke, und er schenkt ein.
„Nich lang schnacken, Kopp in Nacken", sage ich dann.
„Du Banausin, der gute Wein!"
„Egal." Ich nehme einen großen Schluck. „Weißt du, Sex in der Ehe

wird meiner Meinung nach komplett überbewertet. Wenn du es ganz genau wissen willst, wir hatten seit ungefähr zwei Jahren keinen mehr." Ich räuspere mich. „Er fehlt mir nicht. Im Gegenteil, ich bin froh, wenn ich meine Ruhe habe."
Sophies Augen drohen aus ihren Höhlen zu fallen. „Ich wusste ja, dass ihr nicht die Aktivsten seid. Aber zwei Jahre?! Das ist nicht dein Ernst!"
„Doch. Aber es ist nicht so, dass ich ständig darüber nachdenke, wie lange es schon her ist."
„Und Claas nimmt das hin? Ich meine, kein Mann lebt freiwillig zwei Jahre lang enthaltsam. Hast du keine Bedenken, dass er sich seinen Spaß woanders holt? Eine Affäre, Prostituierte? Ist es dir egal?"
„Nein, natürlich ist es das nicht. Aber ich glaube nicht, dass er sich irgendwo anders vergnügt, dafür ist er nicht der Typ. Es gibt eben Menschen, denen ist das nicht so wichtig." Zumindest rede ich mir das ein. Früher konnte Claas gar nicht genug von mir haben. Mit meinem rot lackierten Daumennagel ritze ich ein Zickzackmuster in die Tischdecke.
„Schon klar, das hat die Frau von diesem geschassten Hollywoodproduzenten sicher auch gedacht."
„Bäh! Sophie!" Mich schüttelt es bei dem Gedanken daran.
„Wenn du nicht mit ihm schläfst, tut es eine andere, glaub mir."
„Hör jetzt bitte auf damit!"
„Ja, gleich. Startet er überhaupt keine Annäherungsversuche mehr? Tut mir leid, aber ich kann das einfach nicht glauben. Ihr müsst doch darüber reden!" Sophie sieht mich so eindringlich an wie eine berühmte Talkshow-Moderatorin.
Das Zickzackmuster auf der Tischdecke wird immer länger. „Als ich das Thema einmal angeschnitten habe, hat Claas gleich abgeblockt."
„Er ist impotent wegen seiner Depression."
„Jetzt ist es aber wirklich gut!"
„Hast du mal versucht, ihn zu verführen?"
Ich lache schrill auf. „Was? Ich? Nein! Das ist doch lächerlich. Wie gesagt, ich denke über dieses Thema nicht ständig nach."
„Stimmt, hatte ich ganz vergessen, es wird ja überbewertet … Ich werde euch einen Tantra-Gutschein zum Hochzeitstag schenken."
Meine Augen verengen sich zu Schlitzen. „Was für eine prima Idee,

liebe Sophie."
Die Vorspeise wird serviert. Die sehr überschaubare Portion Erdbeersalat schmeckt köstlich.
„Was ist nur aus euch geworden?" Sophies Frage ist eher eine Feststellung.
Ich seufze. „Manchmal rede ich mir ein, dass das alles nur eine Phase ist, dass unser Glück schon irgendwann zurückkommt." Ich mache eine Pause und lache gequält. „Verrückt, oder? Claas ist oft nur noch zynisch, da ist kaum mehr etwas da von seinem brillanten Humor von einst. Er wirkt so, als würde er nichts mehr erwarten von unserer Beziehung." Ich vergrabe mein Gesicht in den Händen. Die Wahrheit ist selten ein Freund.
„Genau so wirkst du doch auch. Ihr solltet eine Ehe-Therapie machen!" Sophie schenkt Wein nach.
„Vergiss es, nie im Leben würde er sich dazu bereit erklären. Er würde ja noch nicht mal Hilfe in Anspruch nehmen, wenn seine Hämorrhoiden die Größe von Orangen hätten."
Sophie verzieht angewidert das Gesicht. „Liebst du ihn noch?"
Für einen Moment halte ich inne. „Ich weiß es nicht. Verdammt! Sophie, wir waren doch mal so ein tolles Paar. Da ist doch sicher noch Liebe, oder?"
„Oh, oh! Das darfst du mich nicht fragen."
Der Hauptgang kommt, aber mir ist der Appetit vergangen. Lustlos malträtiere ich das Lammfilet.
„Vielleicht täte dir eine Affäre gut."
„Das ist doch endlich mal ein fundierter Tipp von meiner Trauzeugin." Ich schiebe die Reste auf meinem Teller zusammen und lege das Besteck ab. Dann ziehe ich mir die Lippen nach. „Eine Affäre ist das Letzte, wonach mir der Sinn steht, abgesehen davon hätte ich gar keine Zeit dafür. So, und jetzt sprechen wir endlich über dich. Wie geht es dir und deinen Lieben?"
Sophie schluckt den letzten Bissen herunter. „Das ist langweilig und schnell erzählt. Bei uns ist derzeit wirklich alles bestens, es gibt nichts, worüber ich mich aufregen müsste. Torben feiert in zwei Wochen die große Premiere des neuen Stückes am Theater, das Geschäft läuft, ich liebe meinen Mann, ohne darüber nachdenken zu müssen, wir haben guten Sex, und Johanna entwickelt sich prächtig. Ach, da fällt mir doch noch was ein, worüber ich meckern kann: nasse Windeln am Morgen. Selbst mit drei Jahren ist Johanna nachts

noch nicht trocken."
„Wirklich, das ist schrecklich langweilig."
Den Rest des Abends sprechen wir nicht mehr über Beziehungen. Wir plaudern locker über neue Trends und alte Zeiten. Als wir in Erinnerungen schwelgen, fühlt sich für einen Moment alles so leicht an wie früher, als wir kaum Verantwortung trugen und voller Neugier waren auf die Herausforderungen des Lebens. Kurz nach Mitternacht verabschieden wir uns voneinander.
„Das müssen wir wieder viel öfter machen", sage ich.
„An mir soll es nicht liegen."
Ich umarme Sophie und winke mir ein Taxi heran.

Claas ist bereits im Bett, als ich nach Hause komme. Aus Julius' Zimmer höre ich Geräusche, Licht kriecht unter dem Türspalt hervor. Sicherlich hockt er noch vor einem seiner geliebten Computerspiele. Ich könnte mich bei ihm noch beliebter machen, indem ich ihm die Netzwerkverbindung kappe. Aber wie ich in all den Jahren lernen durfte: Seine Erziehung ist nicht meine Aufgabe. Zumindest ist dieses Wochenende mit ihm bisher erträglich, denn ich habe ihn noch nicht zu Gesicht bekommen. So könnte es meinetwegen immer laufen.
Weinselig gehe ich ins Bett. Der Abend mit Sophie hat mir trotz einiger schwieriger Wahrheiten gutgetan. Als ich neben Claas liege, tauche ich mit meinem Gesicht in seine Locken ein. Sie kitzeln mich. „Was geht nur in dir vor?", flüstere ich. Er atmet gleichmäßig, ab und zu grunzt er. Ich drehe mich zum Schlafen auf die andere Seite.

Normalerweise ist meine innere Uhr so programmiert, dass ich jeden Morgen gegen sechs Uhr aufwache. An diesem Sonntagmorgen habe ich bis kurz nach sieben geschlafen, wie ich bei einem Blick auf den Wecker feststelle. Claas kann noch schlechter ausschlafen als ich. Seine Hälfte des Bettes ist bereits leer. Mit einem leichten Kopfschmerz finde ich den Weg aus dem Bett langsamer als sonst. Ich werfe mir einen Bademantel über, trinke einen Liter Wasser und schlucke eine Kopfschmerz-Tablette.
Claas sitzt mit einer Decke über den Schultern auf dem Balkon. Er blättert in der Sonntagszeitung und raucht.
„Guten Morgen! Es ist noch ganz schön frisch hier draußen."

Claas schaut zu mir auf. „Hallo, Charly, diese Ruhe hier ist fantastisch. Hast du gut geschlafen?"
Ich nicke und reibe mir den Schlaf aus den Augen.
„Ich habe schon Brötchen geholt", sagt Claas.
„Sehr gut, ich habe Hunger. Vor elf wird Julius sicherlich nicht aufstehen. Fangen wir ohne ihn an zu essen?"
„Ja. Wir können ja später noch einmal mit ihm zusammen frühstücken."
Dass sich Claas jeden Sonntag um das Frühstück kümmert, genieße ich sehr. Er hat bereits eingedeckt. Auf dem Tisch bilden Marmelade, Käse und Wurst einen Kreis um den gut gefüllten Brotkorb. Unter der Woche esse ich nichts dergleichen, da kommt nur Superfood in meine Müslischale. Aber ich muss ehrlich zugeben, dass ich so ein konventionelles Frühstück am Wochenende sehr genieße. Ich trinke einen großen Schluck Milchkaffee, schmiere mir ein noch lauwarmes Weißmehl-Brötchen und belege es dick mit Salami. Dabei ist es mir völlig egal, dass es von der Konkurrenz stammt. Köstlich!
„Wie war es gestern mit Sophie?"
„Wir hatten einen schönen Abend und konnten endlich mal wieder in Ruhe quatschen. Der Italiener lohnt sich, da sollten wir auch mal zusammen hingehen."
Claas nickt und beißt in sein Marmeladenbrötchen. Dann wandern seine Augen zur Zeitung, die inzwischen gefaltet neben ihm auf dem Tisch liegt.
„Wie war euer Männerabend?"
„Wie erwartet. Die Pizza war übrigens hervorragend, da hast du wirklich was verpasst."
„Und sonst so? Gibt es was Neues? Worüber habt ihr euch unterhalten?"
Claas wendet den Papierberg. Seine Sonntagszeitung ist ihm heilig, dagegen kommt keine App an. „Ach, über dies und das, nichts Aufregendes."
„Aha." Schweigen. „Gibst du mir einen Teil von der Zeitung?"
„Hm." Er raschelt mit dem Papier und reicht mir das Feuilleton. Jeder von uns versinkt nun in seiner ganz eigenen Welt.
Kurz nach elf steht Julius picklig, schlaksig und stumm im Türrahmen.
„Guten Morgen, mein Junge. Wie war die Nacht?", fragt Claas.

„Hi! Jo!", grummelt sein Sohn nur und wirkt dabei so frisch wie ein Komposthaufen.
„Na, du hast wohl zu lange gezockt, was?", sage ich.
„Was willst du denn?" Julius beäugt mich abfällig.
„Soll ich dir Rühr- oder Spiegeleier machen?", frage ich. Niemand soll mir nachsagen, dass ich mich nicht bemühe.
Er verdreht die Augen. „Och nee, erzähl du mir nichts von Eiern. Davon hast du nun wirklich keine Ahnung."
„Julius!", mahnt Claas.
„Was denn?"
„Charlotte ist nur nett zu dir."
Dabei würde sie dir am liebsten eine verpassen, du pickliger Terrorist! „Danke, Claas, aber du musst mich nicht verteidigen. Dann gibt es eben keine Eier, Julius."
„Ist mir doch egal." Er setzt sich seine riesigen, hässlichen Kopfhörer auf, fummelt an seinem Smartphone herum, und dann hören wir, dass er nichts mehr hört, so laut hämmern die Bässe. Er lässt sich auf den Stuhl fallen und isst, besser gesagt frisst. Ich kann nicht hinschauen.
„Wie kannst du das nur zulassen? Ein Mindestmaß an Tischmanieren sollte doch auch bei ihm vorhanden sein!"
„So selten, wie wir uns sehen, mache ich das Fass nicht auf. Das ist Sache seiner Mutter."
„Sagst du das auch, wenn er eines Tages Amok läuft?"
„Charlotte! Was hast du nur für kranke Gedanken? Er ist ein intelligenter Junge, der weiß, was er tut."
„Das dachte man vorher von diesen Typen auch, bevor sie herumgeballert haben."
„Hör auf, ständig an meinem Sohn herumzukritisieren!"
Mehr hat Claas dazu nicht zu sagen. Ich ziehe mich in mein Zimmer zurück. Als Julius am frühen Nachmittag die Heimreise antritt, verabschiedet er sich wie meistens nicht von mir. Ich winke ihm nicht hinterher.

3

Eine Woche wie jede andere ist vergangen. Wieder musste ich mich viel zu oft ärgern, egal ob über den steigenden Butterpreis, durch den wir nicht um Preiserhöhungen herumkommen werden, den hohen Krankenstand oder die Unpünktlichkeit so mancher Mitarbeiter in der Produktion. Den Zimmermann habe ich mir wegen des grauenvollen Flyers richtig zur Brust genommen. Wieder habe ich jeden Tag mindestens elf Stunden gearbeitet, bin todmüde nach Hause gekommen und spätestens um zehn eingeschlafen. Die Worte, die ich mit Claas gewechselt habe, kann ich an einer Hand abzählen.

Heute ist der erste Samstag seit Langem, an dem ich nicht ins Büro gehe. Stattdessen sitze ich im Zug nach Westerland, auf dem Weg zu meinen Eltern. Claas hat sich nicht überreden lassen, doch noch mitzukommen zum Geburtstag meines Vaters. Ich lehne mich zurück und blättere Frauenzeitschriften durch. Die Vogue preist eine neue Tasche von Yves Saint Laurent an. Die muss ich haben! Und diese Schuhe von Christian Louboutin auch. Zwar weiß ich nicht, zu welcher Gelegenheit ich sie anziehen soll, aber sie sehen unglaublich aus.

Als der Zug über den gut elf Kilometer langen Hindenburgdamm auf die Insel Sylt zuckelt, schaue ich aus dem Fenster und lasse meinen Blick über die weite Landschaft streifen. Hier legt sich all der Stress der Woche für einen Moment. Wegen mir könnte es ewig so weitergehen. Doch da fährt der Zug auch schon in Westerland ein. Auf dem Bahnsteig sehe ich Eltje und Ferdinand. Wir waren im selben Zug und wussten es nicht. Wegducken bringt nichts, wir begegnen uns ohnehin gleich ganz offiziell bei unseren Eltern. Den gleichen Gedanken scheint auch Eltje zu haben, als sie mich erkennt. Wir steuern aufeinander zu.

„Moin, Charlotte. Was für ein Timing!“ Meine Schwester scannt mich unverhohlen von oben bis unten. „Hast du heute noch etwas Besonderes vor?“

„Eltje, wie schön. Es ist Sommer, die Sonne scheint, und wir feiern Geburtstag. Was kann da besonderer sein? Hallo, Ferdinand.“ Ich

gebe ihrem Mann zur Begrüßung die Hand. Warum muss Eltje mich gleich wieder provozieren? Ich trage nudefarbene Pumps, ein weit schwingendes, hell gemustertes Sommerkleid, darüber eine leichte hellgraue Strickjacke und eine pastellfarbene Handtasche, nichts Auffälliges. Dazu habe ich einen Weekender von Louis Vuitton in der Hand. Auch in Stilfragen verbindet uns nichts. In ihrem sackartigen, knielangen Kleid in schreiendem Mausgrau passt sie eher in den November als in diesen strahlenden Tag im Juni. Dazu hat sie schwarze Strumpfhosen an und an den Füßen derbe Boots, die sie sicher bei Wind und Wetter auf ihrem Obsthof trägt. Sie ist ungeschminkt und hat ihre Haare zu einem Dutt geknotet.
„Du hast dich aber auch richtig in Schale geworfen. Ich schätze, dein Styling hat keine Minute gedauert", sage ich.
„Spar dir das, und lass es uns hinter uns bringen."
Wir gehen zum Ausgang. Nicht nur vom Kleidungsstil her, auch sonst weisen wir keinerlei Ähnlichkeit auf. Eltje hat blaue Augen, blondes Haar und schmale Lippen, meine sind voller und weicher, meine Augen grün und meine Haare dunkelbraun. Bis auf meine Blässe habe ich nichts Hanseatisches an mir. Als ich meine Eltern fragte, ob ich adoptiert sei, lachten sie nur und meinten, dass sich bei mir die Gene meiner Großmutter Charlotte durchgesetzt hätten. In der Schule wurde ich Schneewittchen genannt, alternativ von den Jungs auch Schneetittchen, aber nur, weil es so schön klang. Im Gegensatz zu Eltje war ich als Teenager so flach wie der Ostseestrand. Bis heute hat sich daran nicht viel geändert. Ich bin noch immer sehr schlank. Meine Haare trage ich überschulterlang, seit Neuestem etwas gestuft. Laut meiner Friseurin sieht das frischer aus, ändert aber nichts daran, dass ich auch sie an die Märchenfigur erinnere, wie sie mir jedes Mal sagt. Früher konnte ich diesen Schneewittchen-Vergleich nicht ausstehen, aber heute kann ich gut damit leben und weiß, dass es durchaus härtere Schicksale gibt.
Wir erreichen den Vorplatz, laufen an den windschiefen grünen Skulpturen mit dem vielsagenden Namen Reisende Riesen im Wind vorbei zum Taxistand.
„Wo hast du die Kinder gelassen?", frage ich.
„Die haben heute andere Verpflichtungen."
„Papa wird enttäuscht sein, dass sie nicht dabei sind."
„Das glaube ich kaum. Er interessiert sich doch sowieso nicht für sie."

„Rede dir nichts ein!"
„Tue ich nicht, meine Liebe, so ist es."
Ferdinand läuft schweigend neben uns. Er hält Eltjes Hand und lässt sie nur kurz los, als wir ins Taxi steigen. Die beiden nehmen auf der Rückbank Platz, ich setze mich neben den Fahrer.
„Warum bist du überhaupt gekommen, wenn dir alles zuwider ist?", frage ich und drehe mich zu Eltje um. Der Fahrer gibt Gas.
„Charlotte, lass uns den Tag rumkriegen, ja? Wir müssen hier heute keine Grundsatzdiskussion führen."
Eltje hat ihren Arm um Ferdinand gelegt. Tatsächlich wirken die beiden jedes Mal, wenn ich sie sehe, innig miteinander, glücklich.
„Ja, da hast du wohl recht. Das bringt sowieso nichts. Wie geht es deiner Schnittverletzung?"
„Besser." Sie streckt einen Finger mit einem Pflaster in die Höhe.
„Hast du ein schönes Geschenk für Papa gefunden?"
„Ja. Wir züchten eine neue Apfelsorte, die seinen Namen tragen wird. ‚Leif – ein Leben, ein Apfel' oder so." Eltje macht ein eigenartiges Geräusch, es klingt wie das Lachen von Ernie aus der Sesamstraße. Wieder drehe ich mich zu ihr um. Sie scheint sich gut zu amüsieren.
„Das ist zumindest eine wirklich originelle Idee", sage ich.
„Mensch, Charlotte, das war ein Witz! Er kriegt einen Gutschein für Apfelsaft und Apfelwein, so viel er möchte. Den löst er sowieso nicht ein."
„Warum sagst du das?"
„Weil ich es weiß. Wann hat er uns das letzte Mal besucht? Ich kann mich nicht erinnern. Für ihn sind wir unkultivierte Bauern. Warum sollte er da Zeit investieren und zu uns kommen, um einen Gutschein einzulösen?"
„Das klingt hart. So ist er nicht."
„Niedlich, wie du ihn immer verteidigst. Genau so ist es aber. Im Gegensatz zu dir habe ich mich nicht von ihm verbiegen lassen."
„Eltje! Schluss mit dem Mist!", sage ich.
Nun bricht Ferdinand sein Schweigen. „Mädels, ihr seht euch so selten, habt ihr keine anderen Themen? Probiert es doch wenigstens mal aus!"
Ich bemühe mich tatsächlich um Unverfängliches, erkundige mich nach dem Hof und der Arbeit. Wir sprechen über das Wetter und Ernteausfälle. Schnell erschöpfen sich die Themen. Eltje stellt mir

keinerlei Fragen. Offensichtlich hat sie kein Interesse an mir und meinem Leben.
„Junge, Junge, also, das ist wirklich noch ausbaufähig", kommentiert Ferdinand und nimmt die Gesprächsführung in die Hand. Er erkundigt sich nach der Bäckerei, plaudert mit mir über seinen Lieblingskuchen und fragt nach Claas.
Durch seine angenehme, unaufgeregte Art schafft er es tatsächlich, die Spannungen zwischen meiner Schwester und mir etwas abzubauen. Wir erreichen unser Ziel.

Als meine Eltern vor zwei Jahren auf die Insel gezogen waren, hatten sie bereits viel Geld und Energie in die Sanierung des alten Friesenhauses gesteckt, das mein Vater von einer kinderlosen Tante geerbt hat. Der reetgedeckte Bau aus rotem Backstein sieht wunderschön aus. Von dem malerischen Garten aus hat man einen weiten Blick über die Wiesen von Keitum. Ich kann verstehen, dass meine Eltern sich hier sehr wohlfühlen. Als wir das Grundstück betreten, hat Mama uns bereits gesehen und kommt auf uns zugelaufen.
„Kinder! Wie schön, dass ihr da seid!", ruft sie schon von Weitem. Und dann, als wir uns gegenüberstehen: „Bist du wieder allein, Charlotte? Wie schade, dass du die Kinder nicht dabeihast, Eltje." Sie umarmt uns nacheinander.
„Claas konnte leider nicht, aber ich soll ganz herzlich grüßen." Ich sehe, wie Eltje mit den Augen rollt.
„Hallo, Mama. Auch viele Grüße von den Kindern. Ja, das ist wirklich schade, dass sie nicht dabei sein können."
So wie meine Schwester spricht, kann man es ihr glatt glauben.
„Gut siehst du aus, Ingrid", sagt Ferdinand.
Das stimmt. Mamas seidiger hellblauer Hosenanzug harmoniert perfekt mit ihren blauen Augen. Ihr Teint wirkt frisch und rosig. Die Nordseeluft bekommt ihr augenscheinlich sehr gut.
„Danke für das Kompliment. Aber ich kann das gar nicht glauben, sieh dir nur meine Frisur an." Sie lächelt verschämt, fährt sich durch ihren akkurat sitzenden blonden Kurzhaarschopf und nestelt dann an ihren Perlenohrringen herum. „Was soll damit sein? Deine Haare sehen toll aus", sagt Ferdinand, und Mama winkt lachend ab.
Das ist typisch für sie. Mama geht wie ein Teenager mit Komplimenten um. Ich finde das rührend. Oder womöglich ist es sogar tragisch, weil sie bisher viel zu wenige bekommen hat.

„Folgt mir, ihr seid nicht die ersten Gäste", sagt sie dann.
„Gibt es gleich Ärger? Sind wir etwa zu spät dran?", fragt Eltje, und ihre Stimme klingt aggressiv.
„Klasse, dabei sind wir noch keine fünf Minuten hier", zische ich leise.
„Nein, ihr seid nicht zu spät dran. Das sollte kein Vorwurf sein."
„Na dann, auf in den Kampf", höre ich meine Schwester murmeln.
Das Lachen meines Vaters schlägt uns schon von Weitem entgegen. Er steht mit einem Glas Champagner in der Hand auf der Wiese, umringt von Menschen, die ich weitestgehend nicht kenne. Er führt eine angeregte Unterhaltung und scheint die auf ihn gerichtete Aufmerksamkeit sichtlich zu genießen. Meine Eltern haben schnell neue Kontakte auf der Insel geknüpft. In seiner roten Chino-Hose, den braunen Lederslippern und dem dunkelblauen Jackett mit Goldknöpfen und Einstecktuch macht mein Vater dem Sylt-Klischee alle Ehre. Er wirkt mit seinem vollen weißen Haar und dem gebräunten Teint deutlich jünger als fünfundsiebzig – und schon gar nicht so, als hätte er bereits unter Prostatakrebs und Todesangst gelitten. Als er uns sieht, hebt er die Hand und kommt mit großer Geste auf uns zu.
„Charlotte, ich habe schon gewartet!"
„Alles Gute zum Geburtstag, Papa. Auf viele weitere schöne Jahre." Ich umarme ihn. „Ist mein Geschenk angekommen?"
„Ja, das Paket habe ich heute Morgen schon geöffnet. Das ist ja wirklich ein ganz besonderer Tropfen. Du weißt, womit du mir eine Freude machen kannst." Er löst sich aus meiner Umarmung und schlägt mir unbeholfen auf die Schulter. Mit Liebkosungen hatte er es noch nie so.
Ich trete einen Schritt zur Seite, weil ich spüre, dass Eltje, die hinter mir steht, mich mit ihrem Blick zu töten droht.
„Alles Gute", sagt meine Schwester nun kühl und überreicht unserem Vater den Gutschein. Sie umarmen sich nicht. Er sieht Eltje in ihrem merkwürdigen Look einen Moment zu lange musternd an. Papa scheint sich hier vor seinen neuen Freunden für seine eigene Tochter zu schämen. Entgegen seiner sonstigen Gewohnheit spart er sich aber einen Kommentar und öffnet den Umschlag. „Aha, das ist ja mal ein spezielles Geschenk. Solange ich die Äpfel nicht selber ernten muss, freue ich mich auf reichlich Apfelwein. Ich danke euch."

Da huscht der Ansatz eines Lächelns über Eltjes Gesicht. Papa faltet das Papier und steckt es in seine Jackett-Tasche.
„Herzlichen Glückwunsch auch von mir“, sagt Ferdinand.
„Danke, danke, Schwiegersohn. Jetzt stoßen wir aber erst mal an.“
Papa nimmt uns mit zu den anderen Gästen auf die Wiese. Hier sind zwei lange Tafeln eingedeckt, aber es sitzt noch niemand. Da pfeift er mit den Fingern ein junges Mädchen heran, das ein Tablett mit Wein, Wasser und Champagner vor sich herträgt. „Wir brauchen drei Gläser Champagner“, ruft er. Das Mädchen nickt und signalisiert uns, dass wir sie vom Tablett nehmen sollen.
„Was ist denn das für ein Service?“, fragt mein Vater grimmig. Wir ignorieren sein Verhalten und bedienen uns. Das Mädchen läuft weiter.
„Auf deinen Geburtstag!“, sage ich.
„Prost“, erwidern Eltje und Ferdinand.
Wir lassen die Gläser klirren. Dann dreht Papa sich plötzlich um, stellt sein Glas ab und klatscht in die Hände. „Bitte alle mal herhören! Es sind ja heute einige Freunde unter uns, die meine reizende Tochter Charlotte noch nicht persönlich kennen. Das hier ist sie!“
Sein Auftritt kommt so laut und unvermittelt, dass ich innerlich zusammenzucke. Er legt seinen Arm um mich und dirigiert mich mitten hinein in den Kreis der Gäste.
„Charlotte führt nicht nur mein Lebenswerk fort, sondern auch das meines Vaters und Großvaters.“ Pause. Die Gäste klatschen. „Obwohl sie sich jeden Tag immer wieder aufs Neue bemüht, das Unternehmen am Laufen zu halten, kann sie auf meine Erfahrung nicht verzichten … und ich ebenfalls nicht.“ Gelächter. „Und so stehe ich auch mit fünfundsiebzig weiterhin treu im Dienste unseres Familienunternehmens. Dank der Digitalisierung klappt das auch prima von dieser wunderschönen Insel aus. Auf dass mich die Arbeit auch die nächsten Jahre fit hält!“
Wieder gibt es Applaus. Mir ist ganz heiß geworden. Mein Vater hat soeben in großer Runde offenbart, dass er mich für unfähig hält. Wieso wird deswegen geklatscht? Ich ringe mir ein Lächeln ab, während sich mir die Kehle zuschnürt und kein Wort aus mir herauskommt. Wie furchtbar, Charlotte! An seiner Seite bist du wie ein kleines Hündchen. Wo ist denn deine Autorität hin, mit der du sonst auftrittst? Ich schlucke schwer. Bestimmt hat er es nicht so gemeint. Ich bin heute wohl etwas übersensibel. Papa nimmt seinen Arm von

meiner Schulter und gibt mir einen kleinen Schubs. Lauf, Hündchen, lauf. Ich steuere auf das Mädchen mit dem Getränketablett zu und nehme mir ein neues Glas Champagner. Nur runter damit. Eltje, die mit Ferdinand etwas abseitssteht, schüttelt nur den Kopf, als unsere Blicke sich treffen. Du lässt auch alles mit dir machen!

Nun nimmt Papa sich Eltje vor. Erneut klatscht er in die Hände. „Noch mal alle herhören! Wo wir schon mal dabei sind, das hier sind meine Tochter Eltje und ihr Mann Ferdinand. Sie sind Obstbauern." Niemand applaudiert.

„Ganz genau, ich bin die, die sein Lebenswerk nicht fortführt. Sie sind herzlich eingeladen, einmal bei uns vorbeizukommen, Obsthof Pennigsack, es lohnt sich", ruft Eltje. Sie betont ihren Nachnamen so, dass ich unvermittelt schmunzeln muss. Mein Glas ist schon wieder leer. Was solls, ich nehme noch eins.

„Mach doch mal einer die Musik an", brüllt Papa, bevor er sich erneut unter die Gäste mischt. Sein Befehl wird prompt ausgeführt. Ich summe mit, „Summertime, and the livin' is easy", schaue in den blauen Himmel, über den der Wind ein paar kleine Wolken treibt. Dann wandert mein Blick zu den intensiv duftenden Rosen. In strahlendem Pink wachsen sie auf dem Friesenwall, der das Grundstück einrahmt. Nein, Papa hat es vorhin ganz sicher nicht so gemeint! Er weiß doch, was er an mir hat.

„Siehst du, er hat nicht einmal nach den Kindern gefragt", sagt Eltje da plötzlich neben mir. Ich habe ihr Kommen gar nicht bemerkt und bin überrascht, dass sie das Bedürfnis hat, mit mir zu sprechen.

„Bei mir Gott sei Dank auch nicht", erwidere ich. Da schmunzeln wir beide.

„Was für ein hübsches Bild, meine beiden Mädchen zusammen zu sehen." Mama ist hinter uns aufgetaucht und streicht über meinen Rücken. „Ach, da kommen die Schillers, die muss ich begrüßen." Flugs entfernt sie sich schon wieder von uns.

„Wer auch immer die Schillers sind", sage ich.

„So eine Feierlichkeit ist definitiv nicht der ideale Rahmen für ein Familientreffen", erwidert Eltje.

„Sicher nicht. Bleibt ihr auch bis morgen?"

„Nein, wir fahren heute Abend noch zurück. Du bleibst …"

Papa unterbricht uns mit der Stimme eines Feldwebels. „Wenn ich euch jetzt bitten darf, die Plätze einzunehmen."

„Meine Güte, wir sind doch hier nicht im Theater", sagt Eltje nur.

Sie winkt Ferdinand zu, der abseits mit unserer Tante Ulli plaudert, der Schwester unseres Vaters, und geht zu ihm. Ich laufe hinter Eltje her, um Ulli zu begrüßen.
„Ach, Charlotte, wir haben uns ewig nicht gesehen", sagt Tante Ulli und eskortiert mich zu einem Platz neben sich. Zu meiner Linken setzt sich Eltje, daneben Ferdinand. Bevor es Kaffee und Kuchen gibt, kommt noch eine Rede. Papa schlägt mehrmals mit der Kuchengabel gegen sein Glas. Das Stimmengewirr klingt ab, nur das Rauschen des Windes in den Blättern ist zu hören – und dann Papa.
„Ich freue mich sehr, dass ihr alle gekommen seid und wir hier zusammen einen schönen Tag verleben, meinen Geburtstag. Dass es schon der fünfundsiebzigste ist, kann ich dabei selber kaum glauben, denn ich fühle mich nicht älter als fünfzig." Sein Blick schweift zu Mama, die ihm ermunternd zulächelt. „Ich habe einiges erreicht in diesem Dreivierteljahrhundert, und darauf bin ich stolz. Mein Leben ist ein erfülltes Leben, und ich kann sagen ..."
„Bla, bla, bla. Ich, ich, ich", äfft Eltje da neben mir und weiter: „Wie bezeichnend, dass er selbst eine Rede auf sich hält, weil niemand anders diesen Job übernehmen wollte."
„Eltje!", mahne ich.
„... und so stoßt an mit mir auf diesen großen Tag!" Papa hebt sein Glas. Wir tun es ihm nach. „Auf Leif!", ruft jemand laut, und wieder wird geklatscht. Dann endlich wird die Kaffeerunde eröffnet.

Eltje hat sich von mir abgewandt und plaudert mit Sylt-Freunden unserer Eltern. Ich dagegen werde von Tante Ulli in Beschlag genommen. Nachdem ich auch ihr erklärt habe, warum Claas leider nicht dabei sein kann – er hat einen wichtigen beruflichen Termin –, unterrichtet sie mich über alle möglichen ihrer Leiden: Wasser in den Beinen, Arthritis, das Kreuz. Da ist sogar ein Stück trockener Rührkuchen spannender. Ich nicke, höre ihr aber nicht richtig zu. Irgendwann spricht sie über ihren Sohn Markus, meinen kleinen Cousin. Inzwischen ist er auch schon Anfang dreißig. „Er würde so gern für das Backhaus arbeiten. Ich verstehe nicht, warum Leif ihn nicht mit Kusshand nimmt. Er ist doch auch Teil der Familie!"
Als Erstgeborener hat mein Vater das Backhaus geerbt, meine Tante kann keine Ansprüche geltend machen. Aber dennoch liegt es nahe, den Nachwuchs aus der Familie zu rekrutieren.
„Warum hat Markus nie mit mir darüber gesprochen?"

Tante Ulli sieht mich erstaunt an. „Aber das ist doch eine Entscheidung, die dein Vater treffen muss."
Ich schlucke. Da siehst du wieder, wie ernst du als Chefin genommen wirst!
Während ich noch meinen Gedanken nachhänge, redet Tante Ulli ohne Punkt und Komma weiter. Wie komme ich jemals aus diesem Gespräch heraus? Als sie den Bogen zu ihrer geplanten Reise in ein polnisches Kurhotel an der Ostsee schlägt, steige ich endgültig aus. Alles Gerede wird zur Hintergrundmusik. Plötzlich fühle ich mich einsam. Mein Mann sitzt zu Hause, weil er keine Lust auf meine Familie hat, dabei sollte er doch an meiner Seite sein. „Entschuldige, ich muss mal", sage ich irgendwann und verlasse meinen Platz.
Für ein paar Minuten bringt mich der Toiletten-Besuch auf andere Gedanken. Ich räume um. Die Holzmöwe auf der Konsole über der Heizung kriegt einen neuen Standort auf dem Hängeboard und die Duftstäbchen ebenso. Ich raffe die Gardine vor dem kleinen Fenster neu und stelle die Seife am Waschbecken um. Dann gehe ich wieder in den Garten. Doch auf Small Talk habe ich keine Lust. Ich gebe mich beschäftigt, indem ich Nachrichten auf meinem Smartphone lese und schon mal nach der Yves-Saint-Laurent-Tasche aus der Vogue google.
Nach dem Abendessen, einem Buffet mit mediterranen Spezialitäten, und einigen Gläsern Wein bin ich so durch, dass ich mich endgültig für konversationsunfähig erklären lassen sollte. Ich hänge auf meinem Stuhl wie ein afrikanischer Stummelaffe. Eltje und Ferdinand verabschieden sich. Ich hebe meine Hand zum Gruß und stütze dann meinen Kopf darauf ab. Nach und nach leert sich der Garten. Die Catering-Mädchen räumen die Tische ab. Ich beachte sie nicht. Es hat beinah etwas Meditatives, hier zu sitzen und den alkoholgeschwängerten Blick über die ins sanfte Licht der Tischbeleuchtung gehüllte Flora streifen zu lassen. Was um mich herum geschieht, nehme ich gar nicht mehr wahr. Aua! Was war das? Ich schlage auf meinen Unterschenkel. Irgendetwas hat mich gestochen. Da fällt mir auf, dass ich die Einzige bin, die noch hier draußen sitzt. Eine schwarze Gestalt kommt auf mich zugelaufen.
„Sag mal, Charlotte, warum sitzt du die ganze Zeit allein hier herum? Du hast dich gar nicht verabschiedet. Jetzt sind alle weg!", höre ich nun Papas Stimme. Vorbei mit der Ruhe.
„Aber warum sollte ich mich verabschieden, ich bin doch noch da!"

„Sehr witzig. Du hast jedenfalls nicht den besten Eindruck hinterlassen.“
„Das ist ja furchtbar.“ Ich kichere. „Entspann dich, Papa.“
„Charlotte, du bist ja völlig betrunken!“
„Nein, nein, nur leicht angeheitert. Wie hat dir dein großer Tag gefallen?“
„Das war eine schöne Feier.“
„Setz dich doch! Du stehst da wie ein Gespenst.“
„Bitte etwas mehr Respekt, meine Liebe! Ich bin gleich wieder da.“
Er läuft zurück ins Haus und kommt kurz darauf mit einer Flasche Wein und drei Gläsern zurück.
„Zum Ausklang trinke ich jetzt noch von dem Shiraz, den du mir geschenkt hast.“ Er zaubert einen Korkenzieher hervor und öffnet die Flasche.
„Aber, Papa, der Wein ist etwas ganz Besonderes. Den musst du doch nicht gleich vernichten.“
„Es ist mein Geburtstag, das ist ja wohl Anlass genug!“
„Na gut, dann gib mir auch etwas davon ab. Womöglich musst du mich zwar nachher mit einer Sackkarre ins Gästezimmer kutschieren, aber du hast ja Kraft“, brummele ich und lasse meinen Kopf in den Nacken sinken. Ich kann den Mond sehen, wie ein Zepter thront die Sichel am Himmel.
Papa schenkt ein und setzt sich neben mich.
„Wo seid ihr denn?“, ruft Mama.
„Hier hinten“, erwidere ich.
Sie kommt zu uns. „Ist das eine Ruhe! Herrlich!“, sagt sie, setzt sich neben mich und legt ihre Füße auf den Tisch.
„Ingrid! Wo sind wir denn hier?“
„In unserem Garten. Komm schon, Leif, das sieht keiner.“
Mein Vater ist in puncto Manieren und Tischsitten sehr streng. Von Eltje weiß ich, dass er lautstark mit mir schimpfte, wenn ich nach dem Essen nicht fragte, ob ich aufstehen dürfe – da war ich zwei Jahre alt; hatte ich den Ellenbogen auf dem Tisch, gab es schon mal einen kleinen Klaps. Mama war da entspannter, was sich immer besonders dann zeigte, wenn Papa nicht zu Hause war und wir alle drei mit Füßen auf dem Tisch und Teller im Schoß vor dem Fernseher gegessen haben.
„Du weißt doch, wie sehr ich das hasse.“
„Leif, jetzt ist aber gut. Schenkst du mir bitte auch ein Glas ein?“

Papa grummelt etwas Unverständliches und füllt ihr Glas.
Ich räuspere mich sehr laut und singe dann: „Happy Birthday to you, Happy Birthday to you, Happy Birthday, lieber Papa, happy Birthday to you!“
Er applaudiert. „Danke, mein Mädchen.“
Es dauert nicht lange, bis Papa wieder auf die Firma zu sprechen kommt und darauf, was alles optimiert werden muss. Ich kann ihm nicht mehr folgen – und ich möchte es auch nicht. „Tut mir leid, aber ich bin hundemüde“, sage ich und trinke mein Glas aus. „Die gute Nachricht lautet: Ich schaffe es ohne Sackkarre ins Bett.“
Beim Aufstehen reiße ich die noch halb volle Flasche Shiraz um.
„Charlotte! Pass doch auf!“, brüllt Papa.
Der edle rote Tropfen kriecht in die Tischdecke, als wollte er sie fressen. Ich kichere nur, drehe mich um und laufe in Schlangenlinien ins Haus.
Am nächsten Morgen ignoriere ich alle Weckversuche meines Vaters wie lautes Klopfen gegen die Tür, unaufgefordertes Betreten des Zimmers, Rufen meines Namens und bleibe bis zum späten Vormittag im Bett liegen. Schon als Teenager habe ich das viel zu selten gemacht. Papa bringt mein Verhalten zur Weißglut, das lässt er mich nach dem Aufstehen spüren. Ich entschuldige mich bei ihm, obwohl ich nicht einmal weiß, wofür genau. Nach dem Essen und einem Spaziergang fahre ich zurück nach Hamburg.

4

Als ich am frühen Abend nach Hause komme, liegt Claas auf der Couch und schaut eine Serie bei Netflix. Es scheint so spannend zu sein, dass er nur kurz nickt, als ich ihn begrüße.
„Es ist immer wieder schön, sehnsüchtig erwartet zu werden. Das Fest war gelungen, danke der Nachfrage."
„Hm."
„Verdammt noch mal, Claas! Ich bin kein Störsender, sondern deine Frau!" Ich schnappe mir die Fernbedienung und drücke den Aus-Knopf.
„Bist du doch", erwidert mein Mann und setzt sich auf.
„Würdest du lieber allein wohnen?"
„Es war nur gerade so spannend, entschuldige bitte." Claas streckt seine Arme nach mir aus.
„Ja, irgendwas ist immer", murmle ich und lasse mich hineinziehen. Früher habe ich mich darin geborgen gefühlt, stark und geliebt. Heute sind es nur noch Arme. „Jeder hat nach dir gefragt. Es ist anstrengend, mich immer wieder dafür zu rechtfertigen, dass du nicht dabei bist."
„So langsam sollte sich deine Familie doch daran gewöhnt haben."
„Das ist nicht unbedingt eine befriedigende Antwort, du Traumschwiegersohn." Ich tauche aus Claas' Armen wieder auf und setze mich aufrecht hin.
„Charly, wie oft denn noch? Dein Vater hat mir unmissverständlich klargemacht, dass er nichts von mir hält. Warum also sollte ich meine Zeit mit ihm verbringen?"
„Musst du immer auf der alten Geschichte herumreiten? Du solltest dich längst mit ihm versöhnt haben!"
„Entschuldigung? Er hat mir unterstellt, ich hätte seinen Wagen demoliert."
„Das ist so lange her! Wir wissen doch beide, dass er manchmal ein bisschen pedantisch sein kann."
„Ein bisschen pedantisch? Er hat mich angezeigt, weil ich beim Ausparken seine Stoßstange berührt habe! Nachdem er mich eingeparkt hatte!"

„Die Geschichte ist doch längst verjährt."
„Mach dir nichts vor, er konnte mich von Anfang an nicht leiden. Ich hatte nie eine Chance bei ihm. Oder hat er sich bei mir entschuldigt? Vielleicht habe ich es verpasst?"
„Hör auf, Claas! Ihr beide seid schreckliche Sturköpfe. Mein Vater hat immer auf eine Entschuldigung von dir gewartet."
„So weit kommt es noch! Lass uns das Thema wechseln, das bringt nichts."
„Ja, leider." Mein Kopf dröhnt.
„Was hast du gestern gemacht?"
„Nichts Aufregendes. Ich war mit Patrick ein Bier trinken."
Patrick ist ein alter Freund von Claas.
„Wie geht es ihm? Du hast schon lange nichts mehr von ihm erzählt."
„Gut. Es läuft alles. Stört es dich, wenn ich jetzt die Serie weiterschaue?"
„Mach nur. Ich nehme ein Bad, und dann gehe ich ins Bett."
„Aber es ist erst kurz nach acht."
„Wenigstens eine gute Nachricht. Da bleibt mehr Zeit zum Schlafen. Gute Nacht."
Ein Tag am Meer heißt der Badezusatz, den ich in den laufenden Strahl gebe. Das blau gefärbte Wasser und der duftende Schaum umhüllen mich wie ein Kokon. Ich schließe die Augen und tauche ab. Erst nach einer guten Stunde steige ich aus der Wanne.
Trotz meiner Müdigkeit finde ich nicht in den Schlaf. Wie schwere Güterwaggons rattern die Gedanken durch meinen Kopf. Papas Worte auf der Feier, die Firma, Claas und sein Desinteresse. Der Wecker sagt mir, dass es kurz vor Mitternacht ist, als mein Mann ins Bett kommt.
„Schlaf gut", murmle ich.
„Du auch. Warum bist du überhaupt noch wach?"
„Weil ich auf dich gewartet habe."
„Ha, ha, ha." Claas dreht sich auf die Seite und ist nach drei Minuten eingeschlafen.
„Morgen ist Montag, neue Woche, altes Glück", flüstere ich in die Dunkelheit und wälze mich weiter hin und her. Irgendwann schlafe ich dann aber doch ein.

Claas' und mein Weg kreuzen sich am Morgen das erste Mal in der Küche. Er steht um sechs auf, eine halbe Stunde vor mir, um in Ruhe seine Morgenzigarette zu rauchen. Dann verschwindet er in seinem Bad – und ich in meinem. Erst neulich fragte mich Sophie, wann wir endlich getrennte Schlafzimmer einführen würden, wo wir doch bei den Bädern schon so weit seien. „Wir brauchen schließlich noch Entwicklungspotenzial", scherzte ich.

Von Montag bis Freitag frühstücken wir grundsätzlich im Stehen, so auch heute. Ich bereite mir einen Frühstücksbrei aus Hafer- und Dinkelvollkornflocken, Erdmandeln und Nüssen mit warmer Hafermilch zu und runde ihn mit einem grünen Bio-Superfood-Mix in Pulverform ab. Claas trinkt nur schwarzen Kaffee. Nebeneinander stehen wir an den Küchentresen gelehnt. Den Brei kriege ich heute nur schwer herunter.

„Am nächsten Freitag feiert Torben die große Premiere. Wir sind zur Party eingeladen. Gehen wir zusammen hin?"

„Ach ja, der fulminante Torben hat endlich mal wieder eine Hauptrolle. Kann Sophie da überhaupt noch ruhig schlafen?"

Ich lasse den Löffel in die Schale fallen. „Warum bist du nur so geworden?"

„Ehrlich gesagt habe ich keine Lust auf diese intellektuelle Mischpoke, die sich so gerne selbst feiert. Da schaue ich mir lieber einen gepflegten Actionfilm an."

Da überkommt es mich. „Merkst du noch was, Claas Hansen? Wann waren wir beide denn zum letzten Mal zusammen aus? Essen, im Kino, ein Spaziergang, irgendwas. Sag es mir!" Claas schweigt und trinkt einen Schluck Kaffee, das regt mich noch mehr auf. „Ich rede mit dir! Wir erleben überhaupt nichts mehr gemeinsam. Vermisst du das denn gar nicht? Findest du es normal, dass wir nur noch nebeneinanderher leben?"

Claas knallt die Tasse auf den Tresen. „Wer von uns ist denn ständig am Arbeiten, damit Papi ja stolz sein kann? Du machst dich kaputt, Charlotte!"

„Lenk nur ab, das ist immer der einfachste Weg!" Ich schütte den Rest meines Breis in den Müll und donnere die Schale in den Geschirrspüler. Dann, ganz leise: „Liebst du mich überhaupt noch?" Mir schießen Tränen in die Augen, und ich erkenne mich selbst kaum wieder, weil mir so etwas sonst nie passiert.

„Beruhige dich! Was geht denn nur in dir vor? Ich muss los. Wir

klären das heute Abend." Claas dreht sich um und verlässt die Küche.
„Gehen wir jetzt so auseinander, ja?", wimmere ich.
Er kommt noch einmal zurück. „Du bist doch meine Frau. Rede dir nichts ein." Claas gibt mir einen Kuss. „Hab einen erfolgreichen Tag."
Nun geht er wirklich. Die Sache ist für ihn damit erledigt. „‚Hab einen erfolgreichen Tag', was für eine dämliche Floskel!", rufe ich in den leeren Flur und schiebe hinterher: „Was ist nur aus uns geworden?"
Mit zitternden Fingern bringe ich mein Make-up in Ordnung, dann mache auch ich mich auf den Weg ins Büro. Na wunderbar, es nieselt! Wie schwere Kissen hängen die grauen Wolken vom tiefen Himmel. Soll ich statt des Fahrrads das Auto nehmen? Nein. Ich brauche jetzt dringend Bewegung! Missmutig setze ich den Fahrradhelm auf und ziehe eine Regenjacke über.
Dann trete ich wie der Leibhaftige persönlich in die Pedale. Wieder kann ich nichts dagegen tun, dass mir die Tränen über das Gesicht laufen. Mein Make-up dürfte nun so verlaufen sein, dass ich bei jeder Halloweenparty freien Eintritt kriegen würde. Ich stoße einen Schrei aus, der von den fahrenden Autos neben mir verschluckt wird. Ja, verdammt noch mal, was ist nur aus Claas und mir geworden? Die Ampeln stehen auf Grün. Ich fahre immer schneller. Meine Oberschenkel brennen. Weiter, immer weiter! Pass nur mit dem nassen Asphalt auf, da kannst du nicht so gut bremsen! Bahn frei, ich komme. Wo kommt plötzlich dieser Lkw her? Der wird mich doch wohl … Neiiin!

Wie kann es sein, dass ich meinen Körper da unten auf der Straße liegen sehe? Er ist blutüberströmt, aufgeregte Menschen springen um ihn herum, einer hat sich zu ihm heruntergebeugt. Mein Fahrrad lugt unter der Kühlerhaube eines weißen Lkw hervor. Aber ich bin doch hier oben, und ich spüre keinen Schmerz. Was passiert hier? Sterbe ich gerade? Fühlt sich das so an? So leicht und schwerelos? Ich kämpfe nicht dagegen an und werde immer weiter nach oben gezogen, hinein in einen Strudel aus gleißendem Licht. Dabei spüre ich nichts als einen tiefen inneren Frieden. Wenn ich jetzt sterbe, dann nur zu. Denke ich das gerade wirklich? Unbeschreibliche sphärische Klänge umgeben mich, und dann durchbreche ich

wie ein Geschoss das Licht und finde mich inmitten einer brillanten, leuchtenden Farbwelt wieder. Nun schwebe ich mitten durch sie hindurch. Es gibt keine Worte für das, was mich hier umgibt, doch auf einmal erscheint mir alles so klar. Es ist, als würde ich eintauchen in ungeahntes Wissen. Das ist es also, was das Universum zusammenhält. Ich bin eins mit alldem hier. Da taucht plötzlich eine strahlende Frau vor mir auf, die aussieht, als stünde sie in der Blüte ihres Lebens. Ich kenne sie. Ja! Auf Fotos habe ich sie gesehen. Das ist meine verstorbene Großmutter Charlotte, meine Namensgeberin! Sie ruft nach mir, und ich fühle nichts als Liebe, eine unfassbare, riesengroße Liebe. Bleibe ich hier?
„Nein, deine Zeit ist noch nicht gekommen. Da unten wartet noch so viel auf dich."
Ich nehme diese Botschaft meiner Großmutter auf, ohne dass sie sie ausspricht. Wir kommunizieren ganz ohne Worte! Sie breitet ihre Arme aus, und plötzlich wandelt sich die Farbwelt in ein weites, funkelndes Meer. „Hab keine Angst! Du bist zu viel mehr fähig, als du denkst – und du kannst nichts falsch machen. Lebe dein Leben und liebe bedingungslos!"
Da spüre ich einen sanften Schubs und gerate in einen Sog, der mich wegkatapultiert von diesem wunderschönen Ort.

„Wir haben sie wieder!", höre ich eine Stimme in hektischem Treiben rufen und registriere wie im Nebel, dass sie mich meint. Ich bin wie gelähmt, kann kein Wort sprechen – und ich kriege kaum Luft. Da sind diese Schmerzen in meinem Brustkorb, nein, sie sind überall. Höllische Schmerzen! Verdammt! Verzweifelt ringe ich um Luft. Nur ein Röcheln kommt aus mir heraus. Wo zum Teufel bin ich? Was ist passiert? Ich halte das nicht aus! Wimmernd, mit verschwommenem Blick, sehe ich neben mir einen Knochen in die Höhe ragen. Nein! Gehört der zu mir? Und überall dieses Blut! Jemand drückt etwas auf mein Gesicht. Luft! Plötzlich zucke ich, als hätte man mir einen Elektroschock verpasst, und dann muss ich mich übergeben. Eine Salve aus Blut schießt aus mir heraus. Dann wird alles um mich herum schwarz.

„Wie fühlen Sie sich heute?" Dr. Wenger, ein grau melierter Mann mit Brille und weißem Kittel, steht vor meinem Bett und lächelt mich an.

„Etwas besser", antworte ich.
„Gut, sehr gut", sagt er und drückt auf einen Knopf unterhalb des Monitors neben meinem Bett. Das Zimmer, in dem ich liege, ist vollgepackt mit Apparaturen. Es brummt, piept und summt. Etwas mehr als eine Woche war ich im künstlichen Koma, das hat mir der Arzt bereits erzählt. Es musste ein Loch in meine Schädeldecke gebohrt werden, um den Druck im Schädelinneren zu senken und das Gehirn zu entlasten. Ich taste nach dem Verband an meinem Kopf. Aber das Schädel-Hirn-Trauma ist nicht die einzige Verletzung, die ich erlitten habe. Zu Abschürfungen am ganzen Körper, schweren Prellungen, Rippenbrüchen, einem Bein- und offenen Armbruch kommt ein Lungenriss. Polytrauma nennt man so etwas, habe ich inzwischen gelernt.
„Dieses Verschwimmen von Traum und Realität war schrecklich, vor allem das eine vom anderen zu unterscheiden fiel mir schwer", flüstere ich und weiter: „Da waren all diese konfusen Träume. Es fühlte sich an, als wäre ich durch einen Nebel gewabert."
Dr. Wenger hört mir interessiert zu. Er nimmt sich viel Zeit für mich, was sicher auch daran liegt, dass seine Frau mit meiner Mutter befreundet ist.
„Machen Sie sich keine Gedanken. Das ist normal. Gerade in der Aufwachphase hat das Gehirn manchmal einen Wackelkontakt. Mal sind Sie voll da, mal übernimmt die Traumwelt die Hoheit."
„Ich erinnere mich an die besorgten Stimmen von Claas, meiner Freundin Sophie und meinen Eltern. Auch Eltje war an meinem Bett. Sie hat meine Hand gehalten und immer wieder gesagt, dass ich es schaffen werde." Bei dem Gedanken daran steigen mir Tränen in die Augen. „Oder habe ich das alles nur geträumt?"
Dr. Wenger schüttelt den Kopf. „Nein. Sie hatten Besuch. Wissen Sie, auch im künstlichen Koma kriegen viele Patienten sehr viel um sich herum mit. Ich hoffe nur, das Personal hat sich gut benommen."
Mir gefällt, dass Dr. Wenger Humor hat. „Wenn man von all den Schimpfwörtern absieht, mit denen es mich bedacht hat …"
Der Arzt sieht mich entsetzt an.
„Das war ein Scherz. Hoffe ich zumindest", setze ich nach.
„Ich auch!" Er lächelt.
Mit schweren Fingern wische ich mir über die Augen. „Heute ist der erste Tag, an dem ich mich wieder einigermaßen spüre."
„Dann läuft ja alles nach Plan. Ich kann Ihnen die frohe Botschaft

verkünden, dass Sie heute von der Intensivstation auf die normale wechseln dürfen."
„Yippie!", krächze ich. Meine Lippen sind rau, und mein Mund ist trocken. Dr. Wenger reicht mir ein Glas mit Wasser. Ich bin froh darüber, dass ich wieder selbstständig trinken kann.
„Ihre Genesung schreitet gut voran, Frau Hansen. Sie wissen, dass Sie sehr viel Glück gehabt haben. Der Fahrradhelm hat Ihnen das Leben gerettet."
Das Letzte, woran ich mich vor dem Unfall erinnere, ist ein Streit mit Claas. Man hat mir erzählt, dass mich keine Schuld trifft an dem Crash. Der Lkw habe mich beim Abbiegen übersehen, heißt es.
„Den Fahrradhelm trage ich nur, wenn es regnet." Noch immer strengt mich das Sprechen an.
„Dann danken Sie dem Wettergott, und tragen Sie ihn ab sofort ständig."
„Na, da verlangen Sie aber ein bisschen viel von mir, Dr. Wenger."
Er schmunzelt. „Nur auf dem Fahrrad natürlich."
Ganz vorsichtig bewege ich meinen Kopf hin und her, aber es schmerzt noch so sehr, dass ich es besser lasse.
Ich kann noch immer nicht glauben, dass ich fast gestorben wäre – und dass sich das so gut angefühlt hat, bis ich wieder zurückgeholt wurde. Immer wieder kreisen meine Gedanken um das Erlebte. Du weißt, dass es kein Traum war! Träume fühlen sich anders an. Ja, einerseits bin ich mir sicher, dass ich mir das nicht eingebildet habe, dazu war es viel zu intensiv. Doch andererseits frage ich mich: Vielleicht bin ich doch verrückt? Wer nimmt mich denn mit der Geschichte ernst? Ich selber hätte doch vor Kurzem auch nur mit dem Kopf geschüttelt, wenn mir jemand davon berichtet hätte. Lass das mit den Drogen lieber, hätte ich gesagt und es als Spinnerei abgetan. Bisher habe ich noch mit niemandem darüber gesprochen, aber ich muss es tun, damit ich es besser einordnen kann – und nicht doch noch verrückt werde. Dank seiner Erfahrung und angenehm ruhigen Ausstrahlung erscheint mir mein Arzt als der perfekte Beichtvater.
„Äh, Herr Dr. Wenger, darf ich Ihnen etwas anvertrauen?"
„Nur zu."
„Halten Sie mich bitte nicht für gestört, aber ich … ich habe mich von oben gesehen, blutüberströmt – und die Menschen um mich herum. Dann ging es immer höher … Also … also." Da merke ich

bereits, wie ich an meine Grenzen stoße. Ich kann ihm unmöglich angemessen schildern, was ich erlebt habe. Trotzdem spreche ich abgehackt weiter. „... die absolute Liebe ... Harmonie ... Wärme ... Geborgenheit ... Frieden ... und meine Großmutter stand vor mir ..." Ich mache eine Pause. „Wie soll ich das nur einordnen?"
Dr. Wenger lehnt sich an die Heizung. „Sie hatten eine Nahtoderfahrung. Danke, dass Sie mir davon erzählen."
„Das dachte ich mir schon. Aber dafür brauchen Sie mir nicht zu danken."
„Doch. Tatsächlich sprechen die wenigsten Patienten darüber. Dabei sollen mindestens vier Millionen Deutsche bereits eine solche Erfahrung gehabt haben."
„Was? So viele? Aber woher will man das wissen, wenn kaum jemand drüber spricht?"
„Reine Statistik. Die weiß übrigens auch, dass es fünf Mal wahrscheinlicher ist, durch einen Sturz von einem Stuhl zu sterben, als von einem Hai getötet zu werden", sagt Dr. Wenger augenzwinkernd.
Ich schmunzle. „Das war mir ebenfalls nicht bekannt. Ich bin wirklich froh, dass Sie mich ernst nehmen. Aber können Sie mir auch sagen, welche Erklärung es für eine Nahtoderfahrung gibt?"
„Da gibt es einige Thesen. Die einen schieben es auf Sauerstoffmangel im Gehirn, die anderen erklären es mit der Ausschüttung von Endorphinen, die uns den Stress in Notsituationen erträglich machen, aber letztlich ist wissenschaftlich nichts bewiesen. So eine Situation kommt zu plötzlich. Da ist niemand, der sie kontrollieren oder messen kann."
„Was denken Sie persönlich darüber?"
Dr. Wenger runzelt die Stirn. „Also, ich halte die Erklärungsversuche für nachvollziehbar, aber wissen tue ich es nicht. Auch die Wissenschaft kann nicht alles erklären. Nehmen Sie diese Erfahrung als Chance für Ihr weiteres Leben." Sein Piepser meldet sich. „Entschuldigung. Aber ich muss leider wieder. Die Schwester wird Ihnen noch etwas gegen die Schmerzen bringen, und dann ziehen Sie um in Ihr neues Zimmer."
„Danke!", rufe ich ihm hinterher, als er davoneilt.
Meine Blase meldet sich. Wie habe ich es noch gleich in den letzten Tagen mit meinen Toilettengängen gehandhabt? Oh, stimmt, da waren Windeln, und seit Neuestem kommt die Schwester mit der

Bettpfanne. Plötzlich muss ich lachen, ganz leise und ein bisschen wahnsinnig.
Bis auf meine Zeit als Säugling war ich noch nie zuvor so hilflos.

Lang leben die Schmerzmittel, denke ich, als ich in meinem neuen Zimmer aufwache. Ein Pfleger hat mich mit meinem Bett hierher gerollt, und gleich darauf muss ich eingeschlafen sein. Mein Reich ist nun ein kleines Einzelzimmer mit weißen Wänden und einem Kunstdruck von Edward Hopper an der Wand. Neben dem Bett, am Fenster, steht ein schmaler Tisch mit zwei Stühlen. Aber es ist zu eng, als dass dort zwei Personen gemütlich sitzen könnten. Wenn ich meinen Kopf vorsichtig zur Seite drehe, blicke ich durch das Fenster in die Krone eines Ahornbaumes. Sogar ein kleines Stück vom Himmel kann ich sehen. An der Wand gegenüber linst der Fernseher zu mir herunter. Aber ich kann nicht einmal daran denken, ihn einzuschalten. Das ist mir viel zu anstrengend. Erneut schließe ich die Augen. Ein lautes Räuspern lässt mich aufschrecken. Ich muss schon wieder eingeschlafen sein.
Es dauert einen Moment, bis ich realisiere, dass Claas wie ein Baum vor mir steht.
„Hast du mich erschreckt", sage ich.
„Hallo, Charly!" Er beugt sich zu mir und gibt mir einen Kuss auf die Wange.
Ich gähne ausgiebig. „Es kommt mir so vor, als würde ich achtzig Prozent des Tages nur schlafen. Wie soll ich je wieder ein Leben ohne Drogen führen?"
Claas grinst und schiebt einen der Stühle noch näher an mein Bett. „Du kriegst das hin, da bin ich mir sicher."
„Mein Leben? Meinst du?"
Claas nimmt Platz und nickt.
Mein bandagierter Arm juckt. Ich kratze, aber es bringt nicht viel. Claas berührt vorsichtig meine Hand. „Wie geht es dir?", fragt er.
Ich zucke mit den Schultern. „Sieht man das nicht?"
„Die Wunden werden heilen. Du hast wirklich ein Riesenglück gehabt."
„Das hat der Arzt ebenfalls gesagt." Gestärkt durch das Gespräch mit Dr. Wenger gebe ich mir einen Ruck und erzähle nun auch Claas von meiner Nahtoderfahrung, obwohl ich wieder merke, dass unsere Sprache nicht dazu gemacht ist, das Geschehen adäquat

wiederzugeben. „Ich finde, als mein Mann solltest du das wissen."
Claas sieht mich an, als würde Kim Jong-un auf meinem Kopf rappen.
„Ich habe dir Schokolade mitgebracht. Möchtest du ein Stück?" Er zieht eine Tafel Vollmilch-Nuss aus seiner Tasche.
„Nein, danke. Und Vollmilch-Nuss mochte ich noch nie. Das ist alles, was du dazu zu sagen hast?"
Claas lehnt sich zurück und schlägt die Beine übereinander. „Charly, du hast in einem Ausnahmezustand halluziniert. Das ist doch ein hervorragender Schutzmechanismus des Körpers."
Aus meinen Augen schießen Blitze. Wäre ich körperlich nicht so eingeschränkt, würde ich meinem Mann eine Ohrfeige verpassen. Er nimmt dich nicht ernst! „Was bildest du dir ein? Erkläre mir nicht die Welt, wenn du keine Ahnung hast!"
„Ist ja schon gut! Sei doch nicht so empfindlich."
„Ist dir überhaupt klar, dass ich fast gestorben wäre?"
„Du bist aber am Leben! Hör doch bitte auf, es dir mit solchen Gedanken schwer zu machen."
Wieder berührt Claas meine Hand. Ich ziehe sie weg. „So einfach ist das nicht. Was passiert ist, kann ich doch nicht wegdrücken wie ein lästiges Telefonat!"
„Das verlangt niemand von dir."
Einen Moment lang herrscht Schweigen zwischen uns. Ich durchbreche es als Erste.
„Man sollte nie im Streit auseinandergehen. Das kommt dabei heraus."
Claas' Züge verhärten sich. „Wie oft denn noch? Es tut mir leid."
Ich fahre mit dem Daumen über meine viel zu langen Fingernägel.
„Es kann so schnell vorbei sein. Das war mir davor nicht bewusst."
Da fangen meine Augen an zu brennen. Ich schließe sie und spüre die heißen Tränen. Claas streichelt mein Knie. Ich lasse es zu. Er bemüht sich darum, mich abzulenken, und plaudert über den neuesten Gossip. Es interessiert mich zwar nicht, ist aber gut gemeint. Als er dann jedoch anfängt, sich über die Parkplatzsituation aufzuregen, die Unfähigkeit der anderen und die miese Politik, da ertrage ich es nicht länger.
„Ich bin müde. Es ist besser, wenn du jetzt gehst."
Claas scheint froh darüber zu sein, dass ich ihn entlasse. „Bis morgen." Noch ein Küsschen zum Abschied, und dann ist er aus der Tür.

5

Die weiteren Tage im Krankenhaus sind zäh. Zwar kommt Claas täglich vorbei, aber ich habe den Eindruck, dass es eher Pflichtbesuche sind. „Bald bist du zurück zu Hause", sagt er jedes Mal und meint damit: Alles wird wieder so sein wie vor dem Unfall. Auch Sophie besucht mich so oft wie möglich, selbst wenn es manchmal nur für eine Viertelstunde ist, weil sie so viel zu tun hat. Ich rechne es ihr umso höher an, dass sie sich die Zeit für mich nimmt.
Auch meine Eltern kommen vorbei. „Kind, du siehst schon viel besser aus!" Mama tätschelt überschwänglich meine Wange. Obwohl es bereits der vierte Besuch ist, seit ich wieder bei vollem Bewusstsein bin, schimmern ihre Augen feucht. „Wir hätten solche Angst um dich! Ich bin ja so erleichtert." Papa steht neben ihr und nickt. Ich kann nur mit den Augen rollen. „So langsam könnt ihr wieder normal mit mir sprechen. Ich werde bald entlassen."
„Entschuldige", sagt Mama und stellt eine Tüte mit Keksen aus dem Backhaus auf den kleinen Tisch. „Zum Naschen."
Es ist, als hätte Papa nur auf das Stichwort gewartet. „Du möchtest bestimmt wissen, wie es in der Firma läuft", sagt er und setzt sich auf die Bettkante. „Mama und ich haben unser Stadtapartment bezogen. Ich bin jeden Tag im Büro." Er ist in seinem Element.
„Du erwartest jetzt aber nicht von mir, dass ich deswegen ein schlechtes Gewissen habe, oder?", frage ich.
„Aber nein. Es macht mir Spaß, wieder in der ersten Reihe mitzumischen."
„Das hast du doch immer getan." Ich knete an meinen Fingern herum. „Weißt du, das Backhaus ist das Letzte, woran ich hier denke. Es interessiert mich nicht." Hast du das jetzt wirklich gesagt?
Papa sieht mich pikiert an. „Charlotte, was redest du denn da?"
„Lass sie, Leif! Es ist doch klar, dass sie sich jetzt auf sich konzentrieren muss." Mama nickt mir verständnisvoll zu.
„Was meinst du, wann du wieder arbeiten kannst?"
„Papa! Merkst du noch was? Sehe ich so aus, als würde ich in absehbarer Zeit dort wieder meine Frau stehen?"
„Ja, aber du musst doch ..."

„Gar nichts muss ich!"
„Also, Charlotte, jetzt reicht es aber wirklich!" Papa springt vom Bett auf. Mama hält ihn zurück und redet mit einem fragenden Seitenblick auf mich besänftigend auf ihn ein.
Aber ich kann mich nicht zurückhalten. Es ist, als wäre in mir ein Schalter umgelegt worden, als wäre Papileins Darling bei dem Unfall gestorben.
„Mama, warum bist du eigentlich damals aus dem Backhaus ausgestiegen?"
„Wie kommst du denn jetzt darauf?"
„Es interessiert mich. Wir haben nie darüber gesprochen."
„Sag mal, Charlotte, was geben die dir hier?"
„Ich habe Mama gefragt!"
Papa winkt kopfschüttelnd ab, nimmt sich den Speisenplan vom Tisch und tut so, als würde er ihn studieren. „Als ob du einen Grund hättest, dich zu beschweren. Dir ist doch alles in den Schoß gefallen", grummelt er.
Abgesehen von Eltje, die unseren Eltern immer alles aufs Brot geschmiert hat, haben wir es in unserer Familie nicht so mit dem Reden. Mama sieht aus, als würde sie sich am liebsten wegducken, und nestelt an ihrem bunten Seidentuch herum.
„Das Erschreckende ist, dass du das ernst meinst. Ich hab da viel zu lange nicht hingehört", sage ich. Nur dein ganzes Leben lang nicht.
„Charlotte, das wird mir jetzt hier aber wirklich zu dumm." Er knallt den Speiseplan wieder auf den Tisch. „Komm bitte zur Besinnung. Ich wünsche dir weiterhin gute Besserung. Kommst du, Ingrid?"
„Nein, ich bleibe noch einen Moment."
„Wenn du meinst." Mit großer Geste verlässt Papa den Raum.
Nun setzt sich Mama zu mir auf die Bettkante. „Sag mal, Charlottchen, was sollte das?"
„Es ist so viel passiert mit mir … Hat er sich eigentlich jemals wirklich für mich interessiert?" Ich spüre einen Kloß im Hals und beginne zu weinen. Du warst doch früher nicht so sensibel. Mama tupft mir mit einem Taschentuch die Tränen aus dem Gesicht. „Aber natürlich interessiert er sich für dich. Er liebt dich doch. Nur kann er es nicht immer zeigen."
„Und was ist mit dir? Wie hast du es all die Jahre mit ihm ausgehalten?"
„Er ist kein schlechter Mensch."

„Wow! Das ist alles? Tja, Mama, irgendwie teilen wir in puncto Männer ein ähnliches Schicksal.“
Sie sieht mich irritiert an. „Wovon sprichst du? Das hat noch immer jeder selbst in der Hand.“
„Sag, bist du aus der Firma ausgestiegen, weil Papa es so wollte?“
„Du bist aber auch hartnäckig!“ Mama streicht ihren geblümten Baumwollrock glatt. „Nein, das hat er nie von mir verlangt, im Gegenteil. Wie du weißt, habe ich in der Buchhaltung gearbeitet. Dabei hat mir das nie Freude gemacht, aber das musste ich mir erst mal eingestehen. Schließlich bin ich die Frau des Chefs, die kündigt nicht einfach. Ich habe es all die Jahre nur getan, weil es von mir erwartet wurde.“ Sie seufzt und setzt nach: „Dachte ich zumindest. Letztlich habe ich mir das aber nur eingeredet.“ Mama greift nach einem der mitgebrachten Kekse und steckt ihn sich in den Mund.
„Ist das dein Ernst? Das ist der Grund? Ich habe immer geglaubt, die Arbeit hätte dir Spaß gemacht.“
„Meinst du, es wäre pädagogisch wertvoller gewesen, wenn ich euch Kinder hätte spüren lassen, wie unzufrieden ich war? Irgendwann habe ich es deinem Vater erzählt. Er war nicht erfreut, aber er hat mir auch keine Steine in den Weg gelegt. Ihm war nur wichtig, dass ich zum Repräsentieren der Firma weiterhin an seiner Seite bin.“
„Warum hast du mir das nie erzählt?“
„Warum spielt das überhaupt eine Rolle?“
„Ach, Mama!“ Ich drücke ihre Hand. „Ich weiß noch nicht, wie es weitergehen wird.“
„Nimm dir jetzt erst mal alle Zeit, die du brauchst, um wieder richtig gesund zu werden.“ Mama verabschiedet sich mit einem Kuss auf die Stirn von mir.

Nach weiteren acht Tagen im Krankenhaus werde ich entlassen. Claas und Sophie bringen mich nach Hause.
Es macht mich wahnsinnig, dass ich körperlich so eingeschränkt bin, dass ich auf die Hilfe der anderen angewiesen bin. Wegen meines komplizierten Armbruchs kann ich noch nicht mal mit Krücken laufen.
„Willkommen zurück, liebste Charlotte“, steht auf der bunten Girlande, die mich im Entree unserer Wohnung empfängt.
„Danke. Ihr seid ganz wunderbar“, sage ich gerührt und humple gestützt von Claas und Sophie langsam weiter ins Wohnzimmer. Die

beiden betten mich in einen Sessel und legen mein gebrochenes Bein auf der Tischplatte ab.
„Ich bin euch wirklich dankbar dafür, dass ihr mich in kein Pflegeheim abgeschoben habt", scherze ich.
Sophie grinst. „Da bringst du uns auf eine gute Idee. Oder, Claas?"
„Ja, das sollten wir im Hinterkopf behalten."
„Aha, jetzt zeigt ihr also euer wahres Gesicht."
Claas öffnet eine Flasche Champagner. „Charly, ich bin froh, dass du wieder hier bist." Er füllt drei Gläser.
„Ich auch", erwidere ich.
„Auf dich, Charlotte, und deine Rückkehr ins Leben", sagt Sophie. Wir stoßen an.
Obwohl Dr. Wenger mich darauf vorbereitet hat, was nach dem Krankenhausaufenthalt noch auf mich zukommen wird, habe ich in diesem Moment keine Ahnung davon, wie viel Arbeit es tatsächlich bedeutet, um genau das zu schaffen: zurückzukehren ins Leben. In mein Leben.

6

Ein Vierteljahr später

Der Sommer ist gegangen. Ich habe ihn kaum gefühlt. Lange Wochen der Rehabilitation liegen hinter mir. Es war keine leichte Zeit. Immer wieder wünschte ich mich an diesen wunderschönen Ort und zu meiner Großmutter zurück. Doch dann wäre ich nicht mehr hier, und dieser Gedanke war quälend. Meine Erinnerung an die Zeit vor dem Unfall kam in Flashbacks zurück. Nachts ließen sie mich nicht schlafen. Immer und immer wieder sah ich den Lkw vor mir und durchlebte die Sekunden vor dem Aufprall. Seit Kurzem ist es besser geworden. Ich habe Hilfe bei einem Therapeuten gefunden. Er unterstützt mich auch dabei, meine Nahtoderfahrung in einen größeren Kontext einzuordnen und zu verarbeiten. Das funktioniere nicht von heute auf morgen, sagt er mir wieder und wieder. Was ich erlebt hätte, sei ein Augenblick für immer. Anfangs fand ich diese Formulierung zu pathetisch, inzwischen nicht mehr, denn sie bringt es auf den Punkt. Es war nicht leicht, jemand Geeigneten zu finden. Die ersten beiden Therapeuten, die ich aufsuchte, begegneten mir derart unaufgeschlossen, dass ich mir vorkam, als wäre ich komplett geistesgestört. Letztlich gab mir Dr. Wenger eine Empfehlung.

Körperlich sind meine Wunden gut verheilt. Meine Physiotherapeutin verabschiedete mich nach der letzten Behandlung mit den Worten: „Wunderbar, nun funktionierst du wieder." Ja, vielleicht trifft es das, ich bin funktionsfähig. Ich habe keine Schmerzen mehr, meine Knochen sind zusammengewachsen, und meine Gliedmaßen lassen sich gut bewegen. Aber ich bin nicht mehr die, die ich einmal war. Mir kommt es so vor, als hätte ich in den letzten Monaten eine innere Metamorphose durchlebt. Es ist verrückt. Oft kann ich nur über mich selber den Kopf schütteln. Wie konnte ich über so viele Jahre ein Leben führen, in dem es nur darum ging, den Erwartungen der anderen gerecht zu werden? Es stimmt, was Claas und Eltje gesagt haben, immer wollte ich meinem Vater alles recht machen, aber das funktioniert nicht länger. Seit dem Unfall war ich noch keinen Tag in der Firma. Claas' anfängliche Euphorie über meine Rückkehr flaute schnell ab. Der neue Alltag mit mir überfordert ihn oft. Aber er lässt mich gewähren, auch wenn er mir ständig das Gefühl gibt, dass er mich nicht versteht. Wenn ich ihn darauf anspreche, streitet er es ab und betont, dass er permanent Rücksicht auf mich nehmen würde, mehr sei ja wohl kaum möglich. Es ist anstrengend.

Während der Reha habe ich Zuflucht in der Literatur gefunden, ich verschlinge die Werke großer Philosophen regelrecht. Ihre Sicht auf das Leben und die Welt liefert mir immer wieder neue Impulse. Das gibt mir Halt. Dafür lasse ich nun jedes Frauenmagazin links liegen. Was in der schnelllebigen Lifestyle-Szene passiert, interessiert mich nicht mehr. „Nicht die Dinge ändern sich; wir ändern uns", hat Henry David Thoreau erkannt. Es erstaunt mich selber immer wieder, wie rasant sich meine Interessen verschoben haben.

„Was siehst du, was ich nicht sehe?", fragt Claas da und reißt mich unvermittelt aus meinen Gedanken. Der Klang seiner Stimme lässt mich zusammenzucken. Tatsächlich habe ich einfach nur auf die Wand im Wohnzimmer gestarrt, ohne etwas zu sehen. „Nichts. Ich denke nur über mein Leben nach."

„Aha. Mal wieder, ja? Sieht irgendwie autistisch aus, wie du da so sitzt und starrst."

„Was soll das denn heißen?"

Claas lehnt im Türrahmen und schüttelt den Kopf. „Du hast dich so verändert seit dem Unfall."

„Ist das ein Wunder? Ich wäre fast gestorben."

„Wenn ich dich jetzt manchmal reden höre, denke ich, ich bin mit einer anderen verheiratet." Claas geht zum Couchtisch, auf dem die Hauptwerke der Philosophie – Von der Antike bis zum 20. Jahrhundert liegen, und schiebt das Buch in eine andere Ecke. „Allein das hier! Was waren das noch für Zeiten, als du nur deine Frauenzeitschriften gelesen hast." Er lässt sich auf die Couch fallen. „Das war ein Tag", seufzt er und setzt an, vom Job zu erzählen.

Ich unterbreche ihn. „Kannst du wirklich überhaupt nicht nachvollziehen, dass ich mich jetzt intensiver mit dem Leben auseinandersetze?"

Er stöhnt genervt. „Doch, das kann ich. Aber du musst nicht übertreiben."

„Ich übertreibe also, aha. Claas, so kann das mit uns nicht weitergehen.

Was verbindet uns denn noch?"
„Willst du von mir jetzt eine Antwort darauf?"
Ich erhebe mich aus dem Sessel. „Das hat doch so alles keinen Sinn. Ich werde wegfahren."
„Was soll das heißen, du wirst wegfahren? Ich brauche ein Bier!" Er springt auf und geht in die Küche. Ich höre, wie er schwungvoll die Kühlschranktür öffnet und gleich wieder schließt. „Willst du auch was?", ruft er.
„Nein, danke."
Er kommt zurück und nimmt einen großen Schluck aus der Flasche.
„Ich glaube, dass mir ein Ortswechsel guttun wird. Die Idee habe ich schon länger im Kopf. Jetzt, wo es mir wieder besser geht, kann ich es endlich machen."
„Gut, dass ich das nun auch erfahre." Claas setzt erneut die Flasche an.
„Interessiert es dich denn?"
Claas sieht mich lange an. „Charly, ich möchte, dass es dir gut geht. Vielleicht ist es wirklich keine schlechte Idee. Weißt du schon, wohin?"
„Ja, ich möchte nach Frankreich fahren, in die Normandie."
„Es ist Herbst. Das ist doch kein Wetter dafür. Aber gut, das musst du wissen."
„Egal ob Frühling, Sommer, Herbst oder Winter, ich konnte dich nie überreden, mit mir dorthin zu fahren!"
In einem kleinen Dorf am Atlantik, auf dem Anwesen der herzlichen Camille und ihrer Familie, habe ich während meiner Kindheit und Jugend die Sommerferien verbracht. Es ist mein Sehnsuchtsort. Ich verbinde so viele schöne Erinnerungen damit. Der Atlantik mit seinem breiten Sandstrand, die Wildblumenwiese hinter dem Haus oder die Hühner, Gänse, der Hund und die Katzen der Familie, es war das Paradies für mich. Neulich wehte mir der Geruch von frisch gebratenem Fisch in die Nase und katapultierte mich prompt dorthin zurück. Denn der stand fast täglich auf der Speisekarte, fangfrisch.
Seit zwanzig Jahren war ich nicht mehr in der Normandie. Was werde ich wohl empfinden, wenn ich als erwachsene Frau dorthin zurückkehren werde?
Camille war wie eine Großmutter für uns. Wie konnte ich den Kontakt nur abbrechen lassen? Wie wird es ihr gehen? Wenn ich mit

Claas verreiste, war Frankreich tabu. Aus unerfindlichen Gründen mag er die Franzosen nicht und hatte nur dumme Sprüche auf den Lippen, wenn ich doch wieder einmal vorschlug, dorthin zu fahren. Anders bei mir: Ich liebe das Land und die Sprache. Während meiner Schulzeit war ich für einen Austausch in Cherbourg, und nach dem Abitur machte ich in Paris ein Praktikum bei einem Freund meines Vaters, der dort eine Patisserie hat. Ich habe davon geträumt, später mal in Frankreich zu leben. Wie lange habe ich nicht mehr daran gedacht?
„Du und deine Franzosen", sagt Claas nur, und ich weiß einmal mehr, dass ich meine Koffer schnellstmöglich packen werde.

Später bin ich mit Sophie bei ihr zu Hause verabredet.
„Schön, dass du da bist", begrüßt sie mich und fällt mir um den Hals.
„Mama! Mama!", tönt es da aus dem Off.
„Entschuldige, ich bin gerade dabei, Johanna ins Bett zu bringen, das kann ein bisschen dauern. Bin gleich bei dir, Mäuschen."
Wir gehen durch den langen, schmalen Flur, der links und rechts von Regalen mit Hunderten von Büchern gesäumt ist.
„Hat Torben heute Abend Vorstellung?"
„Ja. Stell dir vor, sie sind seit Tagen ausverkauft."
„Das ist ja fantastisch!"
„Mama! Vorlesen!", tönt es nun wieder aus dem Kinderzimmer.
„Jaha, sofort", flötet Sophie.
„Sie weiß, was sie will. Kann ich sie noch schnell begrüßen?"
„Na los, aber schneller als schnell. Eigentlich sollte sie längst schlafen."
„Tut mir leid."
„Nein, nein, dafür kannst du nichts. Ich habe sie zu lange vorm Disney Channel geparkt, weil ich endlos mit einem Kunden telefoniert habe."
Wir sind nun im Kinderzimmer. „Na, Hannchen, schau mal, wer dir auch gute Nacht sagen möchte."
Johanna sitzt in ihrem Bett und strahlt mich mit ihren riesigen blauen Kulleraugen an. „Du bist ja schon wieder gewachsen. Hallo, meine Süße!" Ich streichle über ihr Köpfchen.
„Charlotte … guck mal", erwidert sie, als würde ich jeden Tag in ihrem Zimmer stehen. Dass sie wie selbstverständlich meinen

Namen sagt, rührt mich. „Du warst doch gerade noch ein Baby ...", säusele ich.
Johanna zieht nun an einer dicken Plüschwolke, die an ihrem Bett befestigt ist und sich als Spieluhr entpuppt. Die Melodie von Schlaf, Kindlein, schlaf erklingt. Als sie dann mit ihrem zuckersüßen Stimmchen den Text dazu singt, schlucke ich schwer. „Gute Nacht, schlaf gut", sage ich und werfe ihr eine Kusshand zu. Nur schnell weg hier, sonst breche ich vor Rührung in Tränen aus.
„Charlotte, nicht gehen ...", höre ich sie hinter mir herrufen und dann Sophie: „Sch...sch... Es ist schon ganz spät. Wenn du jetzt lieb bist, lese ich dir deine Lieblingsgeschichte vor."
Ich höre, wie sie die Kinderzimmertür schließt. Der Moment gehört nur den beiden. Ich lächle wehmütig, als ich mich auf das große braune Ledersofa im Wohnzimmer fallen lasse. All das wirst du nie erleben. Was wäre gewesen, wenn Claas und ich Eltern geworden wären? Liefe dann alles anders zwischen uns? Besser? Er hat von Beginn unserer Beziehung an klargestellt, dass er nicht noch einmal Vater werden wolle. Damals schreckte mich das nicht ab, ich fühlte mich ohnehin noch nicht bereit für Nachwuchs. So vergingen die Jahre. Um mich abzulenken, blättere ich ein Einrichtungsmagazin durch.
Es dauert fast eine halbe Stunde, bis Sophie wieder bei mir ist. „Geschafft. Endlich! Sie schläft." Erschöpft setzt sie sich neben mich und sieht mich an.
„Sag mal, bist du ungeschminkt?"
Ich nicke.
„Was ist los?"
„Nichts. Sehe ich so katastrophal aus?"
„Nein, überhaupt nicht! Es macht dich jünger."
Ich reibe meine Wangen. „Wirklich? Danke, dann ist das ein netter Nebeneffekt. Ich hatte heute einfach keine Muße zum Schminken."
„Früher wäre das bei dir undenkbar gewesen!"
Früher, das war die Zeit vor dem Unfall. „Stimmt, ich hätte nicht mal den Müll ungeschminkt rausgebracht." Wir schmunzeln.
„Aber ist wirklich alles in Ordnung? Du hast vorhin bei Johanna im Zimmer so traurig ausgesehen."
Ich ziehe meine Beine an und umschlinge sie fest. „Ach, das war so ein rührendes Bild. Deine Tochter ist schon ein echter Goldschatz."
„Das sind ja ganz neue Töne."

„Sei dir nur bewusst und dankbar dafür, wie gut es euch geht."
„Ja, das bin ich auch. Magst du ein paar Gummibärchen? Hier, die hat Johanna übrig gelassen." Sophie greift nach einer kleinen Schale unter dem Tisch und hält sie mir vor die Nase.
„Da bin ich aber froh, dass du so auf gesunde Ernährung achtest und ich auch was davon habe", scherze ich und nehme mir welche. Genüsslich stecke ich sie mir in den Mund. „Hm, köstlich. Genau das hat mir gefehlt."
„Na sieh einer an!"
„Inzwischen bin ich mir sicher, dass es nicht der Industriezucker ist, der eines Tages für meinen Tod verantwortlich sein wird", sage ich mit vollem Mund und schiebe noch eins hinterher. Wir kommen auf Claas zu sprechen.
„Es ist immer noch nicht besser geworden zwischen uns", sage ich und erzähle Sophie von meinen Reiseplänen.
„Vielleicht ist es wirklich so, dass ich erst weggehen muss, um wieder anzukommen."
„Das ist ein großer Satz. Stammt der von einem deiner Philosophen?"
„Mach du dich nur auch noch lustig über mich!"
„Das würde mir nie einfallen. Mach das, fahr weg! Tanke neue Eindrücke."
„Ja." Ich nicke gedankenverloren. „Erinnerst du dich noch daran, wie unbeschwert wir als Kinder waren? Als wir gespielt haben, wonach uns der Sinn stand, ganz im Moment waren und noch keine Ahnung davon hatten, dass wir irgendwann nur noch mit dem Verstand voran durchs Leben hechten werden?"
Sophie legt sich eins der bunten Kissen auf den Bauch. „Dunkel, ja. Worauf willst du hinaus?"
Ich zitiere Immanuel Kant: „Die Sinne betrügen nicht. Nicht, weil sie immer richtig urteilen, sondern weil sie gar nicht urteilen, weshalb der Irrtum immer nur dem Verstande zur Last fällt."
Sophie runzelt die Stirn. „Manchmal ist es etwas anstrengend mit dir", murmelt sie.
„Weißt du, ich kann jetzt wieder was von diesem Gefühl spüren."
„Das merke ich schon. Du wärst sonst sicher nicht auf die Idee gekommen, allein zu verreisen. Immerhin hast du das schon ewig nicht mehr gemacht."
„Ja, das mag sein. Sophie! Dass jeder Tag ein Geschenk ist, ist nicht

nur eine Kalenderweisheit. Wir wissen nicht, wann unsere letzte Stunde geschlagen hat. Wir dürfen uns nicht von anderen diktieren lassen, wie wir unser Leben zu leben haben! Wir müssen uns nicht mit allem abfinden!"

Sophie ist hinter ihrem Kissen in Deckung gegangen. Anscheinend habe ich etwas wild gestikuliert. Da muss ich lachen. „Keine Angst, ich bin kein durchgeknallter Messias, nur ein Mädchen mit Grenzerfahrungshintergrund und neuem Urvertrauen ins Leben."

„Da bin ich aber froh. Weißt du, ich muss mich noch ein bisschen an deine neue Art gewöhnen." Sophie streicht sich eine Haarsträhne aus dem Gesicht. „Darf ich dich was fragen?"

„Nur zu."

„Hast du noch Angst vor dem Tod?"

Ich lehne mich weit zurück. „Das ist eine gute Frage. Nein, habe ich nicht mehr … Ich weiß jetzt, dass wir uns davor nicht fürchten müssen."

Sophie beißt sich auf die Unterlippe und nickt. Dann sagt sie: „Ich kann manchmal nicht schlafen, weil mich die Angst vor unserer Sterblichkeit um den Verstand zu bringen droht. Es ist so unvorstellbar."

„Oh ja, das kenne ich. Da hatte ich früher auch schreckliche Phasen."

Sophie nimmt meine Hand. „Ich bin dir sehr dankbar dafür, dass du mir von deinem Erlebnis erzählt hast. Anscheinend musstest du erst die Angst vor dem Tod verlieren, um anfangen zu können, richtig zu leben."

Ich seufze. „Das hast du schön gesagt. Und ich danke dir, dass du mich nicht als Spinnerin abtust."

„Ich bitte dich! Da gehört schon noch ein bisschen mehr dazu. Wann willst du losfahren in die Normandie?"

„So schnell wie möglich."

„Was sagt dein Vater dazu? Der wartet doch seit Wochen darauf, dass du wieder arbeiten gehst."

„Ja, aber dazu bin ich noch nicht bereit. Ich habe ihn vorhin angerufen und ihm erzählt, dass ich wegfahren werde. Du kannst dir vorstellen, dass er nicht sonderlich angetan war."

„Du bist die Chefin."

„Aber nur auf dem Papier. Ich habe viel zu lange ausgeblendet, dass ich nur eine Marionette meines Vaters bin."

„Autsch! Mir war gar nicht klar, wie sehr du mit deinem Job haderst."

„Mir lange auch nicht, weil ich nur darauf geachtet habe zu funktionieren. Aber wenn ich ehrlich bin, hat mich die Arbeit im Backhaus nicht glücklich gemacht."

„Das hast du noch nie so gesagt! Ich dachte immer, es liegt an dem Pensum. Wissen deine Eltern, was du erlebt hast?"

„Nein! Sie halten mich so schon für wunderlich genug. Was soll dann werden, wenn ich ihnen was vom Himmel und Großmutter Charlotte erzähle? Claas' Unverständnis reicht mir." Mein Blick schweift hoch zur Decke.

Sophie nickt. „Das kann ich verstehen. Mir wäre so eine Erfahrung auch heilig."

Wir leeren den Teller mit den Gummibärchen.

„Wie geht es Eltje? Habt ihr Kontakt?"

„Nein. Meine Mutter hat mir erzählt, dass sie auf dem Hof alle Hände voll zu tun hat mit der Apfelernte. Aber dass sie mich im Krankenhaus besucht hat, rechne ich ihr hoch an."

„Das klingt doch nach einer Annäherung."

„Na, schauen wir mal."

Torben kommt nach Hause. Ich habe nicht gemerkt, wie schnell die Zeit vergangen ist, es ist bereits nach Mitternacht. Wir wechseln noch ein paar Worte, dann verabschiede ich mich.

„Du willst wirklich heute Abend noch fahren?" Claas steht in der Tür und mustert den riesigen Koffer, der aufgeklappt im Ankleidezimmer liegt.

„Ja. Ich habe Camille erreicht. Sie konnte es kaum glauben. Offiziell vermietet sie keine Zimmer mehr, aber bei mir macht sie eine Ausnahme."

Ich packe zwei dicke Pullis neben den Hosenstapel im Koffer.

„Es sieht aus, als würdest du ausziehen."

„Was würdest du tun, wenn es so wäre? Ginge dir das nahe?"

Claas kneift die Augen zusammen. „Charlotte, was soll diese dumme Frage? Ich möchte mir das nicht vorstellen." Er macht eine kurze Pause. „So richtig weiß ich noch immer nicht, was ich von deiner Reise halten soll, aber gut, es ist deine Entscheidung."

„Ganz genau. Der Mensch bereist die Welt auf der Suche nach dem, was ihm fehlt. Und er kehrt nach Hause zurück, um es zu finden."

„Was immer du mir damit sagen willst!" Claas verzieht das Gesicht.
„Das ist nicht von mir, es stammt von George Moore."
„Ach so, na dann. Es wäre ja auch dramatisch, wenn du nicht alles Gesagte mit einem Zitat abrunden könntest. Früher war es leichter mit dir."
„Du bist doof, Claas Hansen. Sind dir solche Sätze lieber?"
Claas grinst. „Ja, das ist klar und verständlich. Ach, Charly, ich wünsche mir einfach nur, dass du wieder zu dir selbst zurückfindest."
Ich nehme eine Strickjacke vom Bügel, rolle sie ein und stopfe sie in den Koffer. „Jetzt sag mal ehrlich, bist du froh, mich für eine Weile los zu sein?"
Claas sieht mich lange an. „Wenn du die Zeit brauchst, musst du sie dir nehmen."
„Das ist nicht die Antwort auf meine Frage."
„Schade, ich dachte, genau so was wolltest du hören."
„Du bist schon wieder doof."
„Charly, was soll ich dazu sagen? Wir wissen doch beide, dass es im Moment nicht rundläuft mit uns. Ich werde es ertragen, eine Zeit lang allein zu sein."
Ich stehe dicht vor ihm. „Du findest, dass es erst seit dem Unfall nicht mehr rundläuft, stimmt's?"
Claas nickt. „Er hat dich sehr verändert."
„Das sagtest du mir in den letzten Wochen bereits öfter. Was war davor besser?"
„Es ging uns gut. Ich wünsche mir, dass du wieder die Alte wirst. Komm zurück in unsere Welt!" Claas legt seine Hände auf meine Schultern. Ich fasse sie.
„Aber genau da bin ich doch! Zurück in unserer Welt."
„Wie du das schon wieder sagst! Was auch immer dir dein Gehirn da vorgegaukelt hat, du hattest einen schweren Unfall, von dem du dich Gott sei Dank erholt hast – und dabei solltest du es belassen!"
Ich lasse Claas' Hände los und weiche zurück. „Warum schaffst du es nicht, wenigstens einen Hauch von Verständnis für mich aufzubringen? Wahrscheinlich wäre es besser gewesen, wenn ich dir nie etwas von meinem Erlebnis erzählt hätte."
„Ach komm schon. Ich will dir doch nur helfen!"
Ich schließe die Augen und atme tief ein und aus. „Indem du an meiner Zurechnungsfähigkeit zweifelst? Das ist mir eine wirklich große Hilfe, danke! Wir beide sollten dringend herausfinden, was

wir überhaupt noch voneinander erwarten können."
„Was soll das denn jetzt? Stellst du unsere Ehe infrage?"
„Tust du das nicht? Du hast doch selber gesagt, dass es nicht mehr rundläuft."
„Aber deswegen möchte ich unsere Beziehung nicht hinschmeißen! Charly, bitte!" Claas macht einen Schritt auf mich zu und breitet seine Arme aus. „Komm her! Niemand hat gesagt, dass es leicht wird."
Ich lasse mich von Claas in den Arm nehmen.
„Ich wusste gar nicht mehr, wie sich das anfühlt. Was ist nur mit uns passiert?", wispere ich, und da steigen mir die Tränen in die Augen.
„Ja, das frage ich mich auch."
Erst nach ein paar Minuten lösen wir uns voneinander.
„Und du willst wirklich die weite Strecke mit dem Auto zurücklegen?"
„Ja, sicher. Die gut elfhundert Kilometer sind doch ein Klacks für mich."
Eine Stunde später breche ich auf. Es fühlt sich richtig an.

7

„Sie haben Ihr Ziel erreicht", sagt mein Navi am nächsten Morgen. Mit Pausen habe ich gute zwölf Stunden für die Fahrt in die Normandie gebraucht. Eine wunderschöne Morgensonne strahlt vom blauen Himmel, alles wirkt so friedlich. Willkommen, Charlotte! Camilles Anwesen liegt etwas außerhalb des Dorfes auf einem grünen Hügel. Man kann den Atlantik von hier aus sehen. Im Hinterland bestimmen Wiesen und Felder die Landschaft. Ich kann nur zu gut verstehen, warum sich meine Eltern einst in dieses Fleckchen Erde fernab vom Massentourismus verliebt haben. Eine prachtvolle Buchsbaumhecke begrenzt das Grundstück zur Straße hin. Das schmiedeeiserne Tor steht weit offen und gibt den Blick frei auf ein wunderschönes Natursteinhaus mit Granitdach, braunen Fensterläden und weißen Sprossenfenstern. Genau so hatte ich es in Erinnerung. In Schrittgeschwindigkeit rolle ich durch die Einfahrt und parke den Wagen rechts neben der alten Buche, wo auch mein Vater stets das Auto abstellte. Es fühlt sich an, als würde ich nach Hause kommen. Nach zwanzig Jahren und einer durchgefahrenen Nacht. Motor aus!

Ich steige aus, atme tief durch und räkele mich, bin aber kein bisschen müde. Da kommt eine kleine, rundliche Frau mit einer blau gemusterten Schürze vor dem Bauch auf mich zugestürmt. Ich laufe ihr entgegen. „Camille! Bonjour! Es ist so schön, dich zu sehen."

„Bonjour, Charlotte, du bist kaum wiederzuerkennen!"

Wir schließen uns in die Arme. „Du schon. An dir scheinen die Jahre spurlos vorbeizuziehen", sage ich lachend.

„Diese Lüge lasse ich gern so stehen."

„Ach, Camille! Wir werden doch alle nicht jünger."

Ihr Gesicht ist faltig, die dünnen weißbraunen Haare sind zu einem Zopf gebunden. Sie müsste jetzt um die achtzig sein.

„Danke, dass ich herkommen durfte! Weißt du, ich habe so oft an dich gedacht. Es tut mir leid, dass ich mich all die Jahre nicht mehr bei dir gemeldet habe. Du warst doch so etwas wie ein ..."

„Großmutter-Ersatz für dich", vollendet Camille den Satz.

Ich nicke und stelle nach all den Jahren fest, wie vertraut sie mir ist.

„Vielleicht kann man das so sagen. Du hast dich immer rührend um mich gekümmert. Ich weiß auch nicht, warum ich …“
Camille fällt mir ins Wort. „Tu mir den Gefallen und rechtfertige dich nicht für die Funkstille. Davon halte ich nichts, weil es nichts bringt und schon gar nichts ändert. Ich freue mich, dass du dich an mich erinnert hast.“
„Wie könnte ich dich je vergessen?“
Camille lächelt. „Kann ich dir mit dem Gepäck helfen?“
„Nein, das erledige ich selber.“ Ich gehe zurück zum Auto und hole meine Sachen aus dem Kofferraum.
Camille begleitet mich. „Dein Französisch ist hervorragend. Aber ich erinnere mich, dass es auch früher schon sehr gut war.“
„Danke. Ich liebe die Sprache, sie war mir immer wichtig. Leider war ich in den letzten Jahren nicht mehr in Frankreich, aber ich schaue viele Filme im Original.“ Ich schultere die Reisetasche und ziehe den Koffer hinter mir her. Zielstrebig nehme ich den Weg links am Haupthaus vorbei, der in den hinteren Teil des Grundstücks führt. Doch Camille bremst mich. „Die Scheune kann ich dir nicht mehr anbieten. Sie rottet seit Jahren vor sich hin und ist eine einzige Baustelle. Ich begleite dich auf dein Zimmer. Es liegt im zweiten Stock.“ Camille zeigt auf eine Gaube unterhalb von einem der beiden Schornsteine.
„Darf ich mir die Scheune trotzdem anschauen?“
„Na komm, ich zeig sie dir.“
Ich lasse mein Gepäck stehen und gehe den vertrauten Weg. Die Scheune, diese Bezeichnung ist mehr als tiefgestapelt. Das Nebengebäude, in dem wir unsere Sommer verbracht haben, ist ein romantischer, grün berankter Bau, ebenso aus Naturstein wie das Haupthaus. Innen gibt es drei Zimmer, ein Bad und eine kleine Küche, die es – zumindest in meiner Erinnerung – an nichts mangeln ließen.
„Camille, ich bin so neugierig darauf, was ich empfinden werde, wenn ich sie nach all der Zeit betrete.“
„Das kann ich dir sagen: ‚Bloß raus hier.‘ Es muffelt, ist feucht, die Farbe blättert ab, und die Möbel faulen vor sich hin. Wir hatten vor Jahren einen Wasserschaden. Aber da wir sowieso nicht mehr vermieten, hat sich keiner darum gekümmert.“
Camille öffnet die schwere, knarzende Holztür. Tatsächlich steigt mir sofort ein modriger Geruch in die Nase, der nichts mit dem aus

meiner Erinnerung gemein hat. Hier drinnen ist wirklich nichts mehr, wie es einmal war. Die Möbel sind mit Laken abgedeckt, Spinnweben hängen von der Decke, es ist kalt und feucht.
„Okay, du hattest recht. Hier zu wohnen wäre eine echte Herausforderung."
„Wusste ich es doch! Los, nur weg hier."
Camille begleitet mich auf das Zimmer, das sie mir zugewiesen hat. Die rustikale Einrichtung besteht aus einer antiken Kommode und einem vom Stil her passenden Massivholzkleiderschrank, einer Chaiselongue in blauem Samt, einem Stuhl und einem schmalen Bett. Das Kopfteil ist mit kunstvollen Schnitzereien verziert. An den weißen Wänden hängen gerahmte Ölgemälde mit Blumenmotiven.
„Ich hoffe, dass du dich hier wohlfühlen wirst", sagt Camille.
„Das werde ich. Kann ich dir irgendwie zur Hand gehen, solange ich hier bin?"
Camille stemmt ihre Hände in die Hüften. „Komm gar nicht erst auf die Idee! Du machst Urlaub. Wir haben genug Unterstützung." Sie streicht über die gemusterte Tagesdecke. „Du willst jetzt sicher erst mal etwas Schlaf nachholen."
„Oh nein, dazu bin ich viel zu aufgeputscht. Das mache ich heute Abend." Ich nehme Camilles Hand. „Danke. Für alles!"
„Jetzt ist aber gut. Ich habe dir noch nicht mal Frühstück angeboten. Komm runter, wenn du ausgepackt hast, es gibt Kaffee und Croissants."
Ich möchte mich schon wieder bedanken, aber da hat Camille bereits das Zimmer verlassen. Nachdem ich meine Sachen im Schrank verstaut habe, öffne ich das Fenster und atme tief ein. Frischer kann Luft nicht sein. Die Sonne hat sich rargemacht, der Wind ist aufgefrischt. Wie ein Sklaventreiber schiebt er die Wolken vor sich her. In der Ferne braust der Atlantik. Es ist Flut, ich kann die Wellen anrollen sehen. Wie sehr ich diesen Blick in die Natur liebe! Ich schicke Claas eine kurze Nachricht, und auch Sophie lasse ich wissen, dass ich gut angekommen bin.
Schon auf der Treppe steigt mir der Duft von frischem Kaffee in die Nase. Camille steht in der großen, moosgrün gekachelten Küche und stellt Geschirr und ein Körbchen mit Croissants auf ein Tablett.
„Wir setzen uns drüben hin", sagt sie bestimmt und geht voran in ein Zimmer mit Natursteinwänden und Balkendecke, das ich früher als eine Art Rittersaal empfunden habe. Camille mochte es nicht,

wenn wir hier drinnen tobten. Eine lange Tafel mit zwölf Stühlen gibt es hier. Vor einem gemauerten Kamin stehen zwei antike Sessel und ein Tisch mit weißem Spitzendeckchen. Dort stellt Camille das Tablett ab. „Nimm Platz, Charlotte."

Ich setze mich hin. Camille gießt Kaffee ein. Draußen geht ein Schauer nieder. Gleich darauf blitzt wieder die Sonne durch. Ihre Strahlen dringen durch die Fenster und tupfen kleine, fröhlich tanzende Flecken auf den Kaminsims.

„Das Wetter kann sich heute wohl nicht so recht entscheiden, wie es werden soll", sage ich.

„Es gibt ein Sprichwort bei uns: In der Normandie gibt es mehrmals täglich gutes Wetter."

„Herrlich, so kann man sich jede Wechselhaftigkeit schönreden." Ich trinke einen Schluck Kaffee und beiße beherzt in ein Croissant. „Das ist köstlich! Unsere Backhaus-Teile können da nicht mithalten."

Camille schmunzelt. „Ich weiß noch, wie ihr hier einmal mit einer Palette voll Brot angereist seid. Dein Vater wollte mich davon überzeugen, dass euer Vollkornbrot das beste der Welt sei. Die ganze Tiefkühltruhe war voll damit. Bitte verrate es ihm nicht, aber wir haben nach drei Jahren die letzten Brote an die Tiere verfüttert."

Ich grinse und hebe meine Hand zum Schwur. „Das bleibt unser Geheimnis!"

„Jetzt aber mal raus mit der Sprache. Was hat dich nach all der Zeit dazu bewogen hierherzukommen?"

Ich erzähle Camille von meinem Unfall und von meinem Bedürfnis nach Abstand zu meinem Leben in Hamburg. Sie beugt sich zu mir und tätschelt meine Schulter. „Ach Kindchen! Das ist schrecklich. Da bin ich wirklich froh, dass ich noch am Leben bin und dich hier empfangen kann."

Meine Augen werden feucht, ich blinzle die Tränen weg. „Entschuldige, ich bin seit dem Unfall nah am Wasser gebaut." Ich drehe mich zur Seite und wische mir über die Augen. Camille sieht mich teilnahmsvoll an. „Weißt du, ich habe mich plötzlich so sehr danach gesehnt hierherzukommen. Und ich kann dir gar nicht sagen, wie glücklich ich bin, dass ich dir nun tatsächlich gegenübersitze!" Meine Nase läuft. Ich habe kein Taschentuch dabei. Camille reicht mir eine Serviette, in die ich geräuschvoll hineinschnäuze. Dann klopft sie mir sanft auf die Schulter.

„Immer raus damit, Mädchen. Ich habe mich öfter gefragt, was wohl aus euch geworden ist. Lass mich raten, du bist in die Firma eingestiegen."
„Camille! Da liegst du richtig. Warum warst du dir so sicher?"
„Es war naheliegend. Deine Schwester hat nie einen Hehl daraus gemacht, dass es für sie nicht infrage kommt."
„Stimmt. Seit zwei Jahren bin ich offiziell der Boss." Ich erzähle Camille von der Erkrankung meines Vaters und seiner Genesung.
„Du hattest nie eine Wahl, oder?"
„Das habe ich zumindest immer geglaubt, ja." Ich senke den Blick und höre das Ticken der Uhr auf dem Kaminsims.
„Es ist so ruhig hier. Wo ist Baptiste? Früher konnte man ihn nicht überhören, da hieß es immer: Baptiste ist da, wo der Lärm herkommt."
Camille lacht. „Oh ja! Das waren noch Zeiten. Mein lieber Mann hatte nicht nur ein lautes Organ, sondern auch keine Ruhezeiten und war ständig irgendwo am Werkeln." Sie macht eine Pause. „Das ist heute anders. Er hatte vor vier Jahren einen Schlaganfall."
„Das tut mir leid!"
„Endlich hat sich mein Wunsch erfüllt, er ist ruhiger geworden. Entschuldige, aber manchmal kann mich nur der Humor retten. Alles in allem hat er Glück gehabt. Er macht heute aber alles langsamer – und wortkarg ist er geworden, also wundere dich nicht, es hat nichts mit dir zu tun, wenn er nichts sagt. Die meiste Zeit verbringt er in seiner Werkstatt."
„Seine Werkstatt! Ich fand es großartig, wenn ich ihm da über die Schulter schauen durfte. Wie er mit Holz umgehen konnte … Manchmal ließ er mich sogar assistieren. Kann ich ihm gleich Hallo sagen gehen? Oder sollte ich noch irgendwas beachten?"
„Nein, nein, mach nur. Er freut sich."
Ich trinke den Kaffee aus, verdrücke den Rest des Croissants und lasse es mir nicht nehmen abzuräumen. Dann schlendere ich über das Grundstück. Plötzlich kommt ein kleiner kläffender Hund mit schwarzbraunem Fell auf mich zugerannt.
„Filou! Komm her!", ruft Camille da.
„Hey, Filou! Wo hast du dich die ganze Zeit über versteckt? Hallo, du Süßer." Der Hund sieht lustig aus. „Was ist da drin? Ein Jack Russell und ein Dackel?"
„Das kann gut sein, aber so genau weiß das keiner. Filou ist die

meiste Zeit bei Baptiste in der Werkstatt. Mit seinen zwölf Jahren ist er schon ein sehr alter Herr. Sag Hallo zu Charlotte."

„Wuff, wuff, wuff."

Ich lache. „So ein gut erzogener Hund!" Filou lässt sich von mir streicheln, das Kläffen hat er eingestellt, dafür knurrt er nun. „Okay, ich habe verstanden, du wünschst keinen weiteren Körperkontakt mit mir."

„Ja, da ist er manchmal nicht anders als wir Menschen. Nimm es ihm nicht übel", sagt Camille. Sie verschwindet um die Ecke und kommt mit einem großen Eimer wieder.

„Was hast du vor?"

„Ich gehe zu den Hühnern. Es ist Fütterungszeit. Und danach pflücke ich Äpfel."

„Aber der Eimer ist doch viel zu schwer für dich." Ich gehe auf sie zu und strecke meinen Arm danach aus. „Gib ihn mir!"

„Nein, Charlotte! Das mache ich jeden Tag. Was meinst du, warum ich noch so fit bin? Wenn ich mir alles aus der Hand nehmen lassen würde, dann wäre mein Körper längst von Rost durchsetzt."

„Wenn du meinst."

Ehe ich michs versehe, läuft Camille mir davon. Filou folgt ihr. Mit kleinen, flinken Schritten biegt sie nun links ab und erreicht eine Wiese, auf der Dutzende knorrige Apfelbäume stehen, die aussehen, als würden Greise ihre arthrosegeplagten Finger dem Himmel entgegenstrecken. Am Rand steht der Hühnerstall. Camille öffnet das Tor der Umzäunung. Die Tiere rennen ihr freudig gackernd entgegen. Es ist ein schönes Bild. Langsam laufe ich weiter über das riesige Grundstück. Was haben wir hier herumgetobt! Ich sehe die Bilder vor mir, wie wir Verstecken gespielt haben und Fangen, völlig verschwitzt und außer Atem waren.

Camille und Baptiste haben zwei Kinder, Luc und Vivien, die einige Jahre älter sind als ich. Manchmal spielten sie mit. Für das Entstehen einer Freundschaft war der Altersunterschied damals jedoch zu groß. Was sollten auch ein fünfzehnjähriger Junge und ein sechzehnjähriges Mädchen mit einer Neunjährigen anfangen, die „Glasnost" und „Perestroika" für Getränke hielt? Ich erinnere mich noch gut an diesen Sommer Ende der Achtziger, als „die Großen" über Dinge sprachen, die sich mir erst Jahre später vollständig erschlossen. Eltje, die vom Alter her damals besser zu Vivien und Luc passte, wollte die beiden ständig mit schrägen Aktionen beeindrucken, was

allerdings nur dazu führte, dass sie kaum mehr Zeit mit uns verbrachten. Als ich dann ein aufgeklärter Teenager war, begegnete ich Camilles Kindern nicht mehr. Sie waren zum Studium nach Paris gezogen.
Mein Weg wird von vier Gänsen gekreuzt, die gemächlich über den Rasen watscheln, hin zu dem Teich, an dem wir früher Frösche gefangen haben. Auf einem Mauervorsprung sitzt eine getigerte Katze, die mir gelassen mit ihrem Blick folgt. Ich gehe zu ihr und streichle sie. „Ach, du Katze! Zu gern hätte ich auch so eine wie dich gehabt, aber mein Mann hat mir gedroht, dass er dann ausziehen würde. Eine Frau mit Katze sei sein Albtraum", säusele ich.
Die Katze sieht mich an, als würde sie mich fragen, warum ich das hingenommen hätte. „Irgendwann habe ich aufgehört, darüber nachzudenken."
Nun muss ich schmunzeln. Du redest tatsächlich mit einer Katze. Die Katze schnurrt und reibt sich an mir. Ich gehe mit meinem Gesicht näher an sie heran. „So sind wir eben alle auf der Suche nach Liebe." Sie miaut. Du hättest ihm sagen sollen, dass ein Mann, der keine Katze ertragen kann, dein absoluter Albtraum ist, scheint sie mir nun zu sagen. „Ach du weise, dicke Katze! Recht hast du. Erfreu dich daran, dass du hier das Paradies auf Erden hast."
Da höre ich plötzlich eine Stimme, ganz fern ist sie und blechern. Gerade als ich mich frage, ob diese Katze wirklich sprechen kann, registriere ich, dass das Geräusch aus meiner Hosentasche kommt, und nicht nur das: Die Stimme gehört Claas. Ich muss versehentlich an mein Telefon gekommen sein. Oder telefonieren diese Hightech-Teile inzwischen selbstständig? Ich ziehe es aus der Tasche und beschließe, dass ich es ab sofort nicht mehr ständig mit mir herumschleppe. Wozu auch? Viel zu lange waren wir miteinander verwachsen, und es war nicht immer eine gute Beziehung.
„Hallo? Claas?"
„Na endlich! Mit wem hast du gesprochen? Dass du das Paradies auf Erden hast, freut mich. Es geht also angemessen weiter bei dir."
„Ich habe mit einer Katze gesprochen."
„Aha. Und sonst?"
Einen kurzen Moment horche ich in mich hinein und spüre: nichts. Das, was er sagt, regt mich hier nicht einmal mehr auf. Dabei sollte ich ihn schütteln wie einen Cocktail, dafür, dass er mich nicht ernst nimmt – und dafür, dass wir beide es zugelassen haben, dass unsere

Liebe an einem Ort ist, den ich nicht kenne, den wir nicht kennen.
„Weißt du was, Claas? Das Gute ist, wir müssen im Augenblick nicht miteinander reden. Wir wollten doch beide in uns gehen. Du in Hamburg und ich hier in Frankreich."
„Aber du hast mich doch angerufen!"
„Das war ein Versehen."
„Du bist ja richtig gut drauf. Wie oft soll ich dir noch sagen, dass ich es nur gut mit dir meine?"
„Claas, solche Sätze kannst du dir sparen."
„Was willst du mir denn damit sagen? "
„Du raubst mit deinen Phrasen meine Energie."
„Du hast völlig recht, Charly, es hat keinen Sinn, dass wir noch weiter miteinander sprechen. Gute Erholung! Oder war das jetzt auch eine Killer-Phrase?"
„Schon okay, danke. Bis bald, Claas."
Nachdem ich aufgelegt habe, streichle ich umso inniger das bauschige Katzenfell. „Weißt du, Katze, früher habe ich meine ehrliche Meinung selten laut kundgetan. Aber letztlich ist es doch für jeden besser, wenn er gleich weiß, woran er ist."
Die Katze stimmt mir mit einer ruckartigen Kopfbewegung zu.
„À bientôt. Wir sehen uns", sage ich zu ihr und mache mich endlich auf den Weg zu Baptiste in die Werkstatt. Der sandfarbene Flachbau ist mit Fachwerk durchsetzt und liegt versteckt hinter dem Grün einer monströsen Hecke. Das Spitzdach ist vor vielen Jahren einem Feuer zum Opfer gefallen. Die Tür steht offen, ich trete ein.
„Coucou! Baptiste?"
Keine Antwort. Ich gehe weiter hinein. Vom Hausherren keine Spur. Der Raum ist vollgestellt mit alten Möbeln und jeder Menge Brettern. Dieser Geruch nach Holz! Ich kann mich daran nicht sattriechen. Es ist so, als weckte er etwas in mir. Sofort fühle ich mich zurückversetzt in die Zeit, als ich hier stundenlang mit Sandpapier Holz bearbeitet habe.
Es gibt eine große Werkbank mit einem beeindruckenden Schraubstock, eine Kreissäge, die mir als Kind Angst gemacht hat, ungeordnet herumstehende Hocker und einen Arbeitstisch. Baptiste hat früher mit Antiquitäten gehandelt und auch selber getischlert. Nun sieht es so aus, als würden all die Schränke, Stühle, Tische und Kommoden nur noch vor sich hin stauben. Sein Geschäft hat er schon vor Jahren aufgegeben, hat mir Camille erzählt.

Es fällt nicht viel Licht durch die kleinen Fenster. Sie sehen aus, als wären sie in diesem Jahrtausend noch nicht geputzt worden. Der Boden ist über und über bedeckt mit Sägespänen. Welche Geschichten all diese alten Möbel wohl erzählen könnten? Und diese Balken in den Wänden, die auch nach Jahrhunderten die Konstruktion des Hauses noch immer zuverlässig tragen. Ein dumpfes Geräusch reißt mich aus meinen Gedanken. Ich zucke zusammen. Da taucht wie ein Geist Baptiste hinter einem Regal auf. Für einen kurzen Moment verschlägt es mir die Sprache, so sehr erschrecke ich bei seinem Anblick. Ein Geist. Hager ist er geworden und so klein, so alt. Mit aller Gewalt demonstrieren hier Zeit und Krankheit ihre Macht.

„Bonjour, Baptiste."

Er sieht mich mit weit aufgerissenen Augen an, als wäre ich ein Blauwal, der plötzlich in seiner Werkstatt gestrandet ist. Das ist unheimlich.

„Kennst du mich noch? Ich bin es, Charlotte."

Wieder keine Reaktion von ihm. Ich fühle mich zunehmend unwohl. „Gut, wir sehen uns dann später", sage ich und trete den Rückzug an.

„Warte! Du warst gut, Charlotte, richtig gut."

Abrupt bleibe ich stehen. Er hat mit mir gesprochen! Matt und heiser klingt seine Stimme.

„Wie bitte?"

„Weißt du noch, wie du hier früher mitgearbeitet hast?"

Das fragst du mich? „Aber ja! Dass du dich daran erinnerst!"

„Schau mal." Baptiste wuchtet einen kleinen Tisch aus dem Regal. Da bleibt mir fast das Herz stehen. Mein Tisch!

„Nein! Das glaube ich nicht …"

„Doch, den habe ich aufgehoben. Das war dein Meisterstück bei mir."

Ich bin so gerührt, dass ich nicht weiß, was ich sagen soll. „Oh, Baptiste!"

„Du hattest großes Talent."

„Dass du den aufgehoben hast!" Vorsichtig berühre ich das von mir gefertigte Tischchen.

„Das ist Eiche", sagt Baptiste.

„Ich kann kaum glauben, dass ich das war. Es war in meinem letzten Sommer hier. Da habe ich die meiste Zeit bei dir in der Werkstatt verbracht."

Baptiste nickt. „Du warst sehr wissbegierig. Von meinen Kindern kannte ich das nicht."
Ich lächle. „Komisch, ich habe so lange nicht daran gedacht. Jetzt fällt mir wieder ein, dass ich mit dem Tisch meinen Vater beeindrucken wollte. Ich habe mir gewünscht, dass er mir auf die Schulter klopft und sagt, dass das meine wahre Berufung sei. Dass er mir vorschlägt, Innenarchitektur zu studieren oder eine Tischlerlehre zu machen." Ich lache gedankenverloren auf und schüttle den Kopf. „Was für ein absurder Gedanke das war. Er hat dem Tisch dann nur einen kurzen Seitenblick geschenkt und mir gesagt, dass er nicht mehr ins Auto passe. Und ich habe meinen Mund nicht aufgemacht! Wie konnte ich nur vergessen, dass das einmal mein Traum war? Aber ich habe nie dafür gekämpft."
Baptiste runzelt seine faltige Stirn. Die buschigen grauen Augenbrauen tanzen dabei wie kleine Pelztierchen auf und ab. „Ihr jungen Leute! Bei welcher Gelegenheit ihr von ‚kämpfen' sprecht. Es war eben nicht kriegsentscheidend. C'est comme ça."
Baptiste hat als Kind im Juli 1944 die Landung der Alliierten hier an der Küste miterlebt. Davon hat er früher oft erzählt.
„Das Tischchen gehört noch immer dir. Vielleicht hast du diesmal Platz im Auto."
„Oh ja, den habe ich. Danke, dass du ihn all die Jahre aufbewahrt hast."
„Gern geschehen." Baptiste lächelt, ich sehe, dass ihm ein Eckzahn fehlt. „Dafür vergesse ich andere Dinge, zum Beispiel wie alt ich bin."
„Das ist doch gut! Wie alt fühlst du dich denn?"
„Morgens wie hundertzehn und am Abend um dreißig Jahre gealtert."
„Das wollte ich jetzt aber nicht hören."
„Habt ihr euch wiedererkannt?" Camille erscheint in der Tür.
„Sofort! Mein einstiger Lehrmeister steht noch gut im Saft."
„Du schmeichelst mir. Ich hätte dich nicht mehr erkannt. Aber dein deutscher Akzent hat dich verraten."
„Zu dumm, den werde ich wohl nie los. Camille, Baptiste hat mir erzählt, dass er gern mal sein Alter vergisst. Wie alt seid ihr inzwischen?"
„Aber Charlotte, das fragt man nicht mehr, wenn jemand seine Volljährigkeit bereits erreicht hat."

Ich schmunzle. „Pardon."
„Du dürftest jetzt Anfang vierzig sein, oder?", fragt Camille.
„Wie war das eben? Na, schon gut. So alt bin ich noch nicht, erst neununddreißig."
„Noch ein junges Mädchen!"
„Danke. Du bist reizend, Camille."
„Aber ich bin schon einundachtzig. Baptiste ist fünfundachtzig."
„Könnt ihr euch vorstellen, eines Tages von hier wegzuziehen?"
„Non! Lebendig kriegt uns hier keiner weg. Die Kinder haben auch schon mit dem Thema angefangen. Was denn später einmal werden solle ... pah!" Camille winkt ab. „Später ist nicht jetzt. Also möchte ich nicht darüber nachdenken."
Baptiste pflichtet ihr bei.
„Haben eure Kinder kein Interesse daran, hierher zurückzukommen? Es ist doch so unfassbar schön hier."
„Ja, für ein paar Tage sind Luc und Vivien gern hier. Aber irgendwann würde ihnen die Decke auf den Kopf fallen." Camille wirft einen Blick auf ihre Uhr. „Oh, schon so spät, ich muss in die Küche."
„Ich begleite dich. Bis nachher, Baptiste."

8

In der Küche kommen Camille und ich ins Plaudern. Ich erzähle ihr, dass ich momentan mein ganzes Leben hinterfrage, einschließlich meiner Ehe. Währenddessen köcheln in einem großen Topf Äpfel vor sich hin. Camille rührt sie ordentlich um und gibt einen Schuss Calvados dazu. Es duftet herrlich. Ich stelle mich neben sie und schaue ihr über die Schulter.
„Was wird das?", frage ich.
„Konfitüre. Setz dich doch wieder hin."
„Lass mich dir doch irgendwie helfen!"
„Na gut, dann nimm bitte aus dem Schrank da unten die Gläser mit dem Schraubverschluss heraus und fülle dann den Topf neben der Spüle mit Wasser. Das bringst du bitte zum Kochen und sterilisierst die Gläser und Deckel darin."
„Gern. Da fühle ich mich doch gleich weniger nutzlos", sage ich und tue, wie mir geheißen.
„Was du mir da erzählt hast, klingt gar nicht gut, Charlotte. Es ist wirklich bitter, dass du nur in euer Backhaus eingestiegen bist, weil es von dir erwartet wurde. Natürlich hätte ich mir auch von Luc und Vivien gewünscht, dass sie hier unser Lebenswerk fortführen, aber ich habe Verständnis dafür, dass sie lieber in Paris leben wollen."
Camille bearbeitet nun die Äpfel im Topf mit einem Kartoffelstampfer.
„Was machen die beiden dort?"
„Luc ist Lehrer und Vivien Architektin. Beide sind inzwischen geschieden. Vivien hat zwei Kinder und Luc drei."
„Du hast fünf Enkel? Herzlichen Glückwunsch!"
Das Wasser kocht, ich tauche erst die Deckel ein und dann die Gläser.
„Sag, Charlotte, was hättest du denn beruflich gern gemacht, wenn es kein Familienunternehmen gegeben hätte?"
Ich nehme den Topf von der Platte, fische mit dem Ende eines Kochlöffels die Gläser heraus und stelle sie auf ein ausgebreitetes Geschirrtuch.
„Vorhin, bei Baptiste in der Werkstatt, da ist es mir wieder klar geworden. Ich hatte schon immer ein Faible für Inneneinrichtung. Ja,

ich hätte gern Häuser eingerichtet, alte Möbel restauriert, neue gebaut, mit Holz gearbeitet." Ich seufze. „Mein Vater hätte mich zur Adoption freigegeben, wenn ich das durchgezogen hätte."
„Aber es ist dein Leben."
„Das weiß ich inzwischen auch."
Camille gibt Gelierzucker in den Topf und rührt dann unermüdlich weiter. „Weiß dein Vater schon, was ihm blüht?"
„Du bist wunderbar in deiner Klarheit. Nein, das weiß er noch nicht. Momentan scheint er es richtig zu genießen, wieder sämtliche Zügel im Unternehmen in der Hand zu haben. Aber ich weiß natürlich, dass das keine Dauerlösung sein kann."
„Da wünsche ich dir schon jetzt viel Spaß." Camille wischt sich den Schweiß von der Stirn. „Geschafft. Nun können wir die Konfitüre in die Gläser füllen." Sie nimmt zwei Kellen von der Wandhalterung und reicht mir eine. „Was ist aus deiner Schwester geworden? Ich sehe euch noch vor mir, ihr habt ständig gestritten."
Ich schöpfe die heiße Masse in die Gläser. „Stimmt. Das hat sich erst gelegt, nachdem Eltje ausgezogen war. Wir gingen dann dazu über, nur das Nötigste miteinander zu sprechen." Während ich die Deckel auf die Gläser schraube, erzähle ich Camille von Eltjes Werdegang.
„Bei deiner Schwester hätte ich am allerwenigsten erwartet, dass sie Bäuerin wird. Wie ist euer Verhältnis heute?"
Ich überlege einen Moment. „Hm, von einem innigen Schwesternverhältnis kann man bei uns nicht sprechen."
„Manchmal schweißt so ein Unfall einen wieder zusammen."
„Wieder, hast du gesagt. Aber wir hatten nie diese Nähe zueinander. Ich glaube, wir sind einfach zu verschieden."
Camille mustert mich mit ihrem altersmilden Blick. „Was aber nicht bedeuten muss, dass man kein Verhältnis zum anderen aufbauen kann. Sei nicht zu stolz, auf sie zuzugehen, wenn es dir wichtig ist. Das ist es doch, oder?"
Ich nicke zaghaft. „Aber lange habe ich mir vorgemacht, es wäre nicht so. Ich habe mich bei ihr nie anerkannt gefühlt. Vielleicht hast du recht. Wenn ich wieder zurück bin, werde ich sie besuchen und in Ruhe mit ihr sprechen."
„Das ist ein guter Vorsatz." Camille stellt die Konfitüregläser auf ein großes Tablett. Ich trage es in die kühle Vorratskammer neben der Küche.
Durch all die vielen Eindrücke vergeht der Tag sehr schnell. Am

Abend bin ich dann so müde, dass ich frühzeitig zu Bett gehe und in einen tiefen Schlaf falle.

Nach einem gut zehnminütigen Spaziergang erreiche ich den breiten Sandstrand. Von den Dünen bis zum Wasser könnte ich locker einen Zweihundert-Meter-Lauf absolvieren, so breit ist er. Der Strand ist gesäumt von Sanddünen und Ferienhäusern. Für den Moment hat sich die Herbstsonne einen Platz zwischen den Wolken erkämpft und lässt den Atlantik funkeln wie Tausende Diamanten. Möwen kreischen. Ich laufe vor bis zum Wasser, atme tief die salzige Luft ein und lasse mir den Wind durch die Haare wehen. Was für ein reinigender Moment! Irgendwo habe ich gelesen, dass man an der See einen freien Blick auf die Seele hat. Heute ist sie ruhig und unaufgeregt, sanft rollen die Wellen herein. Mein altes Leben und all die Baustellen, die es abzuarbeiten gilt, sind hier ganz weit weg, genau wie Claas.
Ich weiß nicht, wie lange ich so dastehe und still die Natur genieße. Irgendwann laufe ich weiter über den Strand. Bei diesem friedlichen Anblick ist es kaum vorstellbar, was hier, an einem dieser sogenannten Landungsstrände, am 6. Juli 1944 passierte. Die Amerikaner kamen, um Europa von den Nazis zu befreien. Überall waren Blut und der Tod. Wochenlang herrschte in der Normandie ein flammendes Inferno. Als Jugendliche habe ich die Geschichte in mich aufgesogen, Soldatenfriedhöfe und Museen besucht, Camille und Baptiste mit Fragen gelöchert und sie dafür geliebt, dass sie uns Deutsche nicht hassten. Stumme Zeitzeugen aus Beton erinnern hier am Strand noch heute an diese dunkle Zeit.
Zwei Pferde mit ihren Reitern galoppieren an mir vorbei, und dicke Wolken verdunkeln die Sonne. Es beginnt zu nieseln. Ich setze meine Kapuze auf und laufe immer weiter. Als ich mich nach einem angeschwemmten Stück Holz bücke, um es wie ein Frisbee hinaus ins Meer zu schleudern, kommt mir plötzlich ein Geistesblitz. Nicht alle Baustellen sind ganz weit weg. Eine ist hier und schreit förmlich nach mir: die Scheune. Ja! Das ist es! Ich werde Camille und Baptiste fragen, ob ich sie wieder auf Vordermann bringen darf. Endlich weiß ich einmal ganz genau, was ich will. Voller Tatendrang mache ich mich auf den Rückweg.
Nachdem ich Camille und Baptiste von meiner Idee erzählt hatte, schauten sie mich zunächst an, als würden sie an meiner geistigen

Gesundheit zweifeln. Doch nach meinem leidenschaftlichen Plädoyer für die Wiederauferstehung des alten Gemäuers nahmen sie mein Angebot an.
„Mais bon. Wenn das dein größter Wunsch ist, dann wollen wir dich nicht bremsen. Aber du brockst dir da ganz schön was ein, Mädchen", mahnte Camille.
Ich nickte nur euphorisch und machte mich an die Arbeit.
Stunden verbringe ich nun in der Scheune, reiße die Fenster auf, um den Muff zu vertreiben, schiebe Möbel hin und her und entferne feuchte Tapeten von den Wänden. Zu meinem Erstaunen lege ich eine wunderschöne Natursteinwand frei. Wie konnte man die nur jemals tapezieren? Alles in allem stelle ich fest, dass der Schaden an der Substanz des Hauses weniger groß ist, als ich erwartet hatte.
„Die Wände sind am schönsten so, wie sie sind", sage ich zu Camille, und sie gibt mir recht. „Die Holzbalken und das Bad brauchen einen neuen Anstrich. Ich besorge alles, was dazu nötig ist."
„Charlotte, wo nimmst du bloß diese Energie her?", fragt Camille, und ich lache nur, weil ich mich so gut fühlte.
Ich bin nicht zu bremsen in meinem Eifer und kann mich nicht erinnern, wann ich zum letzten Mal eine solche Freude bei körperlicher Arbeit empfunden habe. Selbst das Schrubben der Fliesen in Küche und Bad erledige ich mit mehr Leidenschaft, als ich für den letzten Sex mit Claas aufbrachte. Vielleicht hätte ich auch zu Hause öfter mal die Bude putzen sollen, anstatt das alles der Putzfrau zu überlassen.
„Der Scheune wieder eine Seele geben, das ist es, was ich möchte", sage ich, als Camille auf eine Stippvisite vorbeikommt.
„Oh, Charlotte, ich habe nicht für möglich gehalten, dass ich das noch erleben werde." Camilles Augen glänzen feucht, als sie ihren Blick schweifen lässt. Ich streiche über ihren Rücken.
„Darüber, wie leicht und selbstverständlich mir das hier alles von der Hand geht, bin ich selbst überrascht. Vor allem weil ich kaum Erfahrung mit so etwas habe." Daran siehst du, wozu der Mensch fähig ist, wenn es um eine Herzensangelegenheit geht.
„Camille, zeigst du mir, was alles wegkann?"
Gemeinsam laufen wir die Räume ab. Camille bleibt immer wieder stehen, streicht über das Inventar und sagt: „Das kann weg." Oder: „Das ist besser erhalten, als ich dachte."
Tatsächlich ist ein Großteil der Möbel weniger angegriffen als

befürchtet. Was wegkann, wuchte ich ins Freie. Ich habe für den nächsten Tag einen Sperrmüll-Transport organisiert, der die Sachen abholt.

„Es macht mir so viel Spaß, das alles hier wieder wohnlich zu machen", sage ich durchgeschwitzt, als Camille mich zum Feierabend zwingt.

„In einer halben Stunde gibt es Abendessen. Florence hat gekocht."

Florence ist Camilles Haushaltshilfe, die auch ab und zu an den Herd darf.

„Ich beeile mich und springe nur noch schnell unter die Dusche."

Später sitze ich mit Camille und Baptiste am Tisch und trinke zum ersten Mal Calvados, den Haus- und Hofschnaps hier. Er glüht in meiner Kehle.

„Die Legende besagt, dass Adam und Eva aus den Äpfeln des verbotenen Baumes Schnaps gebrannt haben und deswegen aus dem Paradies geflogen sind. Denn der liebe Gott war darüber ganz und gar nicht erfreut. Das war quasi die Geburtsstunde des Calvados", erzählt Camille.

Ich schmunzle. „Dass er eine so lange Tradition hat, war mir nicht bekannt. Santé!"

„Er verleiht deinem Geist Feuer und dem Magen Wohlbefinden, besonders dann, wenn er alt ist und lange in Eichenfässern gelagert wurde. So wie unserer hier."

„Interessant. Du bist ein echter Fachmann, Baptiste. Aber das mit dem Wohlbefinden im Magen bezweifle ich, dafür brennt er zu sehr." Ich trinke einen Schluck Wasser hinterher. „Pardon, aber ich habe noch nicht so viel Erfahrung mit eurer Spezialität."

„Schon gut." Camille hebt ihr Glas. „Wir danken dir für deinen Einsatz, Charlotte."

„Nicht der Rede wert."

Florence serviert das Essen und verabschiedet sich dann in den Feierabend. Erst jetzt merke ich, wie ausgehungert ich bin. Als Vorspeise gibt es Hühnersuppe, gefolgt von Miesmuscheln mit Kräutern und einer Apfeltarte. Wir essen in aller Langsamkeit. Bei den Franzosen kann sich so ein Abendessen über Stunden hinziehen. Zu Hause wäre das für mich undenkbar gewesen, ich hätte nicht die Ruhe dazu gehabt, aber hier fühlt es sich ganz selbstverständlich an.

„Es schmeckt hervorragend", sage ich.

„Florence ist wirklich eine Perle. Ohne sie wären wir hier manchmal

ziemlich aufgeschmissen", sagt Camille.
„Das ist allerdings der letzte Eindruck, den ihr erweckt."
Camille lächelt versonnen.
Nach dem Essen gibt es eine Verkostung des selbst gekelterten Cidres. Der Apfelwein ist weitaus mehr nach meinem Geschmack als der Calvados. Trocken, süß und ein bisschen bitter feiert er auf meiner Zunge eine Party. Camille lässt sich nicht lumpen und schenkt mir immer wieder nach. Entsprechend angeheitert klingt der Tag aus.

Bevor ich mich am nächsten Morgen erneut an die Arbeit in der Scheune mache, unternehme ich einen Strandspaziergang. Das ist inzwischen zu meinem täglichen Ritual geworden. Mit den Sohlen meiner derben Boots hinterlasse ich Abdrücke auf dem festen, feuchten Sand. Spätestens von der nächsten Flut werden sie überspült, und dann ist es, als wäre ich nie hier gewesen. Das Meer hat heute mehr Kraft, die Wellen brechen krachend, und der Wind pfeift. Doch was ist das? Ein hohes Jaulen mischt sich in diese Geräuschkulisse. Wo kommt das her? Da entdecke ich hinter einem verloren im Sand stehenden Weltkriegsfragment aus Beton einen Hund, der sich wie wild die Pfote leckt. Er scheint verletzt zu sein. Als er mich bemerkt, winselt er umso mehr. Das ist herzzerreißend.
„Hey, Hund, was ist denn mit dir passiert?" Vorsichtig nähere ich mich ihm. Er sieht aus wie der Hund aus Tim und Struppi. Nur ist der hier nicht weiß, sondern hellbraun. An seinem Fell klebt Blut. Auf dem Sand liegen Scherben.
„Du armer Struppi! War das hier so spannend?" Ich strecke meine Hand nach ihm aus. „Da warst du wohl etwas zu ungestüm, was?"
Wieder ein Jaulen. Struppi lässt sich von mir streicheln, während ich besänftigend auf ihn einrede und nicht umhinkomme, in mich hineinzulächeln. Von der Katzen- zur Hundeflüsterin. Charlotte, du machst dich.
„Gib mir mal dein Pfötchen." Vorsichtig greife ich danach, aber Struppi entzieht es mir. „Bist du ganz allein?"
„Monet? Monet?", ruft da in einiger Entfernung eine tiefe männliche Stimme. Ich drehe mich um und sehe einen Mann über den Strand spurten. Der Hund fängt an zu bellen. Nun läuft der Mann auf uns zu. Er ist groß. Seine vollen braunen Haare wippen auf und ab. Er trägt einen grünen Parka, dunkle Jeans und an den Füßen braune

Schnürstiefel. „Monet! Was machst du denn nur?" Er geht vor dem Hund in die Knie und untersucht ihn. Dann blickt er aus zwei wunderschönen dunkelgrünen Augen zu mir auf. Dichte dunkle Wimpern umranden sie. „Danke, dass du dich um ihn gekümmert hast." Wie gut die Farbe seiner Augen zu seiner Jacke passt, schießt es mir durch den Kopf. Dazu hat er wohlgeschwungene Augenbrauen, volle Lippen, einen Dreitagebart und ein markantes Kinn. Was für ein attraktiver Mann! Charlotte, das ist nur ein Mann, und du bist kein hypnotisiertes Kaninchen.
„Äh, klar. Monet wie der Maler?", frage ich perplex.
„Ganz genau. Das ist Claude Monet." Der Mann tastet die verletzte Pfote ab.
„Dass ich den einmal persönlich kennenlernen darf!" Das Herrchen schenkt mir ein einnehmendes Lächeln.
„Gott sei Dank scheint es keine schlimme Verletzung zu sein. Er sollte schnell wieder malen können. Manchmal spürt er einen zu großen Freiheitsdrang und haut einfach ab."
„Wie beneidenswert. Er kann das machen."
„Aber ich fange ihn jedes Mal wieder ein."
„Na gut, dann ist das doch nicht so beneidenswert."
Wir lachen. Wie selbstverständlich laufen wir zusammen weiter. Monet hat sich von dem Scherbenschock erholt und läuft brav an der Seite seines Herrchens. Wieder passieren wir einen dieser Betonblöcke. Es muss einmal ein Bunker gewesen sein.
„Es ist unvorstellbar, dass hier eine der blutigsten Schlachten des Zweiten Weltkriegs stattgefunden hat, in einer so wunderschönen Landschaft", sage ich.
„Ich finde auch. Es ist überhaupt unvorstellbar, wozu wir Menschen fähig sein können."
„Ja, das ist es. Es gibt immer wieder diese Tage, an denen ich mich den Nachrichten verweigere."
„Weil wir mit ansehen müssen, wie diese Welt zerstört wird, und dabei unsere eigene Machtlosigkeit spüren."
„So in etwa, ja."
Ich kenne diesen Mann erst seit ein paar Minuten, weiß nicht einmal seinen Namen, und dennoch fühle ich mich ihm sofort verbunden.
„Wo kommst du her?"
„Hey, glaubst du etwa, ich sei keine Französin?"

Ich spüre seinen Blick von der Seite. „Aber nein. Wie kommst du darauf?“ Wir lachen wieder.
„Was gäbe ich dafür, nicht diesen deutschen Akzent zu haben.“
„Ich rede trotzdem mit dir.“
„Das ist sehr freundlich. Ich bin übrigens eine waschechte Hamburgerin. Und aus welcher Ecke stammst du mit deinem perfekten Französisch?“
„Ich bin aus Paris. Machst du Urlaub hier?“
„Ja, so ungefähr. Aber das ist eine längere Geschichte. Damit will ich dich jetzt nicht langweilen. Weißt du, wo hier in der Nähe ein Baumarkt ist?“
Der Mann feixt. „Diese Frage stelle ich mir hier am Strand auch ständig. Womöglich würdest du mich gar nicht langweilen, wenn du mir deine Geschichte erzählst.“
Unsere Blicke kreuzen sich, und mein Herz schlägt etwas zu schnell. Charlotte, was ist los mit dir? Das kenne ich nicht von mir.
„Es gibt einen kleinen Baumarkt im übernächsten Dorf.“ Er erklärt mir, wie ich dorthin komme. „Darf ich so neugierig sein und dich fragen, was du da willst?“
Kurz erzähle ich ihm von meinem Scheunenprojekt.
„Respekt, das nenne ich einen echten Aktivurlaub.“
„Und was machst du hier, außer deinem freiheitsliebenden Maler-Hund hinterherzulaufen? Auch Urlaub?“
„Das ist auch eine längere Geschichte, mit der ich dich jetzt nicht langweilen möchte.“
„Schade, ich bin sehr empfänglich für längere Geschichten.“ In mir höre ich Sophie sagen: „Siehst du, du kannst dich doch noch begeistern und flirten noch dazu.“ Still lächle ich in mich hinein.
„Wenn das so ist, dann können wir uns unsere Geschichten ja bei einem Abendessen erzählen. Ich lade dich ein, sozusagen als Dankeschön für deine Rettungsaktion.“
„Das können wir gern so machen. Merci.“ Ich beuge mich hinunter zu Monet und flüstere sehr hörbar: „Bloß gut, dass ich dich zuerst entdeckt habe.“
Wir lachen erneut. Ich spüre eine längst verschollen geglaubte Form der Leichtigkeit in mir und könnte noch stundenlang hier mit Mann und Hund am Strand spazieren gehen.
„Passt es dir heute Abend?“, fragt er.
Wieder schlägt mein Herz schneller. „Da muss ich erst mal meine

Gasteltern fragen, aber ich denke, das sollte klappen."
„Fein. Kennst du das kleine Restaurant gleich dort hinter den Dünen?" Pierre zeigt in die Richtung, aus der wir gekommen sind.
„Ja, das kenne ich. Dort war ich mit meinen Eltern vor vielen Jahren. Ich erinnere mich daran, dass es Muscheln gab. Die habe ich damals gehasst. Heute ist das anders. Gibt es dort noch welche?"
„Oh ja, die besten und frischesten, die du hier in der Gegend kriegen kannst. Treffen wir uns dort um acht?"
„Fein, ich werde da sein. Nun muss ich aber zu meinem Shopping-Trip aufbrechen, sonst komme ich nachher zu spät."
Wir laufen gemeinsam bis zum nächsten Strandaufgang, von dort geht jeder seiner Wege.

Mit einem breiten Lächeln im Gesicht kehre ich zurück in meine Herberge. „Was ist denn mit dir passiert?", fragt Camille.
Ich erzähle ihr von meiner Begegnung mit Mann und Hund am Strand. Sie lächelt und nickt vielsagend, als ich mich fürs Abendessen abmelde.
Nun kann ich es kaum mehr erwarten, Sophie von dieser Begegnung zu erzählen. Ich bin regelrecht aufgeputscht, gehe in mein Zimmer und nehme mein zum Stubenarrest verdonnertes Telefon aus der Schublade.
„Endlich meldest du dich mal wieder!", begrüßt mich Sophie.
„Du wirst es nicht glauben, aber ich habe heute Abend ein Date mit einem Mann, dessen Namen ich nicht mal kenne!" Ich lasse mich rücklings auf das Bett fallen.
„Hallo, Charlotte? Bist du es wirklich?"
„Kein Zweifel! Das Leben ist einfach schön."
„Trinkt ihr da den ganzen Tag nur Wein? Ist es was Härteres? Oder leidest du neuerdings unter manischen Phasen?"
„Ach komm, Sophie! Weder noch. Ich hatte eben noch nie eine solche Begegnung mit Mann und Hund." Ich kichere. „Aber auch sonst ist mir hier schon einiges klar geworden."
Ich erzähle Sophie von der Erweckung meines Traums, mit Holz zu arbeiten, und von meiner Aktion in der Scheune. „Endlich weiß ich, was meine Berufung ist. Ich möchte mit meinen eigenen Händen etwas Nachhaltiges schaffen! Ich möchte Räumen mit ausgewählten Möbeln eine Seele schenken."
„Charlotte, ich weiß gar nicht, was ich dazu sagen soll. Werden wir

womöglich noch Kolleginnen? Dass du so schnell weißt, was du willst, finde ich beachtlich! Bist du dir da sicher? Ich meine, du musst dann ja auch mit deinem Vater darüber sprechen."
Ich strecke meine Beine in die Höhe und bewege sie hin und her.
„Absolut sicher bin ich mir! Natürlich ist mir klar, dass ich es ihm erzählen muss. Aber weißt du was? Darüber denke ich jetzt noch nicht nach. Das mache ich erst, wenn ich zurück bin in Hamburg."
„Aber du trägst auch die Verantwortung für Hunderte Mitarbeiter. Das ist dir schon klar, ja?"
„Wenn deren Schicksal auf dem Spiel stehen würde, wäre ich weitaus zögerlicher, glaub mir. Das Backhaus ist ohne mich gut geführt worden in den letzten Monaten, das hat mich mein Vater ungefragt immer wieder wissen lassen. Du siehst also, ich bin leicht ersetzbar."
Ich rolle mich ab und setze mich auf die Bettkante.
„Für mich nicht."
„Danke, das baut mich ein bisschen auf! Aber im Ernst, es ist ein beruhigendes Gefühl, dass es auch ohne mich funktioniert. Wie geht es dir und deinen Lieben?"
„Gut. Bei uns läuft auch alles. Aber ... na ja ... Es ist nur, also, ich weiß nicht, ob ..."
„Sophie! Was druckst du herum? Raus mit der Sprache!"
„Ach, vergiss es, es ist nicht wichtig. Genieße deine Ferien. Wir können alles hier in Hamburg besprechen."
„So kannst du mich jetzt aber nicht sitzen lassen! Was ist los?"
„Nein, Charlotte, bitte. Lass uns das vertagen."
„Du hast damit angefangen. Das klang nicht nach vertagen. Raus mit der Sprache!"
„Das war dumm von mir ... Entschuldige, aber das ist wirklich nicht der passende Rahmen." Ich höre es in der Leitung rascheln und kann förmlich sehen, wie Sophie sich windet.
„Mich kann nichts mehr schocken. Los, erzähl!"
Sophie hüstelt. „Also ... ach Mensch, Charlotte! Ich möchte dir das nicht am Telefon erzählen ..."
„Das ist nicht zu überhören. Weiter!"
„Ich habe Claas gesehen, ganz zufällig. Er hat mich aber nicht gesehen." Pause.
„Was? Das ist ja ganz furchtbar!" Ich räuspere mich. „Sophie?"
„Na ja, das war noch nicht alles. Ich hatte gestern einen freien Abend und war mit meiner Nachbarin was trinken. Sie hatte dann

später noch Lust auf einen Döner, und wir sind in einer Gegend gelandet, wo ich sonst nie hinkomme, und …“
Ich fahre Sophie ins Wort. „Sehr interessant, besonders der Teil mit dem Döner. Aber kommst du jetzt bitte auf den Punkt?“
„Claas kam aus einem Haus. Also, äh, aus einem, wie soll ich sagen, Etablissement.“
„Was?“ Meine Brust verengt sich. Du glaubst doch nicht, dass sie ihn aus dem Supermarkt kommen sah.
„Ach Mensch, er kam aus einem Puff! So, jetzt weißt du es. Ich wollte dir das nicht am Telefon sagen.“
Vor mir blitzen Bilder auf, die ich nicht sehen möchte. Ich schlucke. „Hast du aber. Fuck!“
„Ja, so kann man das wohl auch sagen.“
„Das ist widerlich. Hat er dich wirklich nicht gesehen?“
„Nein, es war dunkel.“
„Aber vielleicht war es gar nicht so, wie es aussah. Womöglich hatte er eine Verabredung mit einem Mandanten. Er hat früher schon einmal eine Kiezgröße vertreten. Ja, so wird es gewesen sein. Claas hat doch seit einer Ewigkeit kein Bedürfnis mehr nach Sex. Warum sollte er dann auch noch dafür zahlen?“
„Hm.“ Und im Westen geht die Sonne auf.
„Vielleicht ist es sogar besser, dass ich so weit weg bin, denn von hier aus kann ich ihn nicht von Angesicht zu Angesicht zur Rede stellen. Mach dir bloß keine Vorwürfe, dass du es mir erzählt hast. Viel schlimmer wäre es gewesen, wenn du es nicht getan hättest. Sicher gibt es eine Erklärung dafür.“ Ich drücke meinen Daumennagel in die Kuppe meines Zeigefingers.
„Bestimmt gibt es die. Ich muss jetzt Schluss machen. Bitte halte mich über den Mann ohne Namen auf dem Laufenden und denk nicht darüber nach, was ich dir gesagt habe.“
„Das mache ich. Bis bald, Sophie.“
Nicht darüber nachdenken – wie soll das gehen? Dazu ist mein Hirn leider zu intakt. Nie zuvor habe ich den Gedanken daran zugelassen, dass sich mein Mann mit Prostituierten verlustieren könnte. Selbst jetzt erscheint es mir absurd. Aber ist es das dadurch auch? Ach Schatz, ich möchte dich nicht mit meiner Lust belasten, meinen Saft lasse ich im Bordell. Ich stoße einen irren Lacher aus. Ja, da haben wir es schon wieder: Die Wahrheit ist selten ein Freund.
Ich laufe rastlos im Kreis durch das Zimmer. Irgendwo muss er seinen

Trieb doch befriedigen, hat Sophie immer zu mir gesagt, und ich habe nur abgewunken, weil ich von mir auf ihn schloss. Von wegen es geht auch ohne! Mir wird noch einmal umso deutlicher bewusst, wie gestört unsere Beziehung ist. Für einen Moment macht mich das wütend, weil ich alles viel zu lange ignoriert habe, weil es so schwer ist, sich von der Macht der Gewohnheit zu lösen und Dinge zu ändern. Ich öffne das Fenster und strecke meinen Kopf heraus. Der Wind tut gut. Da bedarf es erst eines Unfalls, um aus der Lethargie herausgerissen zu werden. Wie grotesk das doch ist! Es lässt mir keine Ruhe. Einem Impuls folgend rufe ich Claas an.

„Charlotte, welch eine Überraschung. Ich dachte, wir wollen erst mal nicht miteinander sprechen."

„Das habe ich mir soeben anders überlegt. Wie geht es dir? Was hast du gestern Abend so gemacht?" Meine Stimme klingt fremd in meinen Ohren, piepsig und so, als würde sie kippeln.

„Seit wann interessiert dich das? Ich muss in eine Besprechung, kann ich dich heute Abend zurückrufen?"

„Nein, da ist es bei mir schlecht."

„Mir geht es gut, danke der Nachfrage. Und gestern Abend habe ich nichts Aufregendes gemacht. Ich war lange im Büro und habe Akten durchgearbeitet. Ich muss jetzt aber wirklich Schluss machen."

„Okay, dann mach das. Au Revoir."

Ich schaue wieder aus dem Fenster. Einatmen, ausatmen. War mir mein Mann je fremder? Nun weiß ich, dass wir nicht nur Dinge ausblenden, sondern auch, dass er mich belügt. Was hast du erwartet? Dass er dir erzählt, Chantal sei eine ganz Süße? Ich balle meine Hände zu Fäusten. Diese Vorstellung ist so widerlich! Aber hast du das nicht längst geahnt? Ich schalte das Telefon aus und knalle es in die Schublade. Das Letzte, was ich jetzt brauche, ist eine Verbindung nach Hause.

Ich stürze mich in Ablenkung und mache mich auf in den Baumarkt. Es gelingt mir tatsächlich, meine Gedanken an Claas zur Seite zu schieben. Und was ist mit dem Metzger, den du ihm vorbeischicken willst, damit er ihn kastriert? Besser gesagt, es gelingt mir, meine Gedanken daran zu kontrollieren. „Claas Hansen, du mieser Rammler, ich lasse mir von dir meine Zeit hier nicht kaputt machen!", zische ich und konzentriere mich auf die Straße.

Der Mann hat mir den Weg so gut erklärt, dass ich den Baumarkt problemlos finde. Der Mann. Ich lächle in mich hinein, als ich

Farbe, Lack und Pinsel kaufe.

Tatsächlich schaffe ich es am Nachmittag noch, einen Teil der Balken in der Scheune zu streichen. Nun riecht in diesem Raum nichts mehr muffig, sondern nach Neuanfang. Der Lack ist wieder dran.

9

Erwartungsvoll mache ich mich auf den Weg ins Restaurant. Es ist längst dunkel, und so sehe ich „den Mann“ schon von außen in dem schummrigen Gastraum an einem Fensterplatz sitzen. Nachdem ich eingetreten bin, fühle ich mich sofort wohl in diesem urigen Gastraum mit den holzvertäfelten Wänden und dem Kaminofen, der eine behagliche Wärme ausstrahlt. Der Raum ist kleiner, als ich ihn in Erinnerung habe. Es gibt nur sechs Tische. Der Mann steht auf, begrüßt mich, nimmt mir die Jacke ab und hängt sie an die Garderobe.

Unwillkürlich muss ich schmunzeln. „Das ist tatsächlich eine Premiere heute. Ich hatte noch nie eine Verabredung mit einem Mann, dessen Namen ich nicht einmal kenne.“ Wir setzen uns.

„Ach so? Für mich ist das nichts Neues. Ich könnte mir die Namen all der Frauen, die meinem Hund zur Seite springen und die ich daraufhin zum Essen einlade, ohnehin nicht merken.“

„Ja, so etwas in der Art dachte ich mir schon.“

Wir schmunzeln.

„Ich bin Pierre.“ Ein tiefer Blick aus seinen schönen Augen trifft mich.

„Charlotte.“ Wir reichen uns die Hände. „Hm, mal schauen, ob ich mir deinen Namen merken kann. Ich habe mich bereits an ‚der Mann‘ gewöhnt.“

„Kein Problem. Ich versuche es allerdings lieber mit Charlotte als mit ‚die Frau‘. Das ist ein sehr schöner Name.“

„Danke.“ Ich schaue in das Licht der Kerze, die auf unserem Tisch brennt, und drücke die Gedanken an Claas weg, die mich kurz durchzucken. Weg mit euch. Das ist mein Abend! „Nun, Pierre, in welcher Mission bist du hier an der Küste?“

Er sieht mich überrascht an. „Du legst aber ein Tempo vor. Wollen wir nicht zunächst übers Wetter plaudern oder über die Spezialitäten der Region? Und ich weiß nicht einmal, welchen Wein du gerne trinkst.“

„Wozu sollen wir Zeit vertrödeln? Aber mit dem Wein hast du recht, das ist essenziell und wir sollten es klären.“

Pierre lächelt. „Magst du lieber weißen oder roten?"
„Im Herbst und Winter bevorzuge ich roten."
Pierre winkt den freundlich dreinblickenden Kellner heran, einen kleinen Mann in weißem Hemd und schwarzer Hose, der die siebzig bereits überschritten haben dürfte. Dann raunt er mir zu: „Das war früher bei mir genauso. Aber inzwischen trinke ich keinen Alkohol mehr. Deswegen soll er dir einen guten Wein empfehlen."
„Da sage ich jetzt besser nicht ‚schade', sondern ‚Respekt' und frage nicht weiter nach. Übrigens brauche ich nicht unbedingt Wein zum Essen, wir können uns gern eine Flasche Wasser teilen."
„Es ist okay für mich, wirklich. Und eine Flasche Wasser teilen wir uns trotzdem."
Der Kellner empfiehlt mir den Pinot Noir, einen der wenigen Weine aus der Normandie. Ich probiere ihn und nehme ein Glas. Dann bestellen wir das Essen. Als Vorspeise ordern wir frische Austern, die müsse ich unbedingt versuchen, meint Pierre. Als zweiten Gang empfiehlt der reizende Kellner die Jakobsmuscheln. „Sie werden mit Lauch angebraten und mit Calvados und Cognac abgelöscht, dazu etwas geriebener Apfel, Sahne und Pfeffer." Er führt Daumen und Zeigefinger zu einem Ring zusammen und formt die Lippen zu einem Küsschen. „C'est très bon!"
„Das klingt sehr gut, die nehme ich." Zwar passt der Rotwein überhaupt nicht dazu, aber ich bleibe trotzdem dabei.
Pierre entscheidet sich für eine in Butter gebratene Seezunge.
Drei weitere Tische sind inzwischen besetzt, Gesprächsfetzen fliegen durch den Raum.
„Na gut, da du gern erst über andere Dinge plaudern möchtest, würde mich interessieren, warum du deinen Hund Claude Monet genannt hast."
„Oh, die Frage kann ich leicht beantworten. Mein Monet ist als Welpe einmal in Farbe getreten. Mit seinen Tatzen hat er ein Muster auf den Boden gemalt, das mich an Monets Seerosenteich erinnerte. Da habe ich ihn spontan umgetauft. Er hieß ursprünglich Tintin."
„Da ist Monet doch wesentlich origineller. Vor allem stürmen dann nicht alle Hunde der Gegend auf dich zu, wenn du nach ihm rufst."
Der Kellner stellt die Wasserflasche auf den Tisch und schenkt ein. Wir prosten uns zu, Pierre mit Wasser, ich mit Wein.
„Monet hat die Normandie geliebt. Mit seinen Bildern hat er die Farben hier eingefangen und hinaus in die Welt getragen. Viele

andere Impressionisten haben es ihm gleichgetan: Jongkind, Renoir, Pissarro, Sisley. Sie alle standen hier in der Natur und malten."
Pierre zieht die Augenbrauen hoch. „Aber das ist lange vorbei. Heute hocken die Maler lieber in ihren schicken, durchgestylten Pariser Ateliers, aalen sich in ihrem Drogenrausch und lassen sich auf Vernissagen feiern."

„Oh! Da schwingt aber eine große Portion Ernüchterung in deiner Stimme mit. Bist du aus der Szene?"

Pierre nickt. „Ich war einer von diesen Typen."

„Na, jetzt bin ich aber wirklich gespannt auf deine …", ich male Gänsefüßchen in die Luft, „… langweilige Geschichte."

Pierre lehnt sich zurück und legt die Hände über den Kopf. „Also gut. Ich habe Malerei studiert. Schon als Student hatte ich meine ersten Ausstellungen. Die Kritiker haben sich mit ihrem Lob nur so überschlagen. Ich habe die Aufmerksamkeit genossen, mich feiern lassen und gemalt wie ein Verrückter." Pierre lacht bitter auf. „Doch so ein Leben ist kein Modell für die Ewigkeit." Er macht eine Pause und trinkt einen Schluck Wasser.

Die Austern werden serviert. Dazu kommt für jeden eine Fingerschale mit Zitronenwasser zum Säubern der Hände auf den Tisch.

„Bon appétit! Ich erzähle später weiter."

„Wie unpassend, dass ausgerechnet jetzt das Essen kommt. Merk dir bloß, was du sagen wolltest!"

„Keine Sorge, selbst wenn ich wollte, könnte ich das nicht vergessen."

„Beeilen wir uns!" Ich mache mich über die Austern her. „Übrigens, wusstest du, dass Casanova zur Stärkung seiner Manneskraft auf fünfzig geschlürfte Austern schwor?", frage ich.

„Jetzt erstaunst du mich aber. Woher weißt du so etwas? Bisher dachte ich, drei würden reichen. Fünfzig sind schon eine echte Herausforderung."

Wir lachen und schlürfen die glibberigen Meeresfrüchte.

„Und, wie schmecken sie dir?", fragt Pierre.

„Interessant. Der Eigengeschmack ist sehr intensiv. Zu meiner Leibspeise werden sie allerdings nicht."

Nachdem ich alle Austern ausgeschlürft habe, tunke ich meine Finger in das Zitronen-Wasser und trockne sie an der Serviette ab. „Erzählst du jetzt bitte weiter?"

Pierre schiebt seinen Teller zur Seite und nickt.

„Eine Ausstellung in Hongkong stand an. Es war die Chance für mich, mir nun auch auf dem asiatischen Markt einen Namen zu machen. Ich war im Stress, die neuen Bilder mussten fertig werden." Pierre fährt sich durch die Haare. „Daneben hatte ich eine Frau und eine einjährige Tochter. Mein Künstlerleben ließ sich mit der Familie nur schwer vereinbaren. Ich hatte kaum Zeit für sie. Damals habe ich aber darüber nicht nachgedacht und kreiste nur um mich selber. Ich nahm Drogen und trank, oft maßlos. Ja, es lebe die Pariser Boheme!"
Unsere Teller werden abgeräumt. Gebannt folge ich Pierres Erzählung.
„Eines Abends kam ich aus dem Atelier und bin spontan bei meinem Freund Alain vorbeigegangen. Er wollte mich nach Hongkong begleiten, es gab noch einiges zu besprechen. Ich kürze es ab: Meine Frau war bei ihm, es war eindeutig."
„Was? Du hast sie in flagranti erwischt? Mit deinem Freund? Nein! Was für ein Albtraum." Ich trinke einen Schluck. Allein die Vorstellung verursacht mir Übelkeit. Wieder blitzt ein Gedanke an Claas in mir auf. Was wäre gewesen, wenn ich ihn in eindeutiger Pose erwischt hätte? Horror!
„Das war erst der Anfang. Ich war so geschockt, dass ich zurück ins Atelier gelaufen bin und mich dort so richtig volllaufen ließ. Geraucht habe ich auch, das wurde mir zum Verhängnis. Die Bilder für die Ausstellung sollten am nächsten Tag abgeholt werden. Aber daraus wurde nichts, weil ich in meinem Rausch durch eine Unachtsamkeit das Atelier abgefackelt habe. Irgendwie habe ich es noch nach draußen geschafft, bevor alles lichterloh in Flammen stand. Aber die Bilder für die Ausstellung waren vernichtet."
„Du erzählst das so locker! Ich mag mir gar nicht ausmalen, wie du dich gefühlt haben musst. Wie lange ist das jetzt her?"
„Vier Jahre. Seitdem male ich nicht mehr."
„Warum nicht?"
„Es geht nicht, ich bin völlig blockiert. Tja, so kam es, dass ein einziger Abend mein ganzes Leben verändert hat."
Ich schüttle den Kopf. „Aber ich merke dir nichts davon an. Du wirkst so positiv."
Pierre lacht auf. „Das freut mich. Es hat lange gedauert, bis ich so weit gekommen bin."
Nun wird der Hauptgang serviert.

Der Duft der gebratenen Jakobsmuscheln steigt mir in die Nase.
„Aber es geht doch nicht, dass du nicht mehr malen kannst! Hast du dir professionelle Hilfe gesucht?"
„Glaub mir, ich habe nichts unversucht gelassen. Aber mir konnte niemand helfen."
„Schrecklich. Das tut mir so leid."
„Nur kein Mitleid. Lass uns besser essen!"
„Es ist das perfekte Timing hier. Wenn es ans Eingemachte geht, kommt das Essen. Beim nächsten Mal sollten wir uns nicht zum Dinner verabreden, dann sind wir ungestörter." Hast du das eben wirklich gesagt? Sophie klopft mir in Gedanken anerkennend auf die Schulter, und Pierre grinst. „Sei nicht so ungeduldig", sagt er.
Schnell stecke ich mir einen Bissen in den Mund. „Hm, das schmeckt vorzüglich. Vergiss, was ich eben über Dinner-Cancelling gesagt habe."
Es dauert nicht lange, bis unsere Teller geleert sind.
„Magst du ein Dessert?", fragt Pierre.
„Nein, danke. Wie ging es nun bei dir weiter?"
„Wie war das mit der Ungeduld? Kaffee oder Espresso?"
„Auch nicht, danke." Ich rümpfe die Nase. „Das mit der Ungeduld ist eine Schwachstelle von mir. Aber es ist schon viel besser geworden."
„Dann bin ich aber froh, dass ich dich erst jetzt kennengelernt habe."
Wir schauen uns in die Augen. Wäre mehr Platz, würde ich in seinen komplett versinken. Ich stütze mein Kinn auf den Händen ab, schaffe es aber nicht, Pierres Blick länger standzuhalten. Ich lege den Kopf schief und betrachte mein Weinglas. „Los, lass mich nicht so zappeln!"
„Man merkt dir tatsächlich an, dass das mit der Ungeduld wesentlich besser geworden sein muss."
Schuldbewusst verziehe ich die Mundwinkel. „Pardon", murmle ich und unterdrücke ein Lächeln.
„Also gut. Meine erste Station war eine Entzugsklinik. Seitdem rühre ich keinen Tropfen Alkohol mehr an."
Ich nicke anerkennend.
„Aber meine Rastlosigkeit war nicht weg, ich fühlte mich alles andere als im Gleichgewicht. Mein Arzt hat mir empfohlen zu meditieren. Erst habe ich ihn ausgelacht. Ich und meditieren! Aber

letztlich bin ich dann doch für einen Monat in ein buddhistisches Kloster gegangen, wo ich es gelernt habe. Tatsächlich kann ich das nur empfehlen."

„Hut ab! So weit bin ich noch nicht."

„Wie weit bist du denn? Erzähl mir von dir!"

„Aber du bist doch noch nicht fertig mit deiner Geschichte. Wie ging es mit deiner Frau weiter?"

„Wir haben wieder zusammengefunden. Letztlich war ich durch meinen Lebenswandel ja nicht ganz unschuldig daran, dass es so weit gekommen ist."

Das muss wirklich Liebe sein zwischen den beiden. Ich spüre einen Stich in meiner Brust. „Ich nehme an, dass Alain nicht mehr dein Freund ist."

„Weißt du, im Kloster habe ich gelernt, wie wichtig es für unser Leben ist, vergeben zu können und Dinge anzunehmen."

„Ja, das klingt ganz toll. Aber er war dein Freund. Er hat dich hintergangen!"

„Ich habe nicht gesagt, dass ich das von heute auf morgen konnte. Lange wollte ich ihn nicht sehen, aber ich wusste, dass ich mit ihm darüber reden musste, um es verarbeiten zu können. Also habe ich ihm eine reingehauen, und dann haben wir uns ausgesprochen."

Ich schmunzle. „Das klingt so, als hättest du die Botschaft der Mönche wirklich verinnerlicht."

„Das kann ich dir sagen. Alain tat das alles ganz schrecklich leid. Er hat sich entschuldigt und immer wieder betont, wie sehr er sich schämt. Aber unser Verhältnis wurde nie mehr so, wie es war."

„Und was hast du in den letzten Jahren beruflich gemacht?"

Pierre faltet die Serviette und legt sie auf den Teller. Der Kellner räumt ab und fragt, ob wir noch einen Wunsch haben.

„Nein, danke", sage ich und dann scherzhaft zu Pierre: „Das ist doch ein abgekartetes Spiel. Schon wieder werden wir an einer spannenden Stelle unterbrochen!"

„Davon lasse ich mich nicht beeindrucken und rede einfach weiter. Ich habe die Seiten gewechselt und bin Galerist geworden."

„Das stelle ich mir sehr schwer vor."

„Mein Herz hängt an der Malerei. Ich kann mir nicht vorstellen, je in einer anderen Branche zu arbeiten."

„Sei dir nur bewusst, wie wertvoll es ist, dass du das so klar sagen kannst. Ich konnte das sehr lange nicht. Aber das ist eine andere

Geschichte, und ich denke, wir sind mit deiner noch immer nicht fertig."
„Ist man das je?"
„Die Frage ist geradezu philosophisch. Warum bist du hier?"
„Um eine Zeit lang offline zu sein und in Ruhe über mein Leben nachdenken zu können." Pierre mustert mich. „Weißt du, Charlotte, mir ist schleierhaft, wie du das geschafft hast, normalerweise bin ich nicht gleich so redselig. Hast du eine Qualifikation als Beichtmutter?"
„Ja, willst du mein Zeugnis sehen?" Wir lächeln uns an.
Dann blickt Pierre auf seine Uhr. „O non! So spät schon? Monet wartet zu Hause, er muss raus. Die Zeit hier mit dir ist viel zu schnell vergangen."
Ich senke den Blick. Bitte beende unseren Abend noch nicht.
„Hast du Lust, uns bei einem kurzen Spaziergang zu begleiten?"
„Sehr gerne, ja."
Pierre bestellt die Rechnung. Sie wird in einer kleinen Schatulle gebracht, in die er das Geld legt.
„Schau nicht so überrascht. Ich habe doch gesagt, dass ich dich einlade."
„Danke! Ich würde Monet immer wieder retten."
„Prima. Und ich würde mich jedes Mal revanchieren. Und das Beste ist, dass ich deinen Namen schon kenne."
Wir verabschieden uns von dem netten Kellner und verlassen das Lokal. Ich laufe an Pierres Seite und weiß nicht, wohin. Das ist aufregend für mich. Das laute Rauschen der Brandung ist die perfekte Hintergrundmelodie dafür. Nach ungefähr zweihundert Metern bleibt Pierre vor einem Anwesen mit hohen Hecken stehen. Es liegt direkt hinter den Dünen. „Hier wohne ich."
„Bist du ganz allein hier?"
„Ja, das Haus gehört einem Freund von mir, und ich habe immer wieder Wohnrecht."
„Du hast einen fantastischen Freund."
Pierre öffnet die Pforte. In schwaches Licht getaucht liegt das große Haus vor uns. „Kommst du kurz mit rein?"
„Nein, ich warte hier im Garten."
Monet bellt, als Pierre die Tür zum Haus aufschließt. Es dauert keine zehn Sekunden, bis die beiden auf mich zugelaufen kommen.
„Er hat mich schon sehnsüchtig erwartet", ruft Pierre.
„Bonne soirée, Monet!" Der Hund wedelt wie wild mit dem

Schwanz und springt an mir hoch.
„Monet hat ein Faible für Poesie", sagt Pierre trocken. Wieder bringt er mich zum Lachen.
„Da habe ich aber Glück gehabt, dass ich so gut reimen kann." Ich kraule den Hund hinter den Ohren. „Ich bin sehr froh, dass du da bist, Monet, sonst würden wir jetzt sicher nicht mehr spazieren gehen. Und das wäre eine Schande bei dieser herrlichen Nachtluft."
Pierre nimmt ihn an die Leine. „Bilde dir darauf nur nicht zu viel ein. Oft genug ist es nervig, sich immer nach deinem Zeitplan und deinen Bedürfnissen zu richten."
„Sehr charmant, danke. Du kennst mich doch kaum!", scherze ich, wohl wissend, dass seine Worte Monet galten.
„Entschuldige, aber meine Menschenkenntnis hat mich noch nie im Stich gelassen", witzelt Pierre zurück.
Wir laufen eine ruhige Straße entlang. Kein Auto ist unterwegs. Der Asphalt schimmert feucht. Es ist Vollmond. In der Ferne zeichnen sich vor den hell erleuchteten Wolken sanfte Hügel ab.
„Wir bringen dich heim. Wo geht es entlang?"
„Danke, das ist lieb. Bei nächster Gelegenheit müssen wir links abbiegen."
Pierre lässt Monet von der Leine. Er rennt ausgelassen davon, bleibt dann stehen und verrichtet an einem Baum sein Geschäft.
„Du hast nach all seinen Fluchtversuchen noch immer das Vertrauen in ihn, dass er nicht endgültig abhaut?"
„Ja. Kein Vertrauen zu haben bedeutet, misstrauisch zu sein. Das ist nie eine gute Voraussetzung."
„Nur leider ist es manchmal unumgänglich."
„Ich weiß. Deswegen ist es mir wichtig, dass ich meinem Hund vertrauen kann."
„Oh, oh, das klingt aber gar nicht gut! Wo waren wir vorhin stehen geblieben?"
Pierre legt sich die Hundeleine um den Hals und hält sich daran fest. Wir laufen schneller.
„Du kennst aber auch keine Gnade mit deinem Ausfrage-Protokoll. Wo war ich? Ach ja, bei meinem Galeristenleben. Auch da gibt es Phasen, in denen ich sehr viel arbeite. Es ist anders als früher, aber dennoch bin ich öfter unterwegs. Zuletzt war ich in China. Dort habe ich zwei aufstrebende Künstler unter Vertrag genommen. Das vorweg."

„Sag jetzt nicht, dass du ein Déjà-vu erlebt hast!“
„So in etwa. Als ich einen Tag früher als geplant aus Asien zurückkam, da war meine Frau nicht allein zu Hause …“
Ich tue so, als würde ich mir die Ohren zuhalten. „Das reicht. Mehr möchte ich gar nicht hören.“
„Es war nicht Alain.“
„Na Gott sei Dank.“
„Ich kannte den Mann nicht. Die Situation war so absurd, dass ich mich später gefragt habe, warum er sich nicht wenigstens im Schrank verstecken konnte.“
Die Lichtkegel eines Autos kommen uns entgegen. Wir gehen zur Seite.
„Ach, Pierre! Dass du das auch noch mit Humor sehen kannst. Was ist denn mit deiner Frau nur los?“
„Das habe ich mich auch gefragt. Interessanterweise hat sich Francine, so heißt sie, immer gewünscht, dass ich spontan bin und sie öfter überrasche. Das wollte ich mit meiner früheren Rückkehr tun. Nur dass ich dabei auf so unschöne Weise überrascht werden könnte, hatte ich nicht einkalkuliert.“
„Wie hast du reagiert?“
„Weder habe ich meine Galerie in Brand gesetzt, noch bin ich sonst wie rückfällig geworden. Ich bin ganz ruhig geblieben.“
„Wie soll es denn jetzt weitergehen? Und was ist mit eurer Tochter?“
„Sie war in der Nacht bei ihrer Großmutter, wenigstens das.“
„Nein, ich meine, wie geht ihr als Eltern jetzt mit der Situation um? Deine Tochter kriegt doch sicher mit fünf Jahren schon jede Menge mit.“
„Das stimmt. Francine und ich haben beschlossen, dass es das Beste ist, wenn wir uns erst mal eine Auszeit nehmen. Deswegen bin ich jetzt hier.“
„Hältst du das aus? Du vermisst deine Tochter doch sicher sehr.“
„Louanne ist die Einzige, für die ich mein Telefon einschalte. Wir sprechen täglich miteinander. Dass ihr Vater auf Reisen ist, ist zum Glück nichts Neues für sie.“
„Kannst du deiner Frau das erneut verzeihen?“
„Natürlich kratzt das an meiner Ehre. Ich frage mich, ob sie mich viel öfter betrogen hat. Ist ihr Verhalten womöglich pathologisch? Sie streitet das ab und fleht mich an, sie nicht zu verlassen. Francine glaubt, dass ein zeitlich begrenzter Abstand heilen kann.“

„Glaubst du das auch?"
„Ganz ehrlich: nein! Aber wir haben eine gemeinsame Tochter, das wiegt sehr viel auf."
Wieder denke ich an Claas. Gibt es einen moralischen Unterschied, zu einer Prostituierten zu gehen oder eine Affäre zu haben? Gern würde ich mit Pierre darüber sprechen, aber das ist jetzt nicht der passende Zeitpunkt.
„Ich weiß im Moment nicht, was ich für Francine empfinde, ich bin abgestumpft. Das Wichtigste für mich ist, dass wir für Louanne gute Eltern sind."
Wir haben Monet eingeholt. Er schnüffelt an einem Zaun herum und lässt sich dabei nicht aus der Ruhe bringen.
„Wie soll ich es sagen? Also, vielleicht ist es leichter, damit umzugehen, wenn man selber auswärts gespielt hat. Wie das klingt! Hm, was ich meine: Warst du immer treu?"
„Charlotte, du stellst Fragen! Zugegeben, als ich damals exzessiv und koksbeflügelt auf der Erfolgswelle schwamm, da war ich sicher kein Kind von Traurigkeit. Aber nach meinem Zusammenbruch war Schluss damit. Seitdem bin ich der treueste Mann der Welt."
Viel zu schnell erreichen wir Camilles Haus. Im Licht einer Laterne treffen sich unsere Blicke. „So wie du mich gerade anschaust, glaube ich dir das mit der Treue aufs Wort. Du hast den gleichen Blick drauf wie dein Hund."
„Ja, da sind wir uns sehr ähnlich."
„Pierre, das war ein ganz wunderbarer Abend, danke dafür."
„Das fand ich auch. Obwohl ich noch nie so viel Zeit mit einer Frau verbracht habe, in der ich ausschließlich über mich gesprochen habe."
„Dass dir das auffällt, macht dich noch sympathischer."
„Wann drehen wir den Spieß um? Morgen? Bei einem Spaziergang?"
„Sehr gern. Am Nachmittag? Bei Ebbe am Strand?"
„Holst du mich ab?"
Ich nicke. „Es ist lange her, dass ich mich auf so eine Weise verabredet habe."
„Du meinst so ganz ohne Smartphone?", fragt Pierre.
„Genau. Es ist schön zu sehen, dass das noch geht."
Mein Herz schlägt schneller, als Pierre mir zum Abschied rechts und links ein Küsschen gibt. Er wartet noch, bis ich im Haus bin. Als ich in der Tür stehe, drehe ich mich um und winke ihm noch einmal

zu. Dann verschwindet er in der Dunkelheit.
Ich bin so aufgekratzt, dass an Schlaf nicht zu denken ist. Aus Ermangelung an Entertainment-Alternativen schalte ich mein Telefon ein. Ich hätte es besser lassen sollen. Mein Vater hat auf die Mailbox gesprochen und bittet wegen etwas Beruflichem um dringenden Rückruf. Sofort schnürt sich alles in mir zusammen, mein ganzer Körper scheint dagegen anzuschreien.
So wird mir in diesem kleinen Moment mitten in der Nacht noch einmal umso deutlicher bewusst, dass es kein Zurück gibt in dieses Leben im Schatten meines Vaters. Es sind noch weitere Nachrichten auf der Mailbox, die ich mir aber nicht anhöre. Da sehe ich, dass Sophie mir erst vor zwanzig Minuten eine SMS geschickt hat.
Wie war dein Date mit dem Mann?, schreibt sie. Statt ihr zu antworten, rufe ich sie an.
„Schön, dass du dich noch meldest. Johanna ist krank, ich komme eh nicht zum Schlafen. Erzähl!"
„Einerseits ist es, als würde ich ihn schon ewig kennen. Das habe ich so noch nie zuvor bei einem Mann erlebt. Andererseits ist da aber auch ein Kribbeln, das ich nicht wegreden kann."
„Du bist verliebt!"
„Nein. Aber ich finde ihn wahnsinnig attraktiv und zum ersten Mal seit einer Ewigkeit spüre ich, dass meine Libido doch noch nicht mausetot ist."
„Ich sage es doch, du hast dich verknallt. Das ist doch wunderbar!"
Ich kichere. „Pierre vereint auf den ersten Blick alles, was ich mir von einem Mann wünsche: Geist, Witz und Einfühlungsvermögen."
„Ist heute Abend etwa schon was gelaufen zwischen euch?"
„Sophie! Natürlich nicht. Wir sind zwei Seelen, die unabhängig voneinander wieder ins Gleichgewicht finden müssen."
„Du kannst ganz normal mit mir sprechen. Sag doch einfach, dass sich die Gelegenheit noch nicht geboten hat."
Wir reden noch eine halbe Stunde weiter, auch über Claas und seine Lüge. Dann schreit Johanna wieder nach ihrer Mama, und wir verabschieden uns. Endlich bin ich so müde, dass ich schlafen kann.

10

Beim Frühstück möchte Camille alles über meinen Abend mit „dem Mann“ erfahren. Sie fragt so hartnäckig nach, dass ich lachen muss.
„So neugierig kenne ich dich gar nicht.“
„Einer muss doch auf dich aufpassen.“
„Das ist lieb, aber ich schaffe das ganz gut allein. Übrigens hat ‚der Mann‘ tatsächlich einen Namen.“ Ich erzähle ihr von Pierre und umreiße seine Geschichte. „Du brauchst dir also wirklich keine Sorgen zu machen.“
„Lass dich nur nicht ausnutzen, Charlotte. Wenn er von seiner Frau so enttäuscht wurde, könnte er Rache nehmen oder sich unverbindlich ablenken wollen.“
„Aber Camille! Keine Sorge, ich lasse mich ganz bestimmt nicht ausnutzen. Wir reden nur. Pierre tut mir richtig gut.“
Ich trinke den Kaffee aus und schnappe mir einen Apfel aus der Schale, in den ich kraftvoll beiße.
Nachdem wir die Küche aufgeräumt haben, mache ich mich wieder an die Arbeit. Ich streiche Wände und entferne im Bad mit einem Teppichmesser das alte Silikon aus den Fugen, reinige sie mit Spiritus und verfuge neu. Ich habe das vorher noch nie gemacht, aber es funktioniert. Es wird nicht mehr lange dauern, bis die Scheune wieder vorzeigbar aussieht – und darauf bin ich stolz. Ungebremst in meinem Elan gehe ich zu Baptiste in die Werkstatt und säge Bretter für eine Truhe zu, die ich bauen werde, um sie in den Eingangsbereich der Scheune zu stellen. Baptiste gibt mir wertvolle Tipps und bescheinigt mir erneut Talent. Das ist mehr als Balsam für meine Seele.

Als ich am Nachmittag auf dem Weg zu Pierre bin, stelle ich fest, dass ich viel weniger gehetzt bin als früher. Womöglich liegt das daran, dass ich mein Telefon nicht dabeihabe und dadurch nicht ständig bei Fuß bin. Meinen Vater habe ich vorhin nur kurz zurückgerufen und ihm gesagt, dass ich die falsche Ansprechpartnerin für seine Frage sei, er möge doch den stellvertretenden Geschäftsführer in die Pflicht nehmen. Er fragte mich nicht einmal, wie es mir geht.

Ich laufe auf den Strand zu und erreiche nach einem kleinen Schlenker mein Ziel. Gestern war es zu dunkel, aber als ich nun am Eingangstor stehe, sehe ich, wie bezaubernd das Haus von Pierres Freund ist. Es ist von Fachwerk durchzogen und hat bodentiefe Rundbogenfenster mit hellblauen Läden. Mächtige alte Bäume stehen auf dem gepflegten Grundstück, und in der Einfahrt parkt ein metallic-blauer Oldtimer, ein Renault Alpine. Ich atme tief durch, denn ich kann nicht verhehlen, dass ich etwas nervös bin. Nachdem ich bis zehn gezählt habe, drücke ich auf die Klingel.
Prompt öffnet Pierre die Haustür. Er hat schon auf dich gewartet! Monet bellt, und mein Herz schlägt noch ein bisschen schneller.
„Wir kommen", ruft Pierre. Er zieht die Tür hinter sich zu und streift sich im Gehen seine Jacke über. Monet kommt auf mich zugerannt und springt vor dem verschlossenen Tor hektisch in die Höhe.
„Ganz ruhig, Monet. Es geht sofort los", sagt Pierre und öffnet das Tor. „Hallo, Charlotte."
Wir tauschen Begrüßungsküsschen aus.
„Salut, Pierre. Haben wir uns wirklich erst gestern kennengelernt?"
„Tatsächlich kann ich das auch kaum glauben. Schön, dich zu sehen."
Wir laufen am Strand entlang. Immer wieder zeigt sich die Sonne zwischen den Wolken. Es ist windstill und so mild, dass wir unsere Jacken ausziehen. Ich binde mir meine um die Taille und springe abrupt zu dem Thema, dass mich auch heute beschäftigt.
„Meine Freundin hat mir am Telefon erzählt, dass sie Claas, das ist mein Mann, zufällig vor einem Bordell gesehen hat. Womöglich gibt es dafür eine andere Erklärung. Na ja … Ach! Es tut mir leid, dass ich dich damit überfalle, aber ich kriege diese Bilder nicht aus dem Kopf."
„Liebe Charlotte, fühl dich frei. Heute bist du dran. Man mag es zwar kaum glauben, aber auch ich kann ein annehmbarer Beichtvater sein."
Ich lächle ihn an. „Das ist gut. Weißt du, Claas ist mir so fremd geworden. Als ich ihn gefragt habe, wo er an besagtem Abend war, da hat er mich angelogen."
„Was erwartest du? Dass dein Mann dir nicht die Wahrheit sagen kann, liegt doch auf der Hand."
„Aber warum macht er es überhaupt? Das ist so ekelhaft!" Ich streife Pierre mit einem Blick. „Hast du jemals für eine Frau bezahlt?"

Er zuckt mit den Achseln. „Nur das Essen und hin und wieder Geschenke."
„Ach komm, ernsthaft!"
„Was willst du jetzt von mir hören? Ich kenne die Statistik nicht, aber Prostitution ist ein florierendes Geschäft, es gibt keinen Mangel an Kunden. Und ja, auch ich habe schon einmal ein Bordell besucht. Aber das ist sehr lange her. Damals hat mich ein Sammler dazu eingeladen. Für den gehörte das dazu wie ein Restaurantbesuch. Es hat nichts zu bedeuten, es geht nur um kurzfristige Befriedigung."
„Du meinst, Frauen gehen shoppen und Männer in den Puff?"
„So ungefähr, ja."
„Aber für mich hat es sehr wohl etwas zu bedeuten! Oder sollte ich einfach dankbar sein, dass er kriegt, was er braucht und was ich ihm nicht geben kann?" Ich trete kraftvoll zu und wirble Sand auf. „Ach, Pierre, es ist so viel passiert in meinem Leben."
„Erzähl es mir."
Es ist, als hätte ich nur auf einen solchen Moment gewartet. Alles drängt aus mir heraus. Pierre hört mir zu. Immer wieder stellt er mir intelligente Zwischenfragen, die mir zeigen, dass er wirklich interessiert ist an dem, was ich ihm erzähle.
Längst hat die Dämmerung eingesetzt. Ich weiß nicht, wie weit oder wie lange wir schon unterwegs sind, weil ich mein Zeitgefühl verloren habe. Monet kommt von hinten angeschossen und trottet nun an unserer Seite. Hinter den Dünen sind keine Häuser mehr zu sehen, da ist nur noch Natur.
„Wie weit sind wir gelaufen?", frage ich.
„Ziemlich weit. Wir sollten umkehren, bevor es richtig dunkel wird."
„Wahrscheinlich hätte ich mit dir bis ans Ende der Welt schlendern können und hätte es nicht bemerkt. Genauso wenig habe ich mitgekriegt, wie kalt es geworden ist." Verfroren entknote ich meine Jacke und ziehe sie über.
„Da hast du recht." Auch Pierre schlüpft in seinen Parka.
Wir laufen zurück. Der Wind hat aufgefrischt und bläst uns nun ins Gesicht. Ich ziehe den Reißverschluss bis oben hin zu und setze die Kapuze auf. „Wann kommt die Flut?", frage ich.
„Die Zeiten habe ich nicht im Kopf. Aber ich denke, wir würden es merken."
„Da wäre ich mir nicht so sicher, wenn ich in ein Gespräch mit dir

vertieft bin." Da muss ich plötzlich über mich selber lachen. „Entschuldige. Es ist nur so, dass ich erst seit Neuestem so offen bin."
Pierre steckt die Hände in die Taschen. „Damit kann ich umgehen."
„Darüber bin ich sehr froh. Claas meint, ich hätte mich sehr verändert nach dem Unfall. Das stimmt schon, aber ist das ein Grund dafür, mich nicht mehr ernst zu nehmen?"
„Wie meinst du das?"
Er versteht dich! Erzähl es ihm! Nach kurzem Zögern spreche ich in groben Zügen von meinem Nahtoderlebnis. „Was ich erlebt habe, tut mein Mann als Hirngespinst ab. Er macht sich über mich lustig, weil ich plötzlich Interesse an Philosophie zeige und mein Leben hinterfrage, unser Leben."
„Kannst du mir mehr darüber erzählen? Ich finde das hochspannend."
„Wirklich?"
„Sonst würde ich es nicht sagen!"
Monet hechtet auf ein im Sand liegendes Teil zu, schnappt es sich und stürmt damit in Richtung Pierre. Der nimmt es ihm aus dem Maul und schleudert es gegen den Wind in die Luft.
„Was war das?"
„Nur ein Stück Holz."
Monet jagt ihm hinterher, nimmt es auf und kommt erneut damit angelaufen.
„Das geht gleich vorbei", sagt Pierre und wirft es weg. So geht es noch dreimal, dann wird Monet wieder ruhiger und passt sich unserem Tempo an.
„Wir waren bei deinem Erlebnis stehen geblieben. Oder ist das zu intim, um mir mehr davon zu erzählen?"
„Ja, das ist es, aber dir erzähle ich es trotzdem." Wieder merke ich, dass ich kaum die richtigen Worte finde, um die Begegnung mit meiner Großmutter gebührend zu beschreiben. „Es ist verrückt, aber seitdem ich fast gestorben wäre, habe ich keine Angst mehr vor dem Tod." Wird er mich womöglich jetzt als wunderlich abtun?
„Das ist faszinierend", murmelt Pierre.
Danke!
„Soll ich dir noch etwas erzählen? Darüber habe ich bisher mit niemandem gesprochen, weil ich es noch immer selber kaum glauben kann. Aber seit diesem Erlebnis sind meine Sinneseindrücke viel stärker. Ich schmecke Dinge viel intensiver. Und was habe ich mich

vor körperlicher Arbeit und Dreck gescheut! Für alle Belange hatte ich eine Hilfe. Jetzt fällt es mir leicht, selber Hand anzulegen und mich auch mal richtig schmutzig zu machen. Dabei spüre ich mich endlich! Das ist irre, aber ich habe den Eindruck, dass ich mich ganz neu kennenlerne. Ich denke nicht mehr lange nach, ich mache einfach." Der Wind ist so hartnäckig, dass ich gegen ihn anbrüllen muss. Mittlerweile ist es dunkel geworden. Die Lichtpunkte der Zivilisation kommen näher.

Da bleibt Pierre abrupt stehen und ich mit ihm. „Charlotte, ich bin wirklich sehr froh darüber, dass ich dich kennengelernt habe. So, das musste ich jetzt loswerden."

Ich lächle verlegen und fühle mich zugleich stärker denn je. „Ich auch, Pierre, sehr sogar."

„Komm mal her! Was du durchgemacht hast …"

Da liegen wir uns unvermittelt in den Armen und halten uns fest. Ich spüre Pierres Kraft und fühle mich geborgen bei ihm. Wie kann das nur sein nach der kurzen Zeit, die wir uns kennen? Dieser Moment ist unglaublich kostbar für mich. Prompt kommen mir die Tränen. Du bist mein Fels hier in der Brandung. „Danke", flüstere ich. Monet kläfft und tanzt um uns herum. „Anscheinend reicht es ihm mit unserem Zwischenstopp", sage ich und wische mir über die Augen. Wir lösen uns aus der Umarmung und laufen weiter.

„Mein Bruder hat mir von einem ähnlichen Erlebnis berichtet. Er war während einer Asienreise kollabiert. Danach hat er sein komplettes Leben geändert. Er schmiss seinen Job in der Werbung hin und hat einen Verein gegründet, der schwer kranken Menschen ihre letzten Wünsche erfüllt."

„Das finde ich wirklich bemerkenswert. Davon musst du mir unbedingt noch mehr erzählen. Aber ganz ehrlich: Hast du zwischenzeitlich an seinem Geisteszustand gezweifelt?"

„Nein! Nachdem mein Bruder mir davon erzählt hat, habe ich mich eingelesen in dieses Thema. Ich halte es für hochgradig arrogant, das als Hirngespinst abzutun. Woher will es denn dein reizender Mann besser wissen, wenn es schon die Wissenschaft nicht plausibel erklären kann? Verzeih meine klaren Worte, aber nach einer gesunden Beziehung klingt das nicht."

„Dafür brauchst du dich nicht entschuldigen. Das weiß ich schon selber. Ich habe nur zu lange die Augen davor verschlossen. Es gab genug anderes zu tun, als mich um meine Ehe zu kümmern."

„Das ist eine grausige Vorstellung für mich, nebeneinanderher zu leben, aber nicht genug zu leiden, um etwas daran zu ändern. So vergeht dann Jahr um Jahr, und irgendwann denkst du: Ach Mist, wie konnte es nur so weit kommen."
„Aber für viele ist es leichter gesagt als getan, etwas zu ändern. Da nehme ich mich nicht aus. Man gibt ja auch eine Menge auf und wägt umso mehr ab. Kannst du sagen, dass deine Beziehung vor dem erneuten Knall gut war?"
„Das dachte ich, ja. Wir konnten offen miteinander reden und haben eine gesunde Streitkultur gepflegt. Auch im Bett lief es gut. Ich habe nicht bemerkt, dass sie in Gedanken bei einem anderen war. Also habe ich ihr womöglich doch zu wenig Aufmerksamkeit geschenkt."
„Wie hättest du das merken sollen, wenn sie nicht wollte, dass du es merkst? Hör auf, nur bei dir nach Gründen zu suchen!"
„Interessanter Gedanke! Zugegeben, im Laufe der Zeit haben wir uns in völlig andere Richtungen entwickelt. Als wir uns kennenlernten, war Francine eine erfolgreiche DJane, die durch die Clubs in aller Welt tourte. In der Schwangerschaft hat sie damit aufgehört und sich um unser Nest gekümmert und später um Louanne. Sie wollte im Künstler-Management arbeiten. Aber vor einem Jahr fing sie wieder an aufzulegen. Sie postet nun in den sozialen Netzwerken ein Leben, das es gar nicht gibt. Ich finde das absurd. Alles ist eine einzige Inszenierung." Pierres Stimme ist schärfer geworden.
„Ich kann dem auch nichts abgewinnen. Aber das bringt ihr Job wohl so mit sich. Es klingt, als wäre eure Beziehung doch nicht so harmonisch gewesen."
„Das fällt mir nun auch auf."
„Aber so ein Leben ohne Großbaustellen wäre auch irgendwie langweilig, oder?"
„Davon können wir anscheinend beide ein Lied singen", sagt Pierre. Wir erreichen unseren Ausgangspunkt. Es ist spät geworden. „Camille wartet mit dem Essen auf mich."
„Schade, ich hätte dich gern auch heute wieder zum Dinner ausgeführt."
„Nichts lieber als das. Aber es wäre respektlos Camille gegenüber, wenn ich wider unsere Verabredung nicht zum Essen käme."
Pierre nickt. „Das ehrt dich. Wir begleiten dich nach Hause. Komm, Monet, hier entlang!"

Eine Viertelstunde später stehen wir vor Camilles Haus. Doch die Ruhe wird jäh unterbrochen, als ein laut kläffender Filou an den Zaun gerannt kommt. Monet stimmt in das nervige Konzert ein. Die beiden Hunde rennen wie wild hin und her und beschnüffeln sich durch das Tor.
„Monet! Aus!", ruft Pierre, aber der denkt nicht dran.
Dann höre ich Camilles Stimme. „Was ist denn hier los? Filou! Komm her!"
Aber auch Filou lässt nicht ab.
„Ach, Charlotte, du bist das." Camille steht nun am Zaun. „Hörst du auf, Filou. Ruhe!" Noch immer keine Reaktion.
Über das Bellen der Hunde hinweg mache ich Camille und Pierre miteinander bekannt. Die beiden scheinen sich auf Anhieb sympathisch zu sein.
„Charlotte, wärst du einverstanden, wenn ich deinen Begleiter frage, ob er ebenfalls bei uns essen möchte?"
Ich muss kichern, weil Camille so laut gesprochen hat, dass Pierre alles gehört hat. Er hebt die Hände und sagt: „Ich möchte keine Umstände machen."
„Umstände sind ganz andere Dinge, glaub mir."
Camille, ich liebe dich. „Also, ich würde mich freuen, wenn du bleibst", sage ich.
„Dann nehme ich die Einladung gern an. Was machen wir mit den Hunden?"
„Ich sperre Filou weg. Dann kann der kleine Kläffer mit reinkommen." Camille zerrt ihren Hund am Halsband weg vom Zaun. Er bellt noch immer und widersetzt sich, merkt aber schnell, dass er keine andere Wahl hat. Als die beiden in sicherer Entfernung sind, betreten wir das Grundstück. Monet schnüffelt überall herum, wird aber ruhiger, als wir ins Haus gehen. Camille führt uns ins Wohnzimmer, ein süßlicher Pfeifengeruch schlägt mir entgegen. Er stammt von Baptiste, der rauchend im Sessel vor dem Kamin sitzt.
„Charlotte hat einen Gast dabei. Das ist Pierre. Er kommt aus Paris und isst heute Abend mit uns."
Pierre geht auf Baptiste zu, doch der grummelt nur etwas Unverständliches und nimmt einen Zug von seiner Pfeife.
„Nur nicht persönlich nehmen, er hat nichts dagegen", raunt Camille und delegiert uns ins Esszimmer. Monet lässt sich dort gleich in eine Ecke fallen, so fertig ist er nun.

„Pierre, setzen Sie sich bitte dorthin." Camille zeigt auf den Stuhl neben meinem. „Ich hole noch ein Gedeck. Charlotte, kommst du kurz mit in die Küche?"
Ich folge Camille und muss lachen, als sie sich, sobald wir außer Sichtweite von Pierre sind, zu mir umdreht und verschwörerisch lächelt.
„Was für ein Mann! Da würde ich auch schwach werden."
„Camille! Was denkst du, was wir gemacht haben? Es gab gar keine Gelegenheit zum Schwachwerden."
„Das tut mir leid. Aber sie wird noch kommen, glaub mir!" Sie stellt Geschirr auf ein kleines Tablett. „Nun lassen wir Pierre aber nicht länger warten", sagt sie resolut und marschiert damit zurück ins Esszimmer.
Es gibt Salat, frisches Brot, selbst gemachte Entenleberpastete und normannischen Rohmilchcamembert, in den ich mich immer wieder reinlegen könnte, weil er so köstlich schmeckt. Dass Pierre keinen Wein trinkt, findet Camille befremdlich. Auf ihre Nachfrage hin sagt er nur: „Ich vertrage leider keinen Alkohol. Dafür aber umso mehr Wasser." Ich zwinkere ihm zu. Es ist sicher nervig, darüber immer wieder Rechenschaft ablegen zu müssen.
Im Laufe des Abends wird Baptiste etwas gesprächiger. Wir unterhalten uns angeregt über das Landleben hier und wie sehr sich die Welt in den letzten Jahren verändert hat. Irgendwann schwenken wir zur Kunst um. Pierre erzählt von seinem Alltag als Galerist, von Trends in der Szene und von seiner chinesischen Neuentdeckung. Der junge Künstler malt lachende Frauen mit Riesenmündern in abstrusen Situationen. Weder Baptiste noch Camille können dem etwas abgewinnen. Irgendwann kommt Camille auf mich und meine Arbeit zu sprechen. Sie lobt mich dabei in den höchsten Tönen. „Dass Charlotte so zupacken kann, hat mich wirklich erstaunt. Und dann macht sie das auch noch freiwillig und sehr gut."
Ich merke, wie mir die Farbe ins Gesicht schießt.
„Jetzt habe ich schon so viel darüber gehört. Darf ich mir die Scheune einmal anschauen?"
„Zeig sie ihm, Charlotte. Ach, wartet kurz. Wir haben nach dem Wasserschaden Fotos gemacht." Camille geht an eine Schublade und nimmt ein kleines Album heraus. „Sehen Sie sich das an, Pierre, so hat es damals ausgesehen." Sie reicht ihm das Album.
Ich schaue ebenfalls auf die Bilder. Was wir sehen, ist erschreckend,

es sieht aus, als wäre nichts mehr zu retten gewesen.
„Bloß gut, dass ich das erst jetzt sehe. Bei diesem Anblick hätte ich sicher sofort kapituliert. Als ich übernommen habe, sah es nicht mehr ganz so schlimm aus. Ich bin zwar noch nicht fertig, aber ich zeige dir gern die Baustelle, Pierre." Es ist meine kleinste.
Spät ist es geworden. Wir stehen draußen in der Dunkelheit.
„Schade, jetzt kannst du von dem wunderschönen Anwesen kaum etwas erkennen. Du musst im Hellen noch einmal wiederkommen", sage ich und führe Pierre über den spärlich beleuchteten Weg zur Scheune. „Sogar der Strom funktioniert wieder." Ich öffne die Eingangstür und drücke auf den Lichtschalter. Pierre steht dicht hinter mir. Es liegt nicht nur der Geruch von Holzlack in der Luft, sondern auch eine wahnsinnige Spannung. Zumindest empfinde ich es so. Ich führe Pierre durch die Räume. Es ist kühl und ungemütlich, überall liegen Arbeitsutensilien herum.
„Da kann ich Camille nur zustimmen. Das ist eine ganz tolle Leistung, die du hier vollbracht hast. Man sieht, dass du wirklich mit Herzblut dabei bist."
„Das stimmt. Aber es gibt noch jede Menge zu tun."
„Ich bin auch jetzt schon beeindruckt."
„Merci! Das mit dem Herzblut muss doch bei dir früher ähnlich gewesen sein, oder?"
„Absolut, anders wäre es für mich gar nicht möglich gewesen, kreativ zu sein."
Ich stehe vor der Spüle, und Pierre lehnt sich an den alten Tisch. Wieder neigt sich ein Abend dem Ende zu, der viel zu schnell vergangen ist. Aber ich habe noch keine Lust, mich von Pierre zu verabschieden.
„In welchem Stil hast du gemalt?"
„Surrealismus. Mit meinen Bildern habe ich die Welt des Unbewussten eingefangen."
„Wie hast du das denn geschafft?"
„Indem ich zum Beispiel Szenen und Bilder aus meinen Träumen so übersetzt habe, dass ich sie auf die Leinwand bringen konnte."
Monet möchte raus. Er kratzt an der Tür.
„Dann warst du so etwas wie ein moderner Dalí? Kann ich deine Kunst irgendwo sehen?"
Plötzlich jault Monet auf. Pierre nimmt ihn an die Leine. „Wir gehen jetzt besser, er hat dringende Geschäfte zu erledigen."

„Das geht eindeutig vor, ja."
Wir verlassen die Scheune und laufen vor zum Tor.
„Mein Freund hat hier in seinem Haus ein Bild von mir hängen. Das kannst du dir gern anschauen."
„Ich bin so neugierig. Wann?"
„Morgen Abend? Tagsüber bin ich in Le Havre bei meinem alten Schulfreund Gerard. Er ist Arzt und checkt mich mal richtig durch. Ich könnte dich gegen halb neun abholen, einverstanden?"
Freie Fahrt für einen Anflug von Enttäuschung; zu gern hätte ich Pierre bereits früher getroffen. Ich bemühe mich, mir nichts anmerken zu lassen. „Ja, halb neun ist perfekt. So ein Gesundheitscheck ist vorbildlich. Ich drücke die Daumen, dass alles in Ordnung ist. Aber es ist doch ganz schön weit bis Le Havre, oder?"
„Das sind keine hundertfünfzig Kilometer, also alles halb so wild. Bis morgen, Charlotte."
Wir beenden unseren Abend mit unschuldigen Abschiedsküsschen.

11

Nach getaner Arbeit auf meiner Baustelle und einem frühen Abendessen mit Camille und Baptiste kann ich es kaum erwarten, dass es an der Tür klingelt und Pierre mich abholt. „Es ist, als hätten wir wieder eine Teenagertochter zu Hause", kommentiert Camille augenzwinkernd.
„Eine sehr bedachte und lebenskluge Teenagertochter", merke ich an. Da klingelt es. Ich springe auf und stürme zur Tür.
Camille lacht. „Viel Spaß, meine Kleine", ruft sie mir hinterher.
Ich schlüpfe in meine Schuhe und ziehe mir die Jacke über, dann trete ich raus in die Dunkelheit. „Wir können sofort los", rufe ich.
„Hallo, Charlotte. Bist du auf der Flucht?"
„Äh, hallo, Pierre, nein." Ich konnte es nur kaum erwarten, dich zu sehen. Betont langsam schlendere ich ihm entgegen und öffne die Pforte zur Straße. Küsschen links, Küsschen rechts. Danach wende ich mich an Monet. „Schön, auch dich zu sehen, du treuer Gefährte." Ich kraule ihn, dann laufen wir los.
„Wie war dein Check-up?"
„Sehr zeitintensiv. Gerard hat mit seinem High-Tech-Ultraschallgerät jeden Zentimeter meines Körpers ins Visier genommen. Wir müssen zwar noch die Blutwerte abwarten, aber es scheint alles bestens zu sein."
„Das freut mich sehr."
„Und wie war dein Tag?"
Ich erzähle Pierre vom Fortschritt auf meiner Baustelle.
Der Abend ist kalt und klar. Sterne funkeln am schwarzen Firmament. Schon aus der Ferne ist das laute Getöse des Meeres zu hören. Monet verrichtet im hohen Gras sein Geschäft. Ich fühle mich so wohl an Pierres Seite inmitten dieser Szenerie, in der wir die einzigen Menschen zu sein scheinen.
„Schau mal, da oben, all die Sterne", sage ich.
Wir bleiben stehen und blicken in den Himmel.
„Dort ist der Walfisch." Pierre hat seinen Arm ausgestreckt und zeigt hoch in die Dunkelheit. „Kannst du ihn sehen? Den habe ich auf der Kunsthochschule gemalt."

Ich kann zwar nichts von einem Walfisch erkennen, genieße aber diesen intensiven Moment. Habe ich jemals mit Claas einfach nur die Sterne angeschaut? Ich kann mich nicht erinnern. „Wie schön wäre es doch, wenn man solche Augenblicke einfrieren könnte", murmle ich.
„Es hat schon seinen Grund, warum das nicht funktioniert. Spätestens wenn der Strom ausfällt, würden sie verderben. Viel besser ist es doch, immer wieder schöne Momente frisch zu erleben."
„Oh! So habe ich das noch nicht gesehen. Das ist ein gutes Argument." Ich lächle beseelt. Alles, was dieser Mann sagt, erreicht mich. Wir laufen weiter.
Über das dunkle Grundstück folge ich Pierre nun bis zur Haustür. Prompt schlägt mein Herz schneller. Gleich bist du allein mit ihm in diesem Haus!
„Wie oft ist dein Freund hier?", frage ich.
„Nicht so oft, wie er geplant hatte, als er das Haus vor fünf Jahren gekauft hat. Er gehört zur Spezies der gestressten Manager, die zwar ständig davon reden, dass sie zur Ruhe kommen müssen, es aber nie tun. Seine Frau und die Kinder sind in den Ferien meist allein hier."
Wir betreten den geschmackvoll eingerichteten Eingangsbereich. Er geht direkt über in ein großes, offenes Wohnzimmer. Auf dem hellen Holzboden liegen flauschige Teppiche in leuchtendem Blau. Das Zimmer ist reduziert möbliert mit weiß gebeizten Antiquitäten, passend zum maritimen Ambiente. Über der wuchtigen weißen Couch mit den vielen Kissen hängt ein riesiges Gemälde. Es ist sicher 1,80 m x 1,80 m groß und das einzige Bild im Raum. Fasziniert bleibe ich davor stehen. „Wahnsinn! Das hast du gemalt?"
Pierre nickt. „Das war eines meiner ersten in dieser Größe. Ich habe es Bruno zur Hochzeit geschenkt."
„Du bist ein wahrer Freund!" Ich kann mich an diesem Bild mit den kraftvollen, leuchtenden Farben nicht sattsehen. Es zeigt ein Segelboot, das über dem aufgewühlten Meer schwebt, getragen von bunten Libellen. Darüber sieht man den weiten Himmel, der durchsetzt ist von Wolken, die an Donuts erinnern.
„Ich weiß nicht, was ich sagen soll. Ja! Dalí wäre stolz auf dich! Meine Güte, Pierre, du bist begnadet. Du musst unbedingt wieder malen!" Ich bin so begeistert, dass ich sekundenlang immer wieder vom Bild zu Pierre schaue und zurück.

„Danke! Was meinst du, wie oft ich das schon gehört habe. Aber ich kann es nicht erzwingen." Pierre blickt auf den Boden. Da ist wie ein Koloss aus Stahl die Schwere im Raum.
„Du hast es längst noch nicht verarbeitet. Du trauerst um deine Genialität", flüstere ich.
„Meine Genialität, pah!" Pierre winkt ab. „Aber du hast recht, ja. Es ist eine Form von Trauer, die mich noch immer begleitet, eine Trauer um meine künstlerische Freiheit. Sie kommt immer wieder hoch und mischt sich dann mit diesem anderen motivierenden Gefühl: Scheitern." Pierre fährt sich durch die Haare und seufzt. „Es ist schwer, mir das einzugestehen …"
„Aber du bist nicht gescheitert. Du hast etwas Schreckliches erlebt. Du bist blockiert! Gib dir Zeit."
„Wie viel denn noch? Es ist, als wäre mein malerisches Talent in eine Wand einbetoniert worden."
„Dann reiße sie ein!"
„Das sind diese markigen Worte, die bisher nichts zum Einsturz gebracht haben. Frag meinen Therapeuten! Oh, ich bin ein lausiger Gastgeber. Darf ich dir etwas anbieten?"
„Nein, vielen Dank. Ach, Pierre, wenn ich dir doch nur irgendwie helfen könnte."
„Du tust schon so viel für mich."
Ich schaue ihn fragend an.
„Du tust mir gut! Mehr geht nicht."
Ich lächle verlegen. Statt etwas zu erwidern, verhakt sich mein Blick sekundenlang in seinem, und mein Herz öffnet sich dabei wie der Vorhang einer großen Bühne.
„Ich bin glücklich, wenn ich mit dir zusammen bin. Nicht glücklich im Sinne von zufrieden, sondern so richtig glücklich-glücklich." Plötzlich überkommt es mich. Ich fange an zu weinen, ich kann nicht an mich halten. „Entschuldige!", schniefe ich.
Pierre sieht mich nur voller Wärme an und nimmt mich fest in den Arm. Alles, was sich in mir angestaut hat, bricht plötzlich aus mir heraus. Der Unfall, mein Beinahe-Tod, die Erfahrung, dass es viel mehr gibt zwischen Himmel und Erde, als ich je geahnt habe, Claas, mein ganzes Leben. Ich weine und weine, und es tut so gut, wie Pierre mich dabei festhält.
„Wir sind schon zwei Seelen", flüstert er und gibt mir einen zarten Kuss aufs Haar.

Als ich mich wieder beruhigt habe, löse ich mich aus der Umarmung. „Danke“, sage ich.
„Wofür?“
„Dafür, dass du da bist.“
„So, jetzt bringen wir aber mal ein bisschen Stimmung ins Haus.“ Pierre drückt auf eine der drei Fernbedienungen, die auf dem Tisch liegen, und gleich darauf erklingt ein Tango aus den Boxen.
„Pierre! Woher weißt du, dass ich Tango liebe?“
Monet fühlt sich gestört und trottet aus dem Zimmer.
„Intuition!“
„Hör auf, mir Angst zu machen.“
„Na gut, es ist Zufall. Die Frau meines Freundes ist Argentinierin und hat ein Faible für diese Klänge.“
„Egal! Diese Musik zu hören fühlt sich an wie eine Erweckung. Früher habe ich öfter Tango getanzt, in einer Tanzschule. Aber ich konnte Claas nie dafür begeistern. Irgendwann habe ich dann damit aufgehört.“ Dann war es vorbei mit der Leidenschaft.
„Darf ich bitten?“, fragt Pierre.
„Kannst du etwa Tango tanzen?“
„Das habe ich nie behauptet!“
Ich kichere, als wir uns mit voller Körperspannung gegenüberstehen, Stirn an Stirn, uns fassen und in den 4/8-Takt eintauchen. Wir wirbeln durch das Zimmer wie ein eingespieltes Paar.
„Wow, du hast es wahrlich im Blut“, rufe ich. Wie geschmeidig er sich bewegt! Lachend drehen wir unsere Runden durch das große Zimmer. Drei Stücke tanzen wir durch, dann ist es mit meiner Kondition vorbei.
„Danke! Das war fantastisch“, schnaufe ich. Wir stehen noch immer eng beieinander. Die Haare hängen mir ins Gesicht. Pierre berührt sie vorsichtig und streicht sie mir hinters Ohr. Sofort habe ich überall Gänsehaut.
„Du riechst so gut“, murmelt er.
Ein lautes Geschepper reißt uns aus diesem Moment. Draußen pfeift es ums Haus, und mit voller Wucht peitscht Regen gegen die Fenster. Wir schauen durch die Scheibe. Scherben liegen auf dem Terrassenboden. Da dürften gleich mehrere Blumentöpfe zu Bruch gegangen sein. Orkanböen und sintflutartiger Regen durchziehen nun die Nacht.
„Was ist das plötzlich für ein Weltuntergang?“, frage ich.

Dabei war es vorhin doch so klar. Da deutete nichts darauf hin, dass dieser magische Moment zwischen Pierre und mir von einem Unwetter beendet wird. Noch dazu sehe ich, dass es schon nach Mitternacht ist.
Pierre hat meinen Blick auf die Uhr registriert. „Ja, es ist spät geworden. Aber da lasse ich dich jetzt nicht raus. Du bleibst hier bis morgen früh. Es gibt mehrere Gästezimmer“, sagt Pierre da bestimmt.
Ich kann gar nicht anders, als hier zu übernachten, denn da rauszugehen könnte in der Tat lebensgefährlich sein.
„Dann nehme ich dein Angebot dankend an.“
Pierre führt mich ins obere Stockwerk und zeigt mir, wo ich schlafen kann. So endet diese Nacht mit uns ziemlich abrupt.
„Bonne nuit“, sagt er und sieht müde aus. Ich möchte ihn an mich ziehen und nicht ohne ihn sein in dieser stürmischen Nacht, aber zugleich genieße ich diese knisternde Behutsamkeit, mit der wir uns begegnen. Keiner von uns ist frei. Eine Affäre würde nichts besser machen. Hör doch auf zu moralisieren und es dir schönzureden, dass ihr nicht sofort übereinander herfallt. Sei froh, dass du deine Leidenschaft wieder neu entdeckst!
„Gute Nacht.“
„Bis morgen früh.“ Pierre geht aus dem Zimmer und schließt die Tür hinter sich.
An Schlaf kann ich nicht denken. Der Regen hämmert munter weiter gegen die Scheiben. Es war zumindest eine gute Entscheidung hierzubleiben.

Um halb sechs stehe ich auf und gehe runter, um mir ein Glas Wasser zu holen. Es brennt Licht, Pierre sitzt auf der Couch und liest.
„Kannst du auch nicht schlafen?“, frage ich.
„Charlotte! Hey! Hast du mich erschreckt.“
„Um die Zeit sehe ich leider immer so aus.“
Pierre lächelt. „Du bist stets eine Augenweide! Mit dem Schlaf klappt es bei mir heute nicht so recht. Magst du einen Kaffee?“
Ich fahre mir durch die Haare und klatsche mir auf die Wangen. „Wasser tut es auch, danke.“
Pierre steht auf und bringt mir ein Glas. Er sieht niedlich aus, verschlafen, mit verstrubbelten Haaren. Ich gehe ans Fenster und blicke hinaus in den düsteren Morgen. Der Regen hat aufgehört.

„Setz dich doch zu mir."
Ich nehme neben ihm Platz und trinke einen Schluck Wasser. Monet blinzelt uns von seiner Decke aus entgegen und gähnt.
„Was für eine Nacht! So spontan war ich noch nie", sage ich.
„Du hast eben gleich gemerkt, dass ich ein vertrauenswürdiger Mann bin."
„Das auf jeden Fall. Und trotzdem war die Nacht aufregend für mich." Ich schaue auf den Boden. „So habe ich mich zuletzt gefühlt, als ich nach einer Party mit siebzehn die Nacht auf der Matratze neben meinem großen Schwarm verbracht habe."
„Das klingt nach einer wilden Jugend!"
Ich kichere. „Ja, das Dumme war nur, dass er sich nicht für mich interessiert hat."
„Er war sicher nur ein Gentleman der alten Schule und hat auf eine nächste Nacht mit dir gewartet."
„Wahrscheinlich, aber dazu kam es nie."
Diese wohlige Spannung, diese Leichtigkeit zwischen uns beflügelt mich regelrecht.
Monet verlässt seinen Platz und stellt sich schwanzwedelnd vor uns.
„Hey, es ist doch noch so früh! Musst du wirklich schon raus?", fragt Pierre.
„Ich muss sowieso los, sonst gibt Camille womöglich eine Vermisstenmeldung auf."
Nur ein paar Minuten später sind wir draußen an der frisch gewaschenen, klaren Luft. Der Sturm hat Zweige und einzelne Äste von den Bäumen gerissen. Langsam wird es hell. Pierre und Monet bringen mich nach Hause, bevor jeder seiner Wege geht.
Statt wie geplant unbemerkt in mein Zimmer zu schleichen fängt mich Camille bereits angezogen unten an der Treppe ab.
„Guten Morgen. Warum bist du schon aufgestanden?", will ich wissen.
„Das frage ich mich bei dir auch." Sie schmunzelt. „Wie war es?"
„Nein, nein, es ist nicht, wie du denkst. Ich bin nur wegen des Unwetters nicht zurückgekommen. Pierre hat mir ein Gästezimmer überlassen."
„Du bist erwachsen, liebe Charlotte. Du weißt, was du tust."
„Nicht immer!" Ich gehe an ihr vorbei und steige die Treppe hinauf.
„So wie du aussiehst, hast du nicht geschlafen", ruft Camille mir hinterher.

„Danke, dass du mich darauf hinweist. Dir entgeht aber auch gar nichts." Ich muss schmunzeln über ihre Hartnäckigkeit, mir etwas zu entlocken.
„Vor elf Uhr will ich dich hier unten nicht sehen. Jetzt wird geschlafen!"
„Du bist die Beste, Camille. Bis nachher." Ich winke ihr von oben zu und gehe ins Bett.
Nach knapp vier Stunden Schlaf stürze ich mich in den Tag. Ich schaffe es sogar, meine Holztruhe für die Scheune fertig zu bauen.
„Sie ist hübsch geworden", sagt Baptiste, während er ihre Tauglichkeit durch mehrmaliges Öffnen und Schließen der Klappe prüft. „Und es passt ordentlich was rein."
Ich lächle selig. Sein Urteil kommt für mich einer bestandenen Prüfung gleich.

Die nächsten Tage folgen einem eingespielten Rhythmus. Vormittags werkle ich in der Scheune herum. Von Tag zu Tag wird sie wohnlicher. Camille hat sogar eine Träne verdrückt, als ich sie herumführte. Ich habe neue Kissen gekauft und ein bisschen Schnickschnack, wodurch das ganze Wohnambiente aufgewertet wurde. Als Camille mich fragte, was sie mir schulden würde, habe ich nur gelacht und gesagt, dass nicht sie, sondern ich ihr diese Frage stellen müsste für all das Vertrauen, das sie mir entgegengebracht hat.
Die Nachmittage sind für Pierre reserviert. Wir genießen unsere Strandspaziergänge und unternehmen Ausflüge in die Umgebung. Wir bummeln durch Bayeux, die nächstgelegene Stadt, schauen uns den berühmten Wandteppich an und die beeindruckende Kathedrale. Immer wieder bin ich begeistert, weil es nichts zu geben scheint, über das wir uns nicht unterhalten können. Wir können zusammen lachen und zusammen philosophieren. Oder wie Michel de Montaigne es formulierte: „Es ist gut, unseren Geist gegen den von anderen zu reiben und zu polieren." Die Zeit, die ich mit Pierre verbringe, ist einer der größten Schätze für mich.
Bei Camille habe ich mich für die Abende abgemeldet. Pierre und ich gehen immer wieder in das kleine Restaurant vom ersten Abend.
„Ich habe noch nie zuvor mit einem Mann eine so intensive Zeit gehabt. Dabei haben wir uns noch nicht mal richtig geküsst", sage ich, als ich Sophie am Telefon auf den neuesten Stand bringe. „Wir kennen uns nun seit fast zwei Wochen. Pierre ist der liebenswerteste,

eloquenteste, interessanteste und aufregendste Mann, den ich je getroffen habe."
„Charlotte, endlich gibst du es zu. Du bist bis über beide Ohren verliebt!"
„Ja, ich fürchte, so kann man das auch formulieren. Wir brauchen keine Worte, sondern müssen uns nur ansehen, dann sprechen unsere Seelen miteinander."
„Äh, Charlotte?" Sophie prustet ins Telefon.
„Was ist daran so lustig?"
„Das klingt zu kitschig. Vor Kurzem warst du noch eine desillusionierte Frau."
„Es ist unglaublich. Aber wir haben nicht mehr viel Zeit zusammen. Pierre reist übermorgen ab und ich drei Tage später. Daran möchte ich noch nicht denken. Das wird schrecklich."
„Und ihr habt euch wirklich noch nicht mal geküsst?" Sophie kichert.
„Für mich fühlt sich das bloße Zusammensein mit ihm an wie purer Sex. Und wir haben zusammen Tango getanzt."
„Nein! Unfassbar! So etwas Anzügliches habt ihr gemacht?"
„Mach dich nicht lustig über mich. Das war magisch!"
„Du bist süß, Charlotte. Außerdem klingst du viel weicher als früher. Werdet ihr euch wiedersehen?"
„Ich fürchte eher nicht." Ich liste Sophie auf, was dagegenspricht.
„Da habt ihr euch wirklich den optimalen Zeitpunkt für euer Kennenlernen ausgesucht."
„Wer weiß, wie es gelaufen wäre, wenn nicht jeder von uns diesen schweren Rucksack voll mit einer angeschlagenen Ehe tragen würde. Was wir zusammen hatten, ist kostbar."
„Versuch bitte, in der Zeit, die euch bleibt, weniger vernünftig zu sein, ja?"
„Ich gebe mir Mühe. Wir sehen uns in Hamburg."

Nun ist er tatsächlich gekommen, der letzte gemeinsame Abend von Pierre und mir. Wir sitzen in unserem kleinen Restaurant bei Kerzenschein, und mir ist ganz schwer ums Herz. Keiner von uns muss etwas sagen, um zu wissen, wie sich der andere fühlt. Ich kämpfe an gegen diese Trauer und kann meinen Blick kaum von ihm abwenden. Zum letzten Mal genießen wir das köstliche Essen, verabschieden uns vom Kellner und treten hinaus in die Dunkelheit. Da

nimmt Pierre meine Hand und fragt: „Darf ich bitten?"
„Was immer du auch vorhast: Ja!"
Dann rennen wir los, ausgelassen und übermütig wie Kinder. Pierre schließt die Tür zu seinem Haus auf, Monet kommt uns freudig bellend entgegengelaufen. „Ach, dich gibt es ja auch noch. Nimmst du heute ausnahmsweise den Garten?" Pierre scheucht den Hund zur Tür hinaus. Monet saust über den Rasen.
„Tango?", fragt Pierre.
„Tango!"
Unvermittelt hebt Pierre mich hoch und wirbelt mich durch die Luft. „Zum Warmwerden."
Ich kreische vor Glück. „Tango! Tango! Tango!"
Noch eine Drehung. Ich schlinge meine Arme fester um ihn.
Monet hat sein Geschäft erledigt und kommt wieder ins Haus. Pierre setzt mich ab und schließt die Tür. Dann dreht er die Musik auf für den leidenschaftlichsten Tango meines Lebens. Feurig und sinnlich wirbeln wir durch das Zimmer.
„So muss es sich anfühlen, wenn man die wahre Liebe tanzt", murmle ich, ohne dass Pierre mich verstehen kann.
Wir sind eine Einheit, spüren uns, geben uns einander hin im Tanz. Ich mache Bewegungen, die ich nicht von mir kenne, und bin erstaunt, wie geschmeidig es sich anfühlt. Nichts tut mir mehr weh. Ich bin glücklich darüber, dass das hier möglich ist, dass die Wunden des Unfalls so gut verheilt sind.
Berauscht voneinander treffen sich unsere Lippen zu ihrem ersten Kuss, brennend, stürmisch und ungehemmt. Im Hintergrund die Musik, ziehen wir uns nun gegenseitig unsere Sachen aus. Dann halten wir einen Augenblick inne, stehen uns nackt im gedimmten Licht gegenüber.
„Du bist so wunderschön", raunt Pierre.
Nichts ist albern oder peinlich in diesem Moment. Es fühlt sich völlig natürlich an, hier gänzlich entblößt mit all meinen Narben vor ihm zu stehen. Zärtlich fährt er mit seinen Fingern über meinen Körper, streicht sanft über die Spuren meiner abgeheilten Wunden und umrundet meine Brüste. Dazu diese Musik! Ich berühre seinen trainierten Körper und fahre durch sein Brusthaar. Wir sehen uns an und lachen, als könnten wir es nicht fassen, dass wir zusammen sind. Jetzt weiß ich, wie es sich anfühlt, wenn man überschäumt vor Glück. Wir tanzen weiter, splitterfasernackt. Doch das währt nicht

lange. Leidenschaftlich küssend sinken wir auf die Couch. Pierre ist auf mir, und ich wünschte, er würde diesen Platz niemals wieder verlassen.

Als Pierre in mich eindringt, schreie ich auf. „Ich lebe noch! Ja, verdammt noch mal, ich lebe!" Ich kralle mich an ihm fest. Der Tango ist unser Soundtrack. Was ist das nur für ein Gefühl? Überall in mir bebt es in kleinen und großen Wellen. Wir sind eins, und das fühlt sich fantastisch an. Ja!

Glücklich und beseelt schmiege ich mich an Pierre. „Du hast mich zu neuem Leben erweckt."

„Das ist eine meiner Spezialitäten", scherzt er, und ich küsse ihn. Schweißperlen glänzen auf seiner Nase. Ich kann nicht aufhören, ihn anzusehen. „Wie soll ich nur je wieder ohne dich sein?" Fang jetzt nicht an zu weinen!

„Komm her." Pierre zieht mich an sich. Die Nacht ist halb vorbei. „Ich weiß, dass wir nichts voneinander erwarten dürfen, und ich verwünsche den neuen Tag." Ich blinzle die Tränen weg.

„Charlotte, ich habe mich in dich verliebt, und ich möchte mir auch nicht vorstellen, dich niemals wiederzusehen. Aber momentan ist mein Leben ein Chaos. Da ist kein Platz für eine neue Beziehung, in welcher Form auch immer." Pierre drückt sein Gesicht in meine Achselhöhle.

„Ich weiß. Es ist bei mir doch nicht anders." Nun nutzt alles Blinzeln nichts mehr. Mir laufen die Tränen über die Wangen, und ich lasse es geschehen. Pierre nimmt mein Gesicht in seine Hände und küsst sie weg.

„Kennst du den Film Before Sunrise mit Ethan Hawke und Julie Delpy?", fragt er dann.

„Aber ja. Ich liebe diesen Film! Jesse und Celine versprechen sich nach ihrer Nacht, sich in genau sechs Monaten am gleichen Bahnsteig wiederzutreffen. Aber in der Fortsetzung erfährt man, dass Celine nicht kam. Worauf willst du hinaus?"

„Wahrscheinlich geht meine romantische Seite gerade mit mir durch. Wir sind nicht Darsteller in einem Film, bei uns könnte das anders sein. Was hältst du davon, wenn wir uns genau heute in einem Jahr um acht Uhr abends in unserem Restaurant wiedertreffen?"

„Wenn wir unser Leben auf Vordermann gebracht haben und unsere Ehen gescheitert sind?"

„Wenn wir wissen, wo wir stehen, wenn wir noch immer aneinander denken müssen und glauben, dass das mit uns etwas ganz Besonderes ist."
„Ja! Das könnte nicht einmal Rosamunde Pilcher toppen!"
„Rosamunde wer?"
„Vergiss es. Ich mag es, wenn deine romantische Seite mit dir durchgeht. So machen wir das! Es macht mir den Abschied gleich etwas leichter."
Pierre küsst mich, und noch einmal schlafen wir miteinander, als gäbe es kein Morgen.
„Ich gehe jetzt, bevor es noch kitschiger wird", sage ich irgendwann gegen Ende unserer Nacht. Es ist meine Flucht vor dem unausweichlichen Abschied am Morgen, der noch schwerer zu ertragen wäre. Diesmal unterbinde ich es, dass Pierre und Monet mich heimbringen, denn wenn wir uns vor Camilles Tür trennen würden, wäre es nicht leichter. Ich streichle Monet und gebe Pierre einen Kuss. Er zieht mich noch einmal an sich.
„Wenn ich jetzt nicht gehe, wird es nur noch schwerer."
Ein letzter Blick in seine schönen Augen, ein Lächeln voller Verlangen, unsere ineinander verhakten Finger, die sich wie in Zeitlupe voneinander lösen, es ist unerträglich. Ich gehe aus dem Haus und drehe mich an der Pforte noch einmal um. Pierre winkt mir nach. Ich winke zurück und renne los. Wieder laufen mir Tränen über das Gesicht, der Wind trocknet sie. Aber die Hoffnung darauf, dass wir uns womöglich in einem Jahr wiedersehen, lässt mich aufrecht gehen.

Drei Tage später sage ich Camille und Baptiste Adieu. Ich trage mein Gepäck ins Auto und den kleinen Tisch, der bereits vor über zwanzig Jahren seine Reise nach Hamburg antreten sollte. Camille und Baptiste stehen neben meinem Wagen.
„Nun wird er mich für immer daran erinnern, dass ich mich nie mehr von dem abbringen lasse, was mir wichtig ist", sage ich und schlage die Kofferraumklappe zu.
„Wenn du das mit den Möbeln wirklich zum Geschäft machen möchtest, dann ruf Claude an", sagt Baptiste und reicht mir einen Zettel mit einer Telefonnummer. „Ich habe ihn bereits vorgewarnt."
„Danke!" Ich stecke den Zettel in meine Jackentasche.
„Claude hat eine Firma für Haushaltsauflösungen. Da sind

manchmal ein paar schöne Stücke dabei. Vielleicht findest du bei ihm günstig etwas", sagt Camille.
„Ihr seid einfach großartig. Danke für alles!"
Filou kläfft. Die Katze läuft am Haus entlang, und hinten auf der Wiese scharren die Hühner nach Futter. „Es fällt mir schwer, hier wieder wegzufahren."
Camille räuspert sich. „Wir haben noch etwas für dich." Sie holt einen Schlüssel aus ihrer Tasche. Ich sehe sie fragend an. „Dein Schlüssel für die Scheune. Du kannst dort jederzeit wohnen, komm, wann immer dir danach ist."
Meine Kehle schnürt sich zu, und schon wieder kommen mir die Tränen. „Das … das … kann ich nicht annehmen."
„Doch, das kannst du. Ohne dich wäre die Scheune noch immer unbewohnbar. Das ist das Mindeste, was wir dir geben können", sagt Camille.
„Merci!"
Ich schließe die beiden fest in meine Arme. Wer weiß, wie oft du das noch kannst. „Ganz sicher lasse ich nicht noch einmal zwanzig Jahre vergehen bis zum nächsten Wiedersehen", sage ich.
„Wir werden da sein!", ruft Camille und wischt sich über die Augen.
Ich steige ins Auto und rolle langsam vom Hof. Camille und Baptiste folgen mir auf die Straße und winken mir nach, bis ich um die Ecke biege.
Weit komme ich jedoch nicht, denn der Gedanke an besagten Claude und seine alten Möbel lässt mich nicht los. Ich rufe ihn an. Er hat tatsächlich Zeit für mich, und so ändere ich meine Route und fahre bei ihm vorbei. Es ist kein großer Umweg. Claude, ein kleiner, drahtiger Mann mit einem wettergegerbten Gesicht, führt mich durch sein Lager in einer ehemaligen Fabrikhalle. Ich komme aus dem Staunen nicht heraus, so vielfältig ist sein Angebot. Mit den Möbeln, die er aus den Wohnungsauflösungen bezieht, ist er regelmäßig auf Flohmärkten anzutreffen. Außerdem verkauft er hier seine Stücke. Claude restauriert die Möbel nicht, sondern verkauft sie im Ist-Zustand.
Ich bin dermaßen aus dem Häuschen, dass ich, ohne groß zu überlegen, zuschlage. Da kann kein Designerkrempel mithalten. Zu einem Spitzenpreis kaufe ich sechs Stühle, drei Tische, fünf Kommoden, zwei massive Schränke, zwei Hocker, drei Sekretäre und eine Garderobe. Wir vereinbaren, dass die Stücke so lange bei

Claude stehen bleiben können, bis ich einen Platz für sie gefunden habe. Was würdest du zu meiner Aktion sagen, Pierre? Zufrieden mit meinem Einkauf trete ich die Heimreise an. In Gedanken sitzt Pierre neben mir.

12

Claas ist nicht zu Hause, als ich nach der langen Fahrt am späten Abend ankomme. Wie leblos und vor allem kalt mir unsere Wohnung erscheint, obwohl die Heizung an ist. Meine Abo-Blumen stehen da, wo sie immer stehen, diesmal sind es hübsche Herbststräuße mit Dahlien, Clematis und Hagebutte. Alles ist aufgeräumt und sauber. Laut Plan war gestern die Putzfrau da, und sicher hat Claas sie angewiesen, all die Spuren seines schlampigen Lebensstils, den er allein gern an den Tag legt, besonders gründlich zu beseitigen. Warum fühle ich mich hier auf einmal nicht mehr wohl? Und wo ist Claas? Ich hatte ihm doch eine Nachricht mit meiner ungefähren Ankunftszeit geschickt. Das geht ja schon mal gut los.
Ich packe meine Sachen aus und trage den kleinen Tisch nach oben. Er findet einen Platz in der Diele. Ich stelle einen der Herbststräuße drauf. Hungrig inspiziere ich den Kühlschrank, doch darin gibt es nicht mehr als eine Packung Räucherlachs, Butter und Marmelade. Notgedrungen esse ich den Fisch mit einer Scheibe Knäckebrot. Ich bin so fertig von der Fahrt, dass ich danach nur noch ins Bett falle und sofort einschlafe.
Claas weckt mich um kurz nach eins, wie mir der Blick auf die Digitalanzeige des Weckers verrät. Schlaftrunken setze ich mich auf. „Claas! Was ist los?" Die Alkoholfahne, die mir entgegenschlägt, ist unerträglich. Das ist einer der Momente, in denen ich meinen geschärften Geruchssinn verfluche. Ich drehe mich zur Seite und spüre einen Würgereiz.
„Charly, herzlich willkommen daheim. Wie geht es dir?"
„Ich glaube, das ist jetzt nicht der richtige Zeitpunkt, um darüber zu sprechen. Wir sollten uns beide erst mal ausschlafen." Er brummt etwas. Ich schaue ihn an. Seine Augen sind blutunterlaufen, und ein dümmliches Grinsen liegt auf seinem Gesicht. „Wo warst du so lange?", frage ich. Konntest du dich nicht trennen von deinen Nutten? Ich schlucke die Frage herunter, weil ich zu kaputt bin, um jetzt mit diesem Thema anzufangen.
„Ich hatte ein Arbeitsessen mit von Haubenstein und zwei seiner Freunde. Es gibt viel zu tun für mich."

„Du wusstest doch, dass ich heute zurückkomme. Du hättest mir Bescheid geben können."
„Entschuldige, da habe ich nicht dran gedacht."
„Wir haben uns ja auch sehr lange nicht gesehen, da kann einem schon mal durchrutschen, dass die Frau nach Hause kommt."
„Ganz richtig. Du verstehst mich, Charlylein." Claas versucht, mich zu berühren, ich wehre seine Hand ab.
„Du schläfst besser im Gästezimmer."
„Uff! Die Chefin ist wieder da. Wird gemacht!" Claas schlägt die Hacken zusammen und führt eine Hand zum Kopf. Wenn das alles nicht so bitter wäre, würde ich über diese Szene lachen. Aber das ist mein Ehemann, den ich lange nicht gesehen habe und der mich offenbar genauso wenig vermisst hat wie ich ihn.
Am nächsten Morgen entschuldigt sich Claas für sein Verhalten. „Es tut mir leid, dass ich dich in meinem Zustand geweckt habe."
„Gut, dass du es einsiehst."
Er nimmt eine Kopfschmerztablette und trinkt seinen Kaffee. Ich hätte länger im Bett liegen bleiben können, dann hätte ich ihn heute Morgen nicht sehen müssen. Aber ich konnte nicht mehr schlafen und war es leid, mich nur noch hin und her zu wälzen.
Ich kriege kaum einen Bissen meines Müslis herunter, so sehr gaukelt mir meine Anspannung vor, dass ich längst satt bin. „Claas, wir müssen reden! Was denkst du, wo stehen wir?"
„Müssen wir jetzt darüber sprechen?" Er fasst sich mit schmerzverzerrtem Gesicht an den Kopf. „Das wird ohnehin ein anstrengender Tag."
„Sieh mir nach, dass ich mich mit meinem Mitleid zurückhalte."
„Also gut. Heute Abend? Ich muss jetzt gleich los."
„Okay, meinetwegen."
„Was ist überhaupt mit dir? Wann willst du endlich wieder arbeiten gehen? Du warst seit mehr als einem Vierteljahr nicht mehr in der Firma."
„Hast du Buch geführt? Darf ich dich daran erinnern, dass ich einen schweren Unfall hatte, bei dem ich beinah gestorben wäre?"
Claas rollt mit den Augen. „Das ist mir bekannt. Sorry, ich vergesse manchmal, dass ich dich nur noch mit Samthandschuhen anfassen darf. Aber du hast dich offenbar gut erholt. Da wird doch diese Frage erlaubt sein."
„Ich habe die Entscheidung getroffen, dass ich nicht mehr dort

arbeiten werde. Jetzt muss ich es nur noch meinem Vater klarmachen."
„Das ist nicht wahr. Du nimmst mich auf den Arm! Du wirst doch Daddy nicht enttäuschen und deinen Status aufgeben! Der war dir doch immer so wichtig."
„Denkst du!"
Mein Mann sieht mich an, als wäre ich ein Mischwesen. „Was willst du stattdessen machen?"
„Interessiert dich das jetzt? Ich denke, du musst los … Ist dir überhaupt aufgefallen, dass du mich nicht gefragt hast, wie es in Frankreich war?"
Claas stellt seine Kaffeetasse ab. „Wie war es in der Normandie?"
„Ach komm, spar es dir! Wir sehen uns heute Abend." Ich gehe aus der Küche und verschwinde im Bad.
„Meine Güte, dir kann man es aber auch nicht recht machen", höre ich Claas rufen, bevor er die Wohnungstür hinter sich zuzieht.
Später google ich nach einem Maler aus Paris namens Pierre. Aber ich finde nichts. Nichts! Ich versuche es mit Atelier abgebrannt Paris, aber auch da gibt es keine Treffer, die auf ihn hindeuten. Verdammt! Warum haben wir nur keine Daten ausgetauscht? Warum habe ich nicht wenigstens nach seinem Nachnamen gefragt?
Ich rufe Sophie an und schütte ihr mein Herz aus.
„Was habt ihr euch nur dabei gedacht, so auseinanderzugehen, dass jede Suchmaschine versagt?"
„Das frage ich mich jetzt auch."
„Ich hätte zu gern ein Foto von ihm gesehen. Aber es ist wirklich niedlich, dass ihr aus eurem potenziellen Wiedersehen eine filmreife Nummer macht."
„Ein Jahr erscheint mir so lang, das ist grausam! Seit wir uns getrennt haben, bin ich in Katerstimmung. Das Wiedersehen mit Claas hat nichts besser gemacht, im Gegenteil."
„Er wird kein anderer Mensch, nur weil ihr euch eine Weile nicht gesehen habt. Hast du ihn schon auf … na ja, du weißt schon angesprochen?"
„Nein, es passte noch nicht. Ich weiß auch nicht, was ich erwartet habe. Aber zumindest werde ich jetzt endlich damit anfangen, mein Leben zu ordnen."
„Haben sich deine Pläne konkretisiert? Bist du dir wirklich sicher, nicht mehr im Backhaus arbeiten zu wollen?"

„Aber ja! Was ich dir neulich schon erzählt habe, ist mehr als aktuell.“ Ich berichte Sophie von meinem Möbelkauf bei Claude. „Das war der erste Schritt. Was glaubst du, wie viel Seele in diesem alten Holz steckt … Ich möchte Räume einrichten und am liebsten auch selber Möbel bauen.“
„Da hast du dir ja einiges vorgenommen. Deinen Fimmel für Inneneinrichtung kenne ich zwar, aber warum wusste ich so lange nichts davon, dass du den zum Beruf machen möchtest und noch dazu dermaßen auf altes Holz stehst?“
„Wie das klingt! ‚Auf altes Holz stehst.‘“ Ich lache und erzähle ihr von meinem selbst gebauten Tischchen und dass mir in Baptistes Werkstatt endgültig klar geworden ist, wofür mein Herz schlägt.
„Mensch, Charlotte, das muss ich ausnutzen. Hast du vielleicht Lust, ein Praktikum bei mir zu absolvieren? Ich könnte gut Unterstützung brauchen. Wer weiß, wenn du dich gut schlägst, kann eventuell mehr draus werden.“
„Sophie! Meinst du das ernst? Daran habe ich noch gar nicht gedacht. Aber ja! Wir könnten etwas zusammen machen. Ich bin dabei die Frau für französische Antiquitäten. Bois à l'âme – Holz mit Seele!“ Ich bin ganz aufgeputscht. Alles scheint so klar zu sein. „Ich sehe uns beide schon über Flohmärkte streifen und Schätze für unsere Arbeit finden, das wird herrlich!“
Sophie stöhnt in den Hörer. „Erwarte bloß nicht zu viel. Das Business ist weit weniger romantisch.“
„Schon klar, ich bin nicht naiv. Ich war schließlich jahrelang eine knallharte Geschäftsfrau. Aber lass mich doch ein bisschen fantasieren. Wie lange müsste ich mich als Praktikantin bewähren, bevor mehr aus uns werden könnte?“
„Drei, vier Jahre? Immerhin hast du kaum Erfahrung.“
„Sehr witzig. Ach komm, Sophie! Du kennst mich doch.“
„Eben … Also, der Gedanke daran, mit dir zusammenzuarbeiten, ist schon reizvoll. Du kennst dich viel besser mit Zahlen aus als ich und hast noch mal einen anderen Blick auf die Dinge. Deine französischen Möbel könnten ein Teil der Einrichtungskonzepte werden. Ja, ich glaube, das kann ich mir wirklich vorstellen.“
„Oh, ich mir auch! Sophie … Wir beide. Lass uns in den nächsten Tagen einen Plan machen. Und nun rede ich mit meinem Vater.“
„Der weiß davon noch immer nichts?“
„Er ist diesmal tatsächlich einer der Letzten in der Kette.“

„Oh, oh. Hast du Angst vor dem Gespräch?“
„Jetzt nicht mehr, obwohl ich weiß, wie sehr ich ihn enttäuschen werde.“
„Ich hoffe, es wird nicht allzu schlimm. Wir sehen uns!“
Nach dem Telefonat mit Sophie schreibe ich eine Liste:
Eltern treffen und Gespräch mit Papa über berufliche Zukunft führen.
Beziehung zu Claas klären. Welche Beziehung? Ha, ha!
Nicht so viel an Pierre denken (unmöglich) und auf ein Wiedersehen in einem Jahr hinarbeiten.
Ausmisten
Eltje besuchen
Business mit Sophie aufziehen
Auf geht's!

Um Punkt eins zügig abzuarbeiten, rufe ich meinen Vater an.
„Wie schön, dass du dich auch mal meldest. Du bist also wieder zurück?“
„Ja, Papa, seit gestern. Wie läuft es bei dir? Bist du in Hamburg?“
„Gut, sehr gut, danke. Ich sitze in deinem Büro. Kommst du heute vorbei? Wir sollten endlich über deinen Wiedereinstieg sprechen. Übrigens ist die Arbeit an der Basis wie ein Jungbrunnen für mich. Deswegen werde ich auch weiterhin drei Tage pro Woche in der Firma sein.“
„Was sagt Mama dazu?“
„Sie wird es akzeptieren. Gott sei Dank hat sie selber genug zu tun.“
„Papa, ich komme euch am Wochenende besuchen, und dann reden wir in Ruhe, ja?“
„Warum willst du nicht in die Firma kommen, das ist doch viel näher?“
„Mir ist ein anderer Ort lieber. Außerdem möchte ich auch Mama gern sehen.“
„Wir sind das Wochenende über in Hamburg. Sie hat Karten für die Elbphilharmonie. Verabrede mit ihr etwas.“
„Gut, das mache ich. Dann bis zum Wochenende.“
Na, Charlotte, da hast du gerade ja schon mal richtig Flagge gezeigt! Aber das Telefon ist nicht der passende Übermittler für die anstehenden Veränderungen.
Ich melde mich bei meiner Mutter. Entgegen unserer sonstigen

Gewohnheit, uns kurzzufassen, reden wir länger miteinander. Es tut gut, ihre Fürsorge und ihr Interesse an mir zu spüren. Ich sage ihr bereits, dass ich mich beruflich verändern werde. Sie scheint nicht überrascht zu sein, wird aber Papa noch nichts davon sagen. Wir verabreden uns für Samstag.

Ich brauche frische Luft und mache mich auf zu einem Spaziergang. Menschen sitzen draußen in den Straßencafés und erfreuen sich an diesem sonnigen Oktobertag. Als wäre ich ferngesteuert, laufe ich an die Unfallstelle. Seitdem es passiert ist, war ich nicht mehr hier. Claas hat den Lkw-Fahrer auf Schmerzensgeld verklagt. Aber ich denke, er ist ohnehin gestraft genug mit dem Erlebnis.
Ich weiß nicht, wie lange ich regungslos auf dem Bürgersteig verharre und auf die Stelle starre, die mein Leben verändert hat, an der ich fast gestorben wäre. Dann blicke ich nach oben in den milchig blauen Himmel. Bist du da, Oma Charlotte?
Eine Stimme unterbricht meinen Exkurs. „Ist alles in Ordnung mit Ihnen? Brauchen Sie Hilfe?“ Eine alte Frau steht neben mir und schaut mich besorgt an.
„Danke, es geht. Ich … ich war nur in Gedanken.“
Sie nickt. „Oh, das kenne ich nur zu gut, das geht mir inzwischen die meiste Zeit meines Lebens so.“
Ich schmunzle. Die Frau dürfte schon über achtzig sein und ist kaum größer als ein Grundschulkind, wirkt aber noch sehr agil. Unter einem schwarzen Hut gucken weiße Haarsträhnen hervor. Sie trägt einen abgewetzten braunen Wollmantel, einen ausgeblichenen schwarzen Schal, eine grüne Stoffhose und ausgelatschte bordeaux-farbene Stiefel. Unwillkürlich frage ich mich, ob sie in diesem Aufzug sehr schwitzt an diesem milden Tag. Hinter sich her zieht sie einen Einkaufstrolley, beige-blau kariert ist er und voll mit leeren Flaschen und Dosen.
„Wie lange brauchen Sie dafür, um das alles auszutrinken?“
„Du bist lustig, Deern.“ Sie nimmt eine der Dosen aus dem Trolley und hält sie mir vors Gesicht. „Sehe ich etwa so aus, als würde ich das hier trinken?“
„Birkensaft mit Minze? Warum nicht?“
Die Frau schüttelt den Kopf. „Ich sammle das Zeug nur.“
Wir laufen zusammen über die Straße.
„Warum machen Sie das?“

„Raten Sie mal. a) Weil ich so gern an der frischen Luft unterwegs bin und sonst nichts vorhabe oder b) weil meine Rente nicht zum Leben reicht."
Charlotte, wie naiv kannst du sein? „Entschuldigen Sie, das war eine dumme Frage."
„Schiet ist dat, ja!"
Wieder muss ich schmunzeln. „Sie gefallen mir."
„Das hat noch nie jemand zu mir gesagt."
„Kaum zu glauben."
„Selbst mein Mann nicht, Gott hab ihn selig."
Wir spazieren in einem gemächlichen Tempo nebeneinanderher.
„Dann wurde es aber höchste Zeit. Es tut mir leid, dass ihr Mann nicht mehr lebt. Darf ich fragen, wann er gestorben ist?"
„Sie müssen lauter mit mir sprechen."
Ich wiederhole die Frage.
„Vor sechs Jahren. Er war Alkoholiker."
Allein dieser kleine Satz beschreibt die Härte eines Lebens, das sie sich freiwillig sicher niemals ausgesucht hätte. Dass wir unser Leben selbst gestalten können, heißt eben noch lange nicht, dass wir es auch tun.
„Leben Sie ganz allein?"
„Lauter! Außerdem bin ich es nicht gewohnt, dass mich jemand nach meinem Leben fragt."
Ich wiederhole auch diese Frage.
„Nein, ich habe Carlo, das ist mein Kater. Den könnte ich mir ohne meinen Nebenverdienst allerdings nicht leisten. Aber ich will nicht jammern, das hat noch keinem geholfen."
„Ich würde gern noch viel mehr über Sie erfahren."
„Warum? An meinem Leben sollte sich niemand ein Beispiel nehmen." Doch dann beginnt sie zu erzählen, und spätestens jetzt merke ich, dass sie wirklich sehr selten die Aufmerksamkeit eines anderen Menschen erfährt. Sie scheint regelrecht dankbar dafür zu sein, dass ich ihr zuhöre. Wir setzen uns auf eine Bank an einer Bushaltestelle. Ich erfahre, dass sie einen Sohn hatte, der mit vier Monaten starb, und dass sie keine Angehörigen mehr hat. Ohne Ausbildung schlug sie sich als Putzfrau durch, lange reinigte sie zusammen mit ihrem Mann die Toiletten in einem Kiez-Club. Schnell wird klar, dass es in ihrem Leben keinen Platz und kein Geld für die Erfüllung irgendwelcher Träume gab.

„Weißt du, Deern, was mich so kurz vorm Ende meines Lebens wirklich traurig macht?"
„Verraten Sie es mir."
„Dass ich es nicht einmal geschafft habe, Hamburg zu verlassen. Dabei haben mein Mann und ich immer davon geträumt, mal nach Wien zu fahren. Ja, Wien war unsere Traumstadt. Wir haben oft darüber gesprochen, was wir dort machen würden. Die Stadt besichtigen, in einen Heurigen einkehren und im Prater mit dem Riesenrad fahren, ja, das wollten wir. Aber wir konnten es uns nicht leisten. Und jetzt ist es zu spät."
Auf ihren trüben Augen liegt ein Schleier. Am liebsten würde ich sie in den Arm nehmen. Der Gedanke, in meinem ganzen Leben Hamburg nicht einmal zu verlassen, ist unvorstellbar für mich.
Doch da winkt die Frau ab. „Nimm das Mitleid aus deinem Blick. Das Leben ist eben kein Zuckerschlecken. Jetzt muss ich aber endlich meine Flaschen abgeben."
Wir verlassen unseren Platz auf der Bank und laufen weiter. „Hast du nichts Besseres vor, als mit einer alten Frau durch die Gegend zu spazieren?"
„Im Moment nicht."
Wir erreichen den Supermarkt, in dem sie ihre Flaschen und Dosen abgibt.
„Ich kann wirklich nur meinen Hut vor Ihnen ziehen", sage ich.
„Lass gut sein, ich hab schon einen auf."
„Ich heiße übrigens Charlotte. Und Sie?"
„Charlotte, so heißen sie jetzt wieder alle, ja, ja. Ich bin Thea, Thea Gerdes."
„Es hat mich sehr gefreut, Sie kennenzulernen, Frau Gerdes. Darf ich Ihnen noch am Getränkeautomaten helfen?"
„Nein, ich komme allein klar. Pass gut auf dich auf, Deern." Sie dreht sich um und steuert auf den Automaten zu.
Ich hole sie ein. „Einen Moment noch! Ich habe etwas für Sie." Ich nehme mein Portemonnaie aus der Tasche, da ist nur noch ein Zwanzigeuroschein drin. Ich gebe ihn ihr.
Thea schüttelt den Kopf. „Ich habe nicht aus meinem Leben erzählt, um deine Almosen einzuheimsen."
„Bitte! Werfen Sie Ihren hanseatischen Stolz über Bord, und nehmen Sie das. Für Ihren Kater oder was auch immer."
Thea schaut sich in alle Richtungen um, als würde ich ihr Drogen

verkaufen. Flink wie ein Wiesel steckt sie das Geld ein. „Danke! Du bist ein guter Mensch."

Sie schenkt mir ein Lächeln, und ich bin glücklich darüber, dass ich Theas Tag ein kleines bisschen heller machen konnte.

Ich habe noch keine Lust, wieder nach Hause zu gehen, und laufe ziellos weiter durch die Stadt. Als ich ein Plakat für eine Ausstellung in den Deichtorhallen sehe, bleibe ich davor stehen und denke an Pierre. Ob er es eines Tages schaffen wird, wieder zu malen? Ich wünsche es ihm so sehr. Ob du es eines Tages schaffen wirst, mit deiner Sehnsucht nach ihm besser umzugehen? Ich wünsche es dir so sehr. Gedankenverloren laufe ich weiter.

13

Als ich nach Hause zurückkehre, ist es bereits Abend. Der Duft von Gebratenem empfängt mich.

„Was ist denn hier los?“, rufe ich überrascht.

Claas kommt mir entgegen, ein Küchenhandtuch steckt in seiner Hose. „Charlotte! Wo warst du? Ich konnte dich nicht erreichen und habe mir schon Sorgen gemacht.“

„Ernsthaft? Na, dann hat es sich ja gelohnt, dass ich mein Telefon nicht dabeihatte. Was riecht denn hier so gut?“

„Ich koche für uns. Es tut mir wirklich leid, dass wir gestern so einen holprigen Einstieg hatten.“

„Claas! Du kochst? Das habe ich ja seit Jahren nicht mehr erlebt.“ Ich folge ihm in die Küche. Eine halb volle Rotweinflasche steht auf dem Tresen. Im Ofen schmort ein Braten, und auf dem Herd dampft es aus zwei Töpfen.

„Hier, den musst du probieren. Das ist ein hervorragender Chianti.“ Claas schenkt mir Wein ein und füllt dann sein eigenes Glas. „Willkommen zu Hause“, sagt er und prostet mir zu.

„Danke für diesen Empfang. Damit habe ich nicht gerechnet.“ Wir stoßen an. „Was hast du denn gezaubert?“ Neugierig werfe ich einen Blick in die Töpfe.

„Rinderfilet mit Kartoffelmousseline und Vichy-Karotten. Dazu gibt es Pfeffersoße, die magst du doch so gern.“

„Das klingt köstlich. Dass du mich noch so überraschen kannst!“ Ich trinke noch einen Schluck Rotwein und zünde dann Kerzen an. „So gemütlich hatten wir es hier schon lange nicht mehr“, sage ich.

„Stimmt. Es wird mal wieder Zeit.“ Claas nimmt Teller und Besteck aus dem Schrank und deckt den Tisch.

„Nimm doch bitte schon Platz.“

„Es ist schön, wenn du mich bedienst. Wie war denn dein Tag?“ Sofort wird Claas wieder zum Zyniker und zieht über seine Mandanten her, flucht und macht schlechte Witze.

„Schade, du bist genauso respektlos wie immer. Dabei hast du mich eben an den Claas von früher erinnert, als du mir mit deiner improvisierten Schürze entgegengekommen bist und mich mit dem

Essen überrascht hast."
Claas füllt die Teller. „Was hast du erwartet? Die meisten Menschen ändern sich nicht mehr, Charlotte. Du scheinst da eine Ausnahme zu sein. Guten Appetit. Ich hoffe, es schmeckt dir."
„Danke, ich bin wirklich hungrig. Ich weiß auch nicht, was ich erwartet habe. Ich weiß nur, dass du früher anders warst."
„Du auch."
Wir essen eine Weile schweigend. Doch die schwere, nur von Kaugeräuschen durchsetzte Ruhe ist unerträglich. Ich mache Musik an, ein Klavierkonzert von Chopin. Es wird besser.
„Das ist wirklich köstlich. Die Soße ist perfekt."
„Dass ich das noch erleben darf. Ein so großes Kompliment aus deinem Munde."
„Warum nicht? Alles ist möglich." Ihr könnt euch nicht einmal mehr normal unterhalten!
„Jetzt werde bloß nicht gleich wieder philosophisch."
Ich lege das Besteck zur Seite und trinke einen Schluck. „Irgendwie sind wir doch wie Feuer und Wasser, oder?"
„Und was soll das bitte schön heißen?"
„Tu doch nicht so, dir muss das doch auch auffallen!"
Claas zuckt mit den Schultern. „Du nimmst aber auch alles auseinander seit deinem Unfall. Vorher war es einfacher mit dir."
„Da hast du sicher recht."
„Was du heute Morgen gesagt hast, dass du aus der Firma aussteigen willst, ist das wirklich wahr?"
„Ja, das ist es. Am Wochenende sage ich es meinem Vater." Ich erzähle Claas von meinen Plänen mit Sophie.
„Aber sonst ist alles in Ordnung mit dir, ja?"
Ich bin fertig mit dem Essen, schiebe meinen Teller zur Seite. „Das ist alles, was du dazu sagst?"
„Das klingt völlig absurd! Dabei machst du dir doch deine Hände schmutzig. So schnell würdest du mit deinen feuchten Tüchern gar nicht hinterherkommen."
„Kannst du deine Polemik bitte einfach mal stecken lassen? Ich war heute an der Unfallstelle. Dort ist mir eine alte Frau begegnet, die sich um mich gesorgt hat. Sie ist so arm, dass sie für ihren Lebensunterhalt Flaschen sammeln muss …"
„Ja, das soll es geben. Und?"
„Claas! Die Frau war über achtzig."

„Das ist tragisch. Aber ich verstehe nicht, worauf du mit deinem Gedankensprung hinauswillst."
„Sie tat mir leid. Aber dich lässt so etwas kalt."
„Was soll das denn jetzt? Als ob du dich je dafür interessiert hättest, wie es den Leuten auf der Straße geht!"
Ich nicke matt. „Ja, leider. Aber die Frau hat mir gezeigt, dass wir die anderen Menschen niemals unterschätzen sollten." Ich mache eine kurze Pause. „Unterschätze ich dich auch?"
„Charlotte, ich verstehe noch immer nicht, welchen Bogen du hier spannst."
„Unterschätze ich womöglich, was ich dir noch bedeute?" Ich schaue ihm in die Augen, doch Claas weicht meinem Blick aus.
„Bitte! Soll das jetzt immer so weitergehen zwischen uns?"
„Du bist mir fremd geworden, nur habe ich es vor dem Unfall nicht weiter hinterfragt."
„Charly, ich habe mir wirklich Mühe gegeben heute Abend, und trotzdem machst du mir Vorhaltungen. Glaub mir, auch du bist mir fremd geworden." Claas steht auf und räumt den Tisch ab. „Ihr Frauen müsst immer über alles reden, reden, reden." Er schneidet eine Grimasse, aber ich kann darüber nicht lachen. Die Flasche Wein ist leer, er öffnet eine neue, schenkt sich ein und geht zum Rauchen auf den Balkon. Ich folge ihm. Kühl ist es geworden.
„Wann hast du mich zum letzten Mal begehrt?", frage ich.
„Na, jetzt wird es ja richtig gemütlich."
„Wie konnte es mit uns nur so weit kommen? Was ist da schiefgelaufen?"
Claas stößt Rauchkringel aus. „Du hast doch nur gearbeitet. Immer ging es nur um eure beschissene Bäckerei."
„Aber das stimmt doch gar nicht!"
„Doch! Nur fiel dir das irgendwann nicht mehr auf. Ich habe mich damit arrangiert. Erinnerst du dich noch daran, wie oft du mir einen Korb gegeben hast, wenn ich mit dir schlafen wollte? Du warst zu kaputt, oder du hattest Kopfschmerzen oder deine Tage, irgendwas war immer."
„Aber das ist Jahre her!"
Claas' Stimme braust auf. „Und dann deine Macke, dass alles antiseptisch sein musste. Irgendwann warst du es auch. Das ist nicht sonderlich sexy, weißt du. Wahrscheinlich habe ich über all das aufgehört, dich zu begehren."

Seine deutlichen Worte sind ein Schlag ins Gesicht für mich. „Warum hast du nie mit mir darüber gesprochen?"
„Was hätte das gebracht?"
„Eine ganze Menge!"
„Ich kann dich genauso gut fragen: Wann hast du aufgehört, mich zu begehren?"
Ich lehne mich an die Fensterbank und starre in die Dunkelheit. „Ich habe keine eindeutige Antwort darauf. Es war wohl ein schleichender Prozess. Du hast dich gehen lassen, der Alkohol, die Zigaretten, deine Lustlosigkeit, mit mir etwas zu unternehmen ..."
Claas lacht auf. „Das war dann wohl mein Contra auf deinen cleanen Lebensstil."
„Verdammt noch mal, wie konnten wir es zulassen, so aneinander vorbeizuleben? Wir haben uns doch einmal geliebt!"
Claas zuckt mit den Schultern. „Wenn ich das nur wüsste. Zumindest gehören immer zwei dazu."
„Sag mir, jetzt, wo endlich alle Karten auf den Tisch kommen, gehst du ins Bordell?"
Keine Reaktion.
„Claas?"
„Mir wird kalt hier draußen", sagt er nur, und wir gehen wieder rein. Noch mehr Wein.
„Ja, ich bezahle Frauen dafür, dass sie mit mir schlafen. Wann ich will, wo ich will, ganz ohne Verpflichtungen."
„Das ist widerlich", zische ich. Obwohl ich es wusste, hat es ein Teil von mir geleugnet und gehofft, dass es eine andere Erklärung geben würde. Aber Sophie hat alles richtig beobachtet.
„Ist es das? Wäre es dir lieber gewesen, ich hätte Affären gehabt? Vielleicht solltest du das mal so sehen. Ich habe lediglich eine Dienstleistung in Anspruch genommen."
Ich nicke matt und vergrabe mein Gesicht in meinen Handflächen.
„Sag mal, rechtfertigst du dich etwa dafür, Papa? Bei der frigiden Alten blieb dir doch nichts anderes übrig!"
Ich schrecke auf und sehe Julius hämisch grinsend in der Tür lehnen.
„Nein! Das glaube ich jetzt nicht! Wo kommst du denn her?"
„Entschuldige, das wollte ich dir vorhin schon am Telefon sagen, aber da habe ich dich ja nicht erreicht. Er hat Ärger zu Hause und bleibt für ein paar Tage hier."

Da ist immer noch dieses widerwärtige Grinsen in Julius' Gesicht. Er sieht aus wie die Verkörperung des Bösen. Vor nicht langer Zeit wäre ich jetzt kurz davor gewesen, ihm die Rotweinflasche über den Kopf zu ziehen. Ganz ruhig, Charlotte, du bleibst ganz ruhig.
„Und als ich dann zu Hause war, hast du vergessen, es mir zu erzählen?"
„Ja, es tut mir leid, ich war so beschäftigt mit dem Essen, und Julius hat geschlafen", sagt Claas.
„Ach so, na dann." Ich blicke von einem zum anderen. „Claas, willst du irgendetwas zu den Worten deines Sohnes sagen? Oder lässt du das so stehen?"
„Julius, das war nicht in Ordnung!"
„Wow! Du bist wirklich die Autorität in Person. So kann aus deinem Sohn nur was werden! Entschuldigt mich, ich ertrage euch nicht länger."
Eilig packe ich ein paar Sachen zusammen. Claas kommt dazu.
„Was für eine Ironie! Da komme ich zurück nach Hause, um gleich wieder zu gehen", murmle ich.
„Charly, es tut mir leid! Wirklich."
„Was tut dir leid? Dass du es dir von Nutten besorgen lässt, während deine arglose Frau denkt, du arbeitest? Dass dein Sohn mich hasst und nicht halb so viel Anstand hat wie ein ausgehungertes Raubtier? Oder dass wir unsere Ehe in den Sand gesetzt haben?"
„Wie soll es denn jetzt weitergehen?"
„Und vor allem was? Ich bin weg!" Hastig greife ich nach meiner Tasche. Claas legt mir besänftigend eine Hand auf die Schulter, aber ich stoße sie weg.
„Wo willst du denn hin?"
„Irgendwo werde ich schon unterkommen, mach dir keine Sorgen. Nur noch eins: Hättest du immer so weiter neben mir her gelebt? Wärst ins Bordell gegangen und hättest mir sonntags das Frühstück gemacht?"
Wieder nur ein Achselzucken. Nein, da ist auch bei Claas längst keine Liebe mehr.
„Irgendwann wären wir an unserer Lethargie erstickt. Es wird höchste Zeit, dass wir die Reißleine ziehen", sage ich und stürme aus der Wohnung.
Claas folgt mir ins Treppenhaus. „Aber, Charlotte …", ruft er und klingt dabei hilflos.

Ich drehe mich noch einmal um. „Es ist alles gesagt. Schöne Grüße an Julius. Ich habe ganz vergessen, ihm Lebewohl zu sagen." Ich laufe schneller. Kaum bin ich unten, rufe ich Sophie an.
„Du hast Glück, dass ich dich noch gehört habe, ich war schon auf dem Weg ins Bett. Was ist passiert?"
Ich erzähle ihr vom Verlauf des Abends und meiner Flucht.
„Na, das ist ja richtig klasse gelaufen. Du kannst gern noch vorbeikommen, aber ich kann dir kein Bett anbieten, weil Torben bis morgen zwei Schauspielkollegen bei uns einquartiert hat. Die kommen gegen Mitternacht."
„Ach weißt du, ich wollte schon immer mal in der eigenen Stadt im Hotel wohnen. Bis gleich."
Im Auto checke ich Hotels in der Nähe. Auf dem Weg zu Sophie gibt es mehrere. Gleich beim erstbesten halte ich an. Es gibt sogar ein Zimmer für mich. Das Hotel dürfte das einfachste und günstigste sein, das ich je betreten habe. Früher hätte ich hier auf der Stelle kehrtgemacht, aber nun ist es mir völlig egal, dass diese Herberge keinen Design-Award gewinnen wird. Ich bringe meine Sachen aufs Zimmer. Es ist karg, aber zweckmäßig eingerichtet. In Gedanken räume ich es ein bisschen um.

Kurz darauf öffnet Sophie mir die Tür. „Rein mit dir. Ihr macht aber auch Sachen!"
Ich falle ihr um den Hals und äffe Julius nach. „Bei der frigiden Alten blieb dir doch nichts anderes übrig, als ins Bordell zu gehen."
Sophie lacht. „Das war gar nicht schlecht."
„Vielen Dank. Aber mal im Ernst: Was nimmt der sich raus? Das Schlimme ist, dass ich nicht weiß, was ich in all den Jahren falsch gemacht habe. Warum hat er mich immer abgelehnt?"
Sophie fasst mich an der Hand und führt mich ins Wohnzimmer. Wir setzen uns auf unseren angestammten Platz auf der Couch. „Erwartest du jetzt eine Analyse von mir?"
Ich nicke. „Versuch es einfach."
„Na gut. Jedes Kind wünscht sich doch, dass die eigenen Eltern zusammen sind. Ist das nicht so, dann rebellieren sie eben auf ihre Weise."
„Sie sind getrennt, seitdem er ein Kleinkind ist. Nein, das überzeugt mich nicht und entschuldigt auch nichts."
„Jeder geht anders mit so einer Situation um. Warum regst du dich

darüber überhaupt noch auf? Du kennst es doch nicht anders."
„Das muss an der ‚frigiden Alten' liegen. Damit hat er sich selbst übertroffen."
„Ach komm schon, du hast doch längst widerlegt, dass du so eine bist." Sophie zwinkert mir zu, und ich muss lachen.
„Da hast du völlig recht. Also, wer mich nicht mag, mag mich nicht. Punkt."
„Korrekt."
„Ach, Sophie! Da hilft kein Aufschieben und kein Drumherumreden mehr: Claas und ich sind krachend gescheitert. Und dabei sind seine Nutten noch das geringste Problem. Brrrr … ich darf mir das aber trotzdem nicht vorstellen. Es ekelt mich an." Ich schüttle mich. „Wir passen nicht mehr zusammen."
„Du weißt, dass ich mir das schon seit Langem denke. Nervennahrung?" Sophie macht eine Verrenkung und greift in die Ablage unter dem Tisch, wo sie diesmal anstatt Gummibärchen Wasabi-Nüsse hervorzaubert.
„Du bist zu jeder Uhrzeit die perfekte Gastgeberin. Danke, so ein bisschen Schärfe kann ich gut brauchen." Ich stecke mir ein paar der grün ummantelten Nüsse in den Mund. „Weißt du, ich habe immer gedacht, Claas und ich müssten reden, Dinge klären, um unsere Beziehung wieder in eine gemeinsame Umlaufbahn zu führen. Aber das stimmt nicht, denn letztlich ist alles gesagt. Ich liebe ihn nicht mehr. So einfach ist das."
„Und? Wie fühlst du dich mit dieser Erkenntnis?"
„Sie hat etwas Befreiendes! Ja! Ich glaube, wenn man jemanden weder liebt noch hasst, dann ist man fertig mit ihm." Ich schwenke meine Arme nach oben, als würde ich Ballast abwerfen. „Ich bin fertig mit Claas. Das hat mir Pierre einmal mehr bewiesen. Sonst hätte ich mich doch nie auf ihn eingelassen."
„Du brauchst dich nicht zu rechtfertigen. Ich hätte dich ohnehin dafür moralisch nicht belangt."
„Danke!"
Sophie lacht. „Aber herzlichen Glückwunsch. Ich hoffe, ihr könnt in Würde auseinandergehen."
„Ja, das hoffe ich auch. Was habe ich für Zeit verschenkt und …"
Sophie gähnt und unterbricht mich. „Liebes, fang nicht an zu lamentieren. Es liegt alles in deiner Hand."
„Dann eben nicht. Jetzt geht es aufwärts! Ja!"

„Mensch, Charlotte, dass ich diesen Abend mit dir erleben darf. Leider habe ich nichts Passendes zum Anstoßen da."
„Macht nichts. Darauf esse ich noch eine Nuss."
„Ich auch."
„Das ist doch fast wie anstoßen", sage ich.
Torben kommt mit seinen Schauspielfreunden angeheitert nach Hause. Nach einem kurzen Small Talk verabschiede ich mich und fahre ins Hotel.

Die Zeit bis zum Wochenende verbringe ich weitestgehend allein. Lediglich einmal spreche ich mit Claas. Er möchte, dass ich zurückkomme in unsere Wohnung, und betont, wie leid es ihm tue, dass unser letzter gemeinsamer Abend in einem solchen Fiasko endete. Ich werde mich darauf einlassen, weil ich merke, dass das Leben im Hotel auf Dauer nichts für mich ist. Allerdings werde ich erst zurückkehren, wenn Julius am Sonntag abgereist ist. Unsere Wohnung sollte groß genug sein, um darin würdevoll eine Trennung zu vollziehen.
Ich unternehme stundenlange Spaziergänge durch das Alstertal. Es ist grau und diesig. Ich rieche den Wald, das nasse Laub und lasse mich auf die Stille der Natur ein. Immer wieder bleibe ich stehen und tauche mit meinem Blick in die Landschaft ein. Dabei wird mir einmal mehr bewusst, dass alles zusammengehört und nichts verloren geht. Da, wo ich gewesen bin, gab es keine Dualität von tot und lebendig. Kurz höre ich Claas sagen, dass ich mit dieser esoterischen Attitüde aufhören soll. Das hätte ich vor dem Unfall wohl auch zu mir gesagt. Schließlich hatte ich bis dahin mit Spiritualität ungefähr so viel am Hut wie ein Apnoetaucher mit einer Sauerstoffflasche.
In Gedanken läuft Pierre an meiner Seite. Was er wohl gerade macht? Wenn ich an ihn denke, spüre ich einen tiefen Stich in meiner Brust und eine Sehnsucht, von der ich nie gedacht hätte, dass es die in der Realität gibt. Wie kann ein Mensch, den ich erst zwei Wochen kenne, so eine riesige Lücke in mir aufreißen?
Wenn ich nicht spazieren gehe, konzentriere ich mich auf mein Ziel: Fuß fassen im Interieur-Sektor, idealerweise gemeinsam mit Sophie. Ich habe mich dazu entschlossen, vor meinem Praktikum bei ihr noch mehr Erfahrung zu sammeln, und telefoniere voller Überschwang mit Restauratoren und Tischlereien. Tatsächlich werde ich

zu einem Vorstellungsgespräch eingeladen und kriege prompt die Zusage für ein vierwöchiges unbezahltes Praktikum. Darüber freue ich mich wie ein Kind über den Besuch der Zahnfee. Immerhin war es das erste Vorstellungsgespräch meines Lebens. Bereits nächste Woche fange ich an.

Mit meinen Eltern habe ich mich in einer Kaffeerösterei in der Speicherstadt verabredet. Das Besondere dieses Cafés ist eine Ausstellung uralter Kaffeemühlen. Dazu duftet es nach feinsten Bohnen. Suchend gehe ich durch den Raum, aber meine Eltern sind noch nicht da. Ich nehme an einem Tisch mit Blick auf ein Fleet Platz. Eine Barkasse schippert vorüber.

Ein bisschen nervös bin ich nun doch. Wie wird mein Vater mit meiner Entscheidung umgehen? Da betreten die beiden das Café. Ich winke ihnen zu. Mama kommt freudestrahlend auf mich zugelaufen, mein Vater blickt ernst drein. Abgespannt sieht er aus.

„Hallo, Mama!" Ich stehe auf und umarme sie.

„Schön, dass wir uns endlich mal wiedersehen, meine Kleine. Du bist ein bisschen blass um die Nase."

„Das bringt die lichtarme Zeit leider so mit sich. Hallo, Papa." Ich umarme ihn ebenfalls, wenn auch sehr hölzern.

Dann setzen wir uns und geben unsere Bestellung auf. Meine Eltern erzählen von dem schweren Sturm, der Sylt getroffen hat und dabei auch ihr Grundstück nicht verschonte. Ein Baum sei umgestürzt, berichtet meine Mutter. Doch es dauert nicht lange, bis mein Vater auf das Backhaus zu sprechen kommt.

„Charlotte, ich war wirklich geduldig. Aber ich denke, dass es nun an der Zeit für dich ist zurückzukehren." Er macht eine kurze Pause. „Ich erwarte, dass du am Montag wieder ins Büro kommst." Keine Widerrede!

Kaffee und Kuchen werden serviert. Die Unterbrechung kommt gerade recht. Ich nippe an meinem Milchkaffee, bevor ich ihn ins Bild setze. „Papa, es tut mir leid, aber ich habe eine Entscheidung getroffen. Ich komme nicht zurück in die Firma." Bamm! Die Bombe ist geplatzt. Ich steche mit der Gabel in den Streuselkuchen vor mir.

„Habe ich das jetzt richtig verstanden? Du machst Witze! Charlotte, sag was!"

„Du hast tatsächlich geglaubt, dass alles wieder wird, wie es einmal war, aber so funktioniert das nicht. Es ist kein Witz, ich steige aus, kein Backhaus mehr. Endlich werde ich das tun, was ich wirklich möchte."

Papas Stirn legt sich in tiefe Falten. Er macht den Mund auf, aber ich lasse ihn nicht zu Wort kommen und rede immer weiter, über Frankreich, meine Leidenschaft für Holz und alte Möbel und darüber, dass er sich nie wirklich für mich interessiert hat. „Solange ich funktioniert habe, war alles gut", sage ich.

Da schlägt mein Vater mit der flachen Hand auf den Tisch. „Es reicht! Wie du weißt, steht das Backhaus in einer langen Tradition. Wir sind dazu verpflichtet, es weiterzuführen. Es ging dir doch immer gut!"

„Glaubst du das wirklich? Warum sollte ich einen Job machen, der mir nichts mehr gibt? Du hast doch sowieso die ganze Zeit die Zügel in der Hand behalten. Loslassen konntest du nie."

„Ist es das? Du wirfst mir vor, dass mir das Wohl unseres Unternehmens am Herzen liegt?"

„Nein, Papa! Das ist es nicht, und das weißt du auch! Mir hat es noch nie Freude gemacht, aber das habe ich mir lange nicht eingestanden. Stattdessen wollte ich dir alles recht machen. Aber nun kann ich das nicht mehr. Ich werde jetzt mein Leben leben."

„Prima! Da hat dieser Unfall also eine Egoistin aus dir gemacht! Ich erkenne dich wirklich nicht mehr wieder."

„Es tut mir leid, dass ich dich so enttäuschen muss. Aber es geht nicht anders."

Papa ist die Farbe aus dem Gesicht gewichen. Seinen Kaffee hat er nicht angerührt.

„Leif, ist alles in Ordnung mit dir?", fragt Mama und streicht über seinen Rücken.

Er schüttelt den Kopf. „Nein, nichts ist in Ordnung. Gar nichts! Wie soll es denn jetzt weitergehen? Alles, was wir aufgebaut haben! Deine Schwester ist zu nichts zu gebrauchen, und nun machst auch du einen Rückzieher." Er ballt seine Hände zu Fäusten.

„Papa, Eltje hat ihr eigenes Leben. Du kannst ihr daraus keinen Vorwurf machen." Nie habe ich meine Schwester besser verstanden.

„Es wird doch sicher eine Lösung geben", sagt Mama.

„Ihr wollt, dass wir verkaufen?"

„Mensch, Papa, das hat doch niemand gesagt! Es lässt sich doch alles regeln."

„Und wie?"

„Wenn es dir so wichtig ist, dass jemand aus der Familie an der Spitze steht, dann schau dir deinen Neffen an. Vielleicht erinnerst du dich daran, dass Markus schon vor Jahren ein Praktikum bei uns gemacht hat und nichts lieber wollte, als ins Unternehmen einzusteigen. Tante Ulli hat mir bei deinem Geburtstag erst wieder erzählt, dass er noch immer Interesse daran hat. Momentan arbeitet er als Vertriebsleiter bei einem Fleischfabrikanten. Gib ihm eine Chance!"
„Ich weiß, was er macht. Wie soll das mit unserem Backhaus zusammengehen?"
„Papa, stell dich doch nicht so an!"
„Ich habe Kontakt zu Markus und weiß, dass er gern wechseln würde."
„Warum hast du mir davon nichts erzählt?"
Mama hält sich die ganze Zeit über zurück. Sie hat ihr Stück Käsesahnetorte gegessen und folgt unseren Sätzen, als würde sie Papa und mich bei einem Tennismatch beobachten.
„Weil es nicht wichtig ist."
„Das sehe ich anders."
„Charlotte, auch wenn du es nicht glauben willst, aber ich wollte immer nur dein Bestes. Und ich hielt es für keine gute Idee, dir deinen Cousin an die Seite zu stellen. Du hättest ihn womöglich als Konkurrenz gesehen, als den Sohn, den ich nie hatte."
„Leif! Aber bitte!", höre ich Mama da sagen.
Auch mir bleibt der Mund offen stehen. Meine Stimme wird lauter. „Häh? Das ist der größte Schwachsinn, den ich je gehört habe! Oder ist das deine spezielle Art von Humor? Ja, darüber kann ich nur herzhaft lachen. Ha, ha, ha! Und übrigens: Miteinander reden hilft. Und es tut mir leid, dass es bei dir nur für zwei Töchter gereicht hat, die dich noch dazu beide enttäuscht haben!" Ich stöhne auf.
„Womöglich war das dumm von mir, so zu denken."
„Definitiv. Mehr als das!", sage ich. Mama legt beschwichtigend ihre Hand auf meinen Arm, aber ich habe mich schon zu sehr in Rage geredet. „Außerdem ist es ohnehin ganz egal, wer den Laden offiziell führt. Solange du noch lebst, kommt sowieso keiner an dir vorbei."
Papa ringt nach Worten. Ich sehe, wie seine Halsschlagader pulsiert.
„Du … du sagst also, es wäre besser, wenn ich nicht mehr am Leben wäre, ja?"
„Hör auf, so einen Blödsinn zu reden! Papa, du musst lernen, nicht

nur dir selbst zu vertrauen. Sonst wird das Backhaus König auf Dauer nicht zukunftsfähig sein."

„Danke für den Tipp. Charlotte, ist das dein letztes Wort?"

„Ja, Papa, das ist es. Ich helfe gern mit, eine befriedigende Lösung zu finden."

„Wie großherzig von dir, aber darauf kann ich verzichten." Ohne ein weiteres Wort steht er auf, nimmt seine Jacke vom Stuhl und geht.

„Das ist jetzt nicht wahr, oder?", sage ich.

Mama ist ebenfalls aufgestanden. „Es ist zu viel für ihn, das musst du verstehen. Wir hören voneinander, Charlotte." Sie gibt mir einen schnellen Kuss auf die Wange und verlässt hastig das Café. Ich bleibe noch eine Weile allein sitzen.

14

Zumindest kann ich den Haken auf meiner Liste setzen: Ich arbeite nicht länger für meinen Vater. Mit wem soll ich jetzt nur darauf anstoßen? Noch dazu, wo ich überhaupt nicht in Feierlaune bin.
Ich zahle und spaziere noch eine Weile durch die Hafencity. Als es zu regnen beginnt, stelle ich mich in einem Hauseingang unter. Was würde ich dafür geben, wenn ich mich jetzt bei Pierre anlehnen könnte! Fröstelnd binde ich meinen Schal fester und spurte dann durch den düsteren Nachmittag zu meinem Auto, fahre ins Hotel und nehme eine heiße Dusche.
Als ich am Abend im Bett liege, kann ich nicht einschlafen. Erst streitet irgendwo jemand lautstark, und dann muss ich mit anhören, wie ein Paar sehr laut Sex hat. Ich bin froh, wenn ich das Hotel wieder verlassen kann.

Julius ist weg. Kannst kommen. Claas' Nachricht am nächsten Tag ist kurz und präzise. Ich packe meine Sachen zusammen und fahre am frühen Nachmittag zurück in unsere Wohnung.
Als ich den Schlüssel ins Schloss stecke, öffnet Claas mir die Tür, als hätte er die ganze Zeit nur auf mich gewartet. „Herzlich willkommen, Charlotte. Wie geht es dir?"
Die Luft in der Wohnung ist ein abgestandener Mix aus Zigarettenqualm und zu viel Testosteron. Hier dürfte seit meiner Flucht nicht mehr gelüftet worden sein.
Ich stelle meine Tasche ab. „Ich komme klar, danke."
Claas sieht mich mit glasigen Augen an. Er scheint schon wieder getrunken zu haben.
„Wann ist Julius gefahren?"
„Gleich nach dem Frühstück. Dass er neulich Abend so ausfallend war, bereut er."
„Lass es gut sein, du hast dich schon hinreichend für ihn entschuldigt. Ich muss erst mal lüften. Wie habt ihr das nur ausgehalten? Die Schadstoffbelastung hier drinnen dürfte den Grenzwert bei Weitem überschreiten."
Draußen fegt ein Sturm über die Stadt hinweg. Laub tanzt durch

die Gegend, und die Zweige der Bäume schaukeln im Wind. Als ich das Fenster öffne, erobert die frische Luft mit Schwung den Raum und wirbelt Zeitungen durcheinander. Ich sammle sie wieder zusammen, stelle eine Vase drauf und lasse das Fenster offen.

„Es zieht. Muss das sein?", fragt Claas und schenkt sich ein Glas Weißwein ein.

„Nur noch einen Moment. Wie viel hast du schon getrunken?"

„Das ist nicht der Rede wert. Charlotte, du hast das mit der Trennung ernst gemeint, oder?" Er lässt den Kopf hängen. „Ich habe Angst vor dem, was jetzt kommt. Möchtest du auch ein Glas?" Claas nimmt die Flasche in die Hand.

Ich schließe das Fenster. „Nein, danke. Wovor hast du Angst?"

Claas setzt sich in seinen Sessel und schaut mich an wie ein kleiner Junge, dem Stubenarrest droht.

„Setz dich, Charly. Ich möchte nicht zu dir aufschauen müssen, wenn wir uns unterhalten."

„Meinetwegen." Ich setze mich im Schneidersitz auf den Boden.

„Hast du deinem Vater inzwischen erzählt, dass du aussteigen wirst?" Claas scheint froh darüber zu sein, zunächst über ein anderes Thema sprechen zu können als über uns.

„Ja, gestern. Frag besser nicht. Es ist die Enttäuschung seines Lebens."

„Wie geht es jetzt weiter?"

„Morgen beginne ich ein unbezahltes Praktikum in einer Tischlerei. Mögt ihr mich alle für verrückt halten, aber ich freue mich drauf."

Claas starrt aus dem Fenster. „Ich halte dich nicht für verrückt. Ich kann dir nur nicht mehr folgen."

„In den letzten Monaten sind wir uns noch fremder geworden", sage ich.

Claas schweigt. Er wirkt völlig abwesend und sieht so hilflos aus. Jeder von uns hat seinen Anteil daran, dass wir uns nun so gegenübersitzen. Da kommen mir auf einmal die Tränen.

„Ganz so leicht ist es doch nicht, sich nach elf Jahren einzugestehen, dass wir uns nicht mehr lieben und dass unsere Ehe keine Chance mehr hat. Da kannst du noch so ein Arschloch gewesen sein", sage ich mit zugeschnürter Kehle.

Nun sehe ich, dass auch Claas seine Tränen nicht zurückhalten kann. Viel mehr noch, er beginnt herzergreifend zu schluchzen. Bisher habe ich ihn nur ein einziges Mal weinen sehen. Damals gewann

Deutschland die Fußball-WM, und es waren Tränen der Freude.
„Scheiße! Scheiße! Scheiße!" Claas hämmert sich mit der Faust gegen den Kopf.
„So kann man das auch sagen." Ich wische mir über das Gesicht.
„Wie machen wir das jetzt am besten mit der Trennung?", fragt Claas.
„Du kannst in der Wohnung bleiben, ich suche mir eine kleinere. Bis ich die gefunden habe, müssen wir zusammen hier wohnen. Aber das sollte machbar sein, wir sind das WG-Leben ja gewohnt."
„Die Wohnung ist groß genug, wir können doch beide hier wohnen bleiben."
„Nein, Claas, das funktioniert nicht. Ich brauche einen Neuanfang."
Er nickt und atmet geräuschvoll ein und aus. „Jetzt haben wir tatsächlich das Ende unserer Beziehung besiegelt."
„Ja, das haben wir. Schaffen wir das ohne Anwalt?"
„Natürlich nicht. Ich werde immer einer sein."
Ich schmunzle. „Schaffen wir es, das alles ohne böses Blut über die Bühne zu kriegen?"
„Es ist doch ohnehin alles geregelt. Du hast schon gewusst, warum du damals auf einem Ehevertrag bestanden hast. Ach, das warst ja gar nicht du, sondern King Leif."
„Lass es! In dem Fall war mein Vater wirklich vorausschauend. Jetzt können wir ihm dafür dankbar sein."
„Klar, du kannst ihm sogar sehr dankbar sein. Es ist deine Wohnung. Wirst du sie verkaufen?"
„Das weiß ich noch nicht. Willst du sie mieten, wenn ich nicht mehr hier wohne?"
„Ich fühle mich wohl hier, ja, ich würde sie mieten."
„Siehst du, das geht doch zack, zack hier mit uns und unserer Trennung." So locker, wie ich gern wäre, bin ich nicht. Da kommen schon wieder Tränen. „Sollen wir jetzt darauf anstoßen?", frage ich.
„Ja, das machen wir. Ich hole dir ein Glas." Claas geht in die Küche. Meine Beine sind eingeschlafen. Es kribbelt unangenehm, als ich aus dem Schneidersitz aufstehe.
Dann stehen wir uns gegenüber. „Auf uns", sagt Claas.
„Sagt man das in so einer Situation?"
„Wie wäre es mit: Lass uns Freunde sein?"
„Hm, auch nicht viel besser. Sagen wir einfach: Auf das Leben!"
„Das ist gut. Auf das Leben!"

Laut klingen unsere Gläser, als sie gegeneinanderschlagen.
Verweint, wie wir sind, fangen wir plötzlich an zu lachen. Ich kann es nicht erklären, und es ist völlig abstrus.
„Claas, wie bitter ist das? Wir lachen das erste Mal seit einer Ewigkeit wieder zusammen, weil wir beschlossen haben, uns zu trennen!"
„Das ist mehr als bitter."
Ich trinke den Wein aus. Dann beschäftigt sich jeder von uns mit eigenen Dingen.

„Jetzt ist es fast wie immer, nein, es ist besser, weil nichts mehr zwischen uns steht", sage ich später am Telefon zu Sophie.
„Es ist verblüffend, wie schnell ihr euch einig geworden seid. Ich hätte gedacht, dass Claas trotz allem um dich kämpfen würde. Es läuft zu glatt, da kommt sicher noch etwas nach."
„Das glaube ich nicht. Seine Liebe für mich ist eben schon genauso abgestorben wie meine."
„Das macht es leichter. Und, bist du gut gerüstet für die Tischlerei?"
„Mist, ich habe vergessen, mir einen Blaumann zu kaufen."
„Dann zweckentfremdest du eben eine deiner zahlreichen Hosen, ein Hemd dazu, und gut ist es. Du gehst da auf keinen Catwalk."
„Danke, dass du mich daran erinnerst."
„Ehrlich, Charlotte, ich kann dich für diesen Schritt nur bewundern. Besser als mit einem unbezahlten Praktikum kannst du nicht zeigen, dass es dir ernst ist. Hatte ich schon erwähnt, dass ich dir auch nichts zahlen werde, wenn ich dich bei mir rackern lasse?"
„Sklaventreiberin! Aber das habe ich bereits geahnt."
Im Hintergrund höre ich Johanna rufen. „Komme gleich, Schatzkind. Viel Spaß morgen! Tischler sind ja oft richtig gute Kerle."
„Sophie! Was meinst du, warum ich das mache, jetzt, wo ich wieder auf dem Markt bin", scherze ich.
Wir legen auf. Da spüre ich erneut einen Stich und mein hämmerndes Herz. Wenn Pierre wüsste, wie eifrig ich schon aufräume in meinem Leben!
Später melde ich mich bei meiner Mutter. „Wie geht es Papa?"
„Nicht gut. Stell dir vor, er hat gestern Abend sogar den Besuch in der Elbphilharmonie abgesagt."
„Du hattest dich doch so darauf gefreut."
„Ich war allein dort. Es war wirklich beeindruckend."

„Du konntest ihn tatsächlich allein lassen?“
„Es ist sein Problem, nicht meins. Er wollte sich nicht aufheitern lassen.“
„Wird er mich jetzt aus seinem Leben verbannen? So wie Eltje?“
„Charlotte, sag so etwas nicht. Niemand wird hier verbannt. Gib ihm Zeit.“
„Daran soll es nicht scheitern. Mama, es gibt noch etwas. Claas und ich werden uns trennen.“
„Was? Aber Charlotte! Das erzählst du mir so ganz nebenbei am Telefon? Wie kann das so plötzlich passieren?“
„Wir haben uns schon seit einiger Zeit auseinandergelebt. Es hat nur etwas länger gedauert, bis wir daraus Konsequenzen gezogen haben.“
Vor meinem geistigen Auge sehe ich, wie Mama die Hände über dem Kopf zusammenschlägt. „Du willst es jetzt aber auch wirklich wissen! Bloß gut, dass ihr keine Kinder habt.“
„Auch dann gäbe es eine Lösung. Aber lassen wir das besser. Bis bald, Mama.“
Ich gehe früh ins Bett, damit ich fit für meinen ersten Praktikumstag bin.

Punkt sieben stehe ich am nächsten Morgen im Büro meines neuen Chefs. „Moin, Herr Dierksen. Ich melde mich zum Dienst.“ Nur mühsam kann ich ein Gähnen unterdrücken.
„Hallo, Frau Hansen. Wir duzen uns hier alle. Kommen Sie damit klar? Ich bin Matthias.“
„Na, da werde ich keine Spielverderberin sein. Ich bin Charlotte.“
Wir reichen uns die Hände.
Matthias mustert mich und grinst. „Weißt du, bisher habe ich noch keine Frau mit deiner Vita kennengelernt, die unbedingt in den Handwerkssektor wechseln wollte. Da kann ich nur sagen: Willkommen in der Holz-Hölle. Ich bin gespannt, ob du durchhalten wirst.“
„Hey, arbeitest du nebenbei als Motivations-Trainer?“, witzele ich.
„Hut ab, du hast Menschenkenntnis, Charlotte Hansen. Hier in der Werkstatt bin ich regelmäßig als Coach unterwegs. Komm mit, ich führe dich herum.“
Matthias lächelt einnehmend und zeigt dabei sein makelloses Gebiss. Er wirkt uneitel, hat schwarzgraue Haare, die wuschelig in alle

Richtungen abstehen, einen gebräunten Teint und viele feine Linien im Gesicht, besonders rund um seine grauen Augen. Ich schätze ihn auf Ende vierzig. Sophie würde sagen, dass er Werbung für Outdoor-Klamotten machen könnte. Seine Arbeitskleidung besteht aus einem blauen Fleece-Pullover und verwaschenen Jeans. Kernig wirkt er und sympathisch. Ich folge ihm zunächst in ein kleineres, fensterloses Büro.

„Hier sitzt die gute Seele, unsere Buchhalterin Helga. Helga, das ist Charlotte."

„Freut mich", sage ich und schüttle ihre Hand.

„Du siehst gar nicht aus wie eine Praktikantin."

„Und du nicht wie eine Buchhalterin."

Wir lachen. Helga dürfte um die sechzig sein, ist leicht korpulent, blondiert und so stark geschminkt, dass sie in einem Revue-Theater auftreten könnte. Auch sie ist mir auf Anhieb sympathisch.

Wir setzen unseren Streifzug fort. Neben Helga beschäftigt Matthias zehn weitere Mitarbeiter in seiner Firma, die er jetzt alle zusammentrommelt.

„Guten Morgen, ihr hattet hoffentlich alle ein wunderbares Wochenende. Und die Woche geht auch gleich ganz wunderbar los: Darf ich vorstellen, das ist unsere neue Praktikantin Charlotte."

„Begrüßt du deine Mitarbeiter immer so?", flüstere ich, und Matthias nickt.

Zehn männliche Augenpaare sind erwartungsvoll auf mich gerichtet. Ich räuspere mich. „Äh … hallo, Jungs, ich freue mich, dass ich bei euch Hand anlegen darf." Dann merke ich auch schon, wie mir die Farbe ins Gesicht schießt. Was hast du da gesagt?

Die Männer lachen, und auch Matthias grinst.

„Entschuldigt bitte, so früh am Morgen mache ich die besten schlüpfrigen Sprüche. Das sollte keinesfalls eine Belästigungsattacke sein."

„Ach schade", ruft da jemand.

„Hey Jungs! Keine sexuellen Anspielungen am Arbeitsplatz. Haltet euch dran", ruft Matthias.

„Wenn es sein muss … Verstanden!", hallt es zurück.

Die Gruppe löst sich auf, und jeder geht seiner Arbeit nach.

„Du hast deine Leute gut im Griff. Eure Arbeitskultur macht einen ausgezeichneten Eindruck", sage ich zu Matthias, als er mich weiter durch eine Halle führt.

„Ja, darauf lege ich besonderen Wert. Schau mal, hier lagern die morbiden Schätzchen, die wir noch restaurieren müssen. Und dort hinten siehst du ein paar aufgearbeitete Stücke." Matthias zeigt auf einige Stühle und zwei Schränke, die mir bereits aufgefallen sind. Ich gehe näher heran. „Die sehen aus wie neu, ganz toll. Erzähl mir mehr über deine Arbeit. Wie bist du dazu gekommen?"

Ich erfahre, dass Matthias schon seit über zwanzig Jahren als Restaurator arbeitet und seine Liebe zu alten Möbeln ungebrochen ist. Nach einer Tischlerlehre hat er eine Ausbildung zum Restaurator obendraufgesetzt und sich dann selbstständig gemacht. In seiner Firma werden aber nicht nur alte Möbel aufgearbeitet, sondern auch welche nach Kundenwünschen gefertigt.

„Hier, das ist unser Maschinenraum", sagt Matthias, als wir eine weitere Halle mit großen Arbeitsflächen und allerlei Maschinen betreten. Es ist laut und riecht nach Holz, Leim und Lack. Ein Mitarbeiter steht an der Tischkreissäge, einer an der Plattensäge, ein anderer bedient die Fräse.

„Hier ist aber ordentlich was los", rufe ich.

Nachdem wir den Rundgang beendet haben, weist mich Matthias gleich in meine Aufgaben ein. Dabei beiße ich mir manchmal auf die Zunge, um nicht dazwischenzureden und ihm zu sagen, wie ich es an seiner Stelle machen würde. Ja, Charlotte, da kommt dann ab und zu doch noch die alte Chefin in dir durch, die oft genug glaubte, die Weisheit mit Löffeln gefressen zu haben. Zumindest kann ich es nun kontrollieren. Bis kurz vor Feierabend schleife ich unter Aufsicht an Platten herum und öle Möbel ein. Abschließend bittet mich Matthias noch, die Werkstatt zu fegen. „Das Fegen ist eine ganz besondere Vorübung für den sorgfältigen Umgang mit Werkzeug und Material", sagt er.

Ich schmunzle. „Aha, ein Verkaufstalent bist du also auch noch." Da ich eine gute Praktikantin sein möchte, komme ich auch dieser Aufgabe nach. Es ist tatsächlich eine besondere Erfahrung, auf einmal das letzte Glied in der Kette zu sein. Es erinnert mich an meine Bäckerlehre, die aber lange zurückliegt.

Als ich kurz nach sechzehn Uhr die Werkstatt verlasse, bin ich fix und fertig. Dennoch habe ich das dringende Bedürfnis, noch heute das Kapitel Backhaus König mit dem Ausräumen meines Büros ganz praktisch zu beschließen. Über die vertraglichen Dinge werde ich in den nächsten Tagen mit unserem Familienanwalt sprechen.

Um nicht allzu viel Aufheben darum zu machen, fahre ich in meinen Werkstatt-Klamotten ohne Vorankündigung in die Firma. Zunächst ist mir etwas mulmig zumute. Über ein Vierteljahr war ich nicht hier. Doch als ich durch die Gänge laufe und die sichtlich überraschten Kollegen grüße, weiß ich, dass es richtig war, heute hierherzukommen. Wie sie mich anschauen! Ich lächle in mich hinein. Tatsächlich dürften sie mich noch nie zuvor so ungestylt gesehen haben. Entgegen meiner früheren Aversion gegen Small Talk mit Mitarbeitern plaudere ich sogar mit ihnen. Sie erzählen mir glaubhaft, dass sie sich Sorgen um mich gemacht haben. Das rührt mich. Denn ich dürfte nun wirklich keine angenehme Chefin gewesen sein. Charlotte, so ist es. Wenn man nicht mit dem Herzen dabei ist, strahlt die eigene Unzufriedenheit auf das gesamte Umfeld ab.

Als ich in mein Büro komme, sitzt mein Vater an meinem ehemaligen Schreibtisch. Da musst du jetzt durch! Er schaut zu mir auf, dunkle Schatten liegen unter seinen Augen.

„Welch eine Überraschung! Was willst du denn hier?"

„Papa, hallo. Wie geht es dir?"

Keine Antwort.

„Ich bin hier, um mein Büro auszuräumen."

Er steht auf. „Dann lass dich dabei von mir nicht stören." Ohne mich eines Blickes zu würdigen, geht er an mir vorbei aus dem Büro. „Aber, Papa, soll das jetzt immer so weitergehen? Wir müssen doch normal miteinander umgehen können!", rufe ich ihm hinterher. Er schüttelt nur den Kopf und läuft weiter, weg von mir. „Warum bist du nur so ein Sturkopf", zische ich und mache mich ans Ausmisten. Schnell quillt der Papierkorb über. Den weiteren Abfall stopfe ich in Mülltüten. Was ich in meinem Schreibtisch alles finde: diverse Zeitungsausschnitte, die niemand mehr braucht, eine löchrige Strumpfhose, ranzige Lippenstifte, eingetrockneten Nagellack und alte Cremes, abgelaufene Kopfschmerztabletten und steinharte Kaugummis. Von was für einem Leben künden all diese Dinge? Nur weg damit! Meine einst so geliebte Schreibtischlampe, ein Designklassiker, nehme ich ebenso wenig mit nach Hause wie die Schwarz-Weiß-Fotografien von berühmten Cafés dieser Welt, auf die ich so stolz war. Auch die große goldene Torten-Skulptur auf dem Sideboard bleibt hier. Nach zwei Stunden bin ich fertig und verlasse zügig das Gebäude.

Zu Hause falle ich völlig fertig von diesem Tag auf die Couch. Kurz bevor ich einnicke, klingelt mein Telefon. Es ist Sophie, die wissen möchte, wie mein Tag gewesen ist. Ich berichte es ihr.
„Obwohl die Begegnung mit meinem Vater heute alles andere als positiv war, bin ich froh, nun aufgeräumt zu haben. Ich kann ihn nicht ändern, und mir bleibt nichts anderes übrig, als ihn so anzunehmen, wie er ist. Ommm."
„Du bist eine weise Frau. Ist Claas zu Hause?"
„Nein, er hat offensichtlich andere Pläne für den Abend. Aber darüber informiert er mich nicht mehr."
„Stört dich das?"
„In einer WG kann man seinem Mitbewohner auch mal einen Zettel hinterlassen, wo man sich herumtreibt … Bin kurz im Bordell, Claas – oder so."
„Kannst du jetzt wirklich schon darüber lachen?"
„Nein, ganz und gar nicht. Aber ich versuche es trotzdem. Weißt du, ich habe Claas immer für einen Stubenhocker gehalten, dabei wusste er sich nur gut zu organisieren."
„Sei froh, dass du dich darum nun nicht mehr kümmern musst."
„Das bin ich auch! So, jetzt gehe ich ins Bett. Morgen darf ich wieder viel zu früh aufstehen."
„So hast du mehr vom Tag. Bis bald, meine Liebe."
Mit letzter Kraft esse ich ein Brot und mache mich dann fertig zum Schlafen.

Während der Wochen des Praktikums fokussiere ich mich auf nichts anderes als die Arbeit. Sie fordert mich immer wieder heraus und ist körperlich anstrengend, dafür lerne ich aber sehr viel. Ehe ich michs versehe, ist die Zeit auch schon rum. An meinem letzten Praktikumstag verabschiede ich mich von den Kollegen. Helga umarmt mich sogar. „Mädchen, schlag dich weiter so gut durch wie hier, dann kannst du es weit bringen", sagt sie.
Ich bin gerührt und fühle mich, als wäre ich sechzehn. So unterschiedlich wir auch alle sind, wir kamen gut miteinander aus. Zuletzt schaue ich bei Matthias vorbei.
„Charlotte, ich muss dir ein großes Kompliment machen. Deine Auffassungsgabe und deine Motivation übersteigen die meiner sonstigen Praktikanten deutlich." Er nimmt einen Blumenstrauß aus einem Eimer am Boden und überreicht ihn mir.

„Danke! Schreibst du das, was du eben gesagt hast, bitte in mein Praktikumszeugnis?", sage ich halb im Scherz.
„Auf jeden Fall."
„Es waren lehrreiche Wochen hier bei dir. Danke, dass du dir so viel Zeit für mich genommen hast."
„Du warst so gut, dass ich dir sogar einen Ausbildungsvertrag anbieten würde." Matthias sieht mich auffordernd an. „Na, wie wäre es?"
Da muss ich lachen. „Das klingt mehr als verlockend, und ich weiß das sehr zu schätzen. Aber du kennst meine Pläne."
„Du willst mir also wirklich Konkurrenz machen?"
„Na klar, jetzt, wo ich es voll draufhabe!"
Matthias grinst. „Oh, ich merke schon, ich muss mich warm anziehen."
Ich kann in seinem Blick lesen, dass er mich für realitätsfern hält und nicht an den Erfolg meiner Idee glaubt. Aber solange ich es tue, ist mir das egal.
„Also, liebe Charlotte, ich würde mich freuen, wenn wir in Kontakt bleiben würden."
„Das werden wir. Wer weiß, wie oft ich deine Expertise noch brauchen werde."
„Da fällt mir auf, dass wir noch gar nicht darüber gesprochen haben, welche zahlreichen anderen Qualitäten ich noch habe. Darf ich dich bei einem Abendessen davon überzeugen?"
Matthias zwinkert mir dermaßen ungelenk zu, dass ich auflache. „Sag mal, flirtest du etwa mit mir?"
„Endlich fällt es dir auf! Hatte ich übrigens schon erwähnt, dass ich seit einem Jahr Single bin?"
„Nein, hattest du nicht." Ich kichere. „Danke für dieses Geständnis. Aber ich bin momentan eine denkbar schlechte Zielperson in puncto Begierde." Kurz verliere ich ein paar Sätze zu meiner Situation.
„Da hätte ich auch gleich draufkommen können. Warum sollte eine Frau wie du ausgerechnet jetzt auf der Suche nach einem Mann wie mir sein? Aber wir haben ja keine Eile. Meine Einladung zum Essen steht. Ich melde mich einfach irgendwann wieder bei dir."
„Mach das. Matthias, du bist ein ganz reizender Mann."
„Findest du wirklich? Das werde ich mir merken und dich gegebenenfalls daran erinnern."

Sein Blick ruht etwas zu intensiv auf mir, er scheint mich damit auszuziehen. Irgendwie muss ich diese für mich unangenehme Situation auflösen.
„Du hast da was", sage ich und schnipse ein paar Sägespäne von seinem Fleece-Oberteil. „So, jetzt muss ich aber los. Nochmals danke für alles. Mach's gut."
„Du auch. Und bei Fragen: einfach melden."
„Auf jeden Fall!" Ich lächle und winke ihm mit meinem Blumenstrauß noch einmal zu. Dann lasse ich Matthias und seine ganz und gar nicht teuflische Holz-Hölle hinter mir.

15

Es ist Freitagabend, der Novemberregen klopft ausdauernd an die Fensterscheiben, und wieder ist Claas nicht zu Hause. Mir kommt es inzwischen vor, als lebte ich mit einem Phantom zusammen.
Ich stecke meine schmutzigen Arbeitsklamotten in die Waschmaschine, zünde im Bad Kerzen an, lasse die Wanne volllaufen und sinke hinein. Das tut so gut! Ich lasse mich vom Schaum umhüllen und schließe die Augen. Dann träume ich mich an den weiten Strand der Normandie und denke an Pierre. In Gedanken erlebe ich jeden Tag mit ihm noch einmal. Erst das Klingeln meines Telefons holt mich zurück nach Hamburg. Die Haut an meinen Händen und Füßen ist inzwischen so runzelig wie die eines Elefanten.
Mein Telefon liegt auf dem Boden neben der Wanne, Sophie blinkt mir entgegen. Ich schüttle das Wasser von meiner Hand und nehme das Gespräch an.
„Na, du Praktikantin, hast du alles gut überstanden?“
Ich erzähle ihr von meinem letzten Arbeitstag.
„Warum hast du die Einladung von diesem Matthias nicht angenommen? So ein bisschen Ablenkung würde dir guttun.“
„Was soll das bringen? Er ist nett und sympathisch, aber sicher kein Mann für mich. Aber selbst wenn er der ‚sexiest man alive‘ wäre, ich habe kein Interesse, weil …“
„Ja, ja … nur Pierre der richtige Mann für mich ist.“
„Danke, dass du für mich sprichst. So ist es.“
„Du bist nicht frei, wenn du mit deiner Schwärmerei nicht aufhörst.“
„Wenn das so einfach wäre. Sophie, dieser Mann wohnt in meinem Herzen, und den Platz wird er so schnell nicht wieder räumen.“
„Charlylein, wir sind hier in Hamburg, nicht in Hollywood. Du musst irgendwann über ihn hinwegkommen.“
Ich schwitze. Der Schaum hat sich weitestgehend aufgelöst, nur ein paar kleine Inseln treiben noch auf dem Wasser. „Nein! Ich treffe ihn in genau zehn Monaten und zwanzig Tagen.“
„Ich fasse es nicht! Du zählst tatsächlich die Tage? Hast du dir dafür mehrere Maßbänder gekauft und schneidest jeden Tag einen Zentimeter ab?“

„Das schaffe ich auch ohne Maßband. Sophie! Pierre ist womöglich meine Bestimmung. Nicht umsonst habe ich ihn am Meer kennengelernt. Ich habe dir doch erzählt, was ich gesehen und gespürt habe bei meinem Trip auf die andere Seite, das Meer und die Liebe. Das war ein Zeichen!"
„Ach Mensch, Charlotte!" Du armes, kleines, irres Mädchen. „Ich verstehe doch, wie einschneidend das Erlebnis für dich war, aber jetzt bist du wieder hier unten auf der Erde."
„Nein, so richtig scheinst du mich nicht zu verstehen. Bitte tu mir den Gefallen und lass mir meinen Glauben daran. Wenn ich Pierre im nächsten Jahr nicht wiedersehe, dann weiß ich, dass es nur eine Illusion war, und höre damit auf, versprochen."
Sophie schnauft. „Das wird nicht leicht."
„Kann sein, aber trotzdem danke. So, und jetzt muss ich aus der Wanne raus, meine Haut löst sich sonst auf." Schwerfällig erhebe ich mich mit Sophie am Ohr und steige aus dem Wasser. Ich lasse mich auf dem Vorleger abtropfen.
„Hast du am Wochenende etwas geplant?", fragt sie.
„Ich werde anfangen, meine Schränke auszumisten, und dann gezielt die Wohnungsinserate studieren. Ich möchte so schnell wie möglich raus aus der Wohnung."
„Mir ist es nach wie vor ein Rätsel, warum du nicht bleibst, immerhin gehört sie dir. Soll Claas sich doch eine neue Wohnung suchen. Das wäre am einfachsten."
„Nein, ich fühle mich nicht mehr wohl hier. Mir ist sie viel zu groß geworden." Ich tupfe meinen nur noch leicht feuchten Körper einhändig mit einem flauschigen blauen Handtuch ab.
„Früher wäre dir nicht mal ein Schloss zu groß gewesen."
„‚Früher' gibt es nicht mehr."
„Schon gut. Dann lass uns über unsere Zukunft sprechen. Hier kommen die News des Tages: Direkt neben dem Außenlager von Torbens Theater wird ein zweihundertfünfzig Quadratmeter großes Atelier frei. Bisher war es an eine Bildhauerin vermietet. Ich habe einen Besichtigungstermin für Montag vereinbart."
Ich nehme das Telefon in die andere Hand und trockne meine Füße ab. „Und da willst du deine Praktikantin dabeihaben?"
„Unbedingt. Immerhin bist du … na ja, solvent, und das wäre dann dein eigenes Risiko, mit einzusteigen. Ich könnte mir natürlich auch eine andere Partnerin suchen, aber dich kenne ich am besten. Das

ist eine einmalige Chance. Für diesen Preis gibt es so etwas auf dem freien Markt nicht mehr."
„Hast du mir etwa soeben ein Angebot gemacht, das weit über den Praktikantinnenstatus hinausgeht?"
„Das heißt noch gar nichts. Aber wir könnten es versuchen."
Nun müssen wir lachen, über Sophies Herumgedruckse und diese Praktikantennummer.
„Du machst mich wirklich neugierig. Ich bin beim Besichtigungstermin dabei. Dass wir beide tatsächlich zusammenarbeiten werden! Wann feiern wir das?"
„Wenn wir unseren ersten gemeinsamen Auftrag in der Tasche haben. Ich bin auch schon gespannt, wie das mit uns laufen wird. Wir haben noch viel vorzubereiten. Und nebenbei muss ich laufende Aufträge bedienen."
„Sag mir, wenn ich dich dabei unterstützen kann."
„Das mache ich. Nun erhol dich erst mal gut von der harten Arbeit."
Wir verabschieden uns. Mein Traum beginnt Gestalt anzunehmen.

Am nächsten Tag stehe ich in meinem Ankleidezimmer und sortiere Sachen aus. Dazu höre ich laut Musik von Carla Bruni. Gerade singt sie die Coverversion von Enjoy The Silence. Das ist so wunderbar melancholisch, dass ich voller Hingabe dabei bin. So habe ich bereits drei beachtliche Berge bestehend aus Taschen, Schuhen und Bekleidung angehäuft.
„Willst du einen Shop eröffnen? Das sieht hier aus wie in einem Warenlager. Hallo, Charlotte."
Ich fahre herum. „Claas! Musst du mich so erschrecken? Kannst du durch Wände gehen? Wo kommst du denn so plötzlich her?"
Er dreht die Musik leiser. Wieder einmal war er die ganze Nacht nicht zu Hause.
„Von draußen. Ist das alles von dir?"
„Ja, und es ist noch kein Ende in Sicht." Ich lege eine rotbraune Gucci-Clutch auf den Taschenberg.
„Nicht zu fassen, was du alles gehortet hast. Ich hole nur ein paar Sachen und bin gleich wieder weg."
„Wie geht's dir? Du siehst müde aus." Hast du die Nacht im Stundenhotel verbracht?
„Ich habe nicht viel geschlafen."
„Ach so, ja, dann kann das schon mal vorkommen, dass man müde

aussieht." Was redest du hier?
Claas macht einen gut gelaunten Eindruck. Er packt eine Reisetasche und hat es dabei sichtlich eilig.
„So, ich bin wieder weg. Viel Spaß noch bei deiner Aktion."
Noch bevor ich Danke sagen kann, ist er wieder weg.
Ich schaue aus dem Fenster. Nein, das gibt es nicht! Judith, seine Assistentin, sitzt am Steuer seines Wagens. Die Fahrertür steht offen, und ihre langen Beine hängen nach draußen, während sie genussvoll an einer Zigarette zieht. Sie trägt einen cognacfarbenen Lederrock, schwarze Strumpfhosen und hochhackige Stiefeletten. Als Claas auf die Straße tritt, schenkt sie ihm ein strahlendes Lächeln. Er wirft die Reisetasche auf die Rücksitzbank und nimmt auf dem Beifahrersitz Platz. Judith schnipst den Zigarettenstummel weg, schließt die Tür und gibt Gas.
Mein Magen zieht sich zusammen. Dass Claas so schnell Ersatz gefunden hat, kommt nun doch sehr überraschend für mich. Ausgerechnet Judith! Sie war immer zuckersüß zu mir, und nun vögelt sie meinen Mann. Wer weiß, wie lange das schon so geht. Aber es spielt keine Rolle mehr, Charlotte. Du hast doch selber gesagt, dass du fertig bist mit ihm! Ja, das bin ich auch, aber es verletzt mich trotzdem in meinem Stolz.
Ich heule mich bei Sophie aus. „Ausgerechnet seine Assistentin, ein erbärmlicheres Klischee kann man doch kaum bedienen", jammere ich.
„Doch, er hätte sie schwängern können."
„Super, ja, das wäre noch besser."
„Willst du vorbeikommen?", fragt Sophie.
„Nein, ich habe genug zu tun. Stell dir vor, ich trenne mich von tausend Dingen. Warte … am besten, du siehst es dir selber an." Ich mache ein Foto von meinem Ankleidezimmer und schicke es Sophie.
„Das ist ja der Wahnsinn! Davon willst du dich trennen?" Sophie zählt alle Designer auf, deren Stücke sie auf den Stapeln erkennt.
„Ja, ich kann damit nicht mehr viel anfangen. Weißt du noch, als du zu mir gesagt hast, dass ich mit meiner Kaufsucht nur meinen Frust kompensiere? Du hattest recht. Und es stimmte auch, als du meintest, dass mich das nicht glücklich macht. Jetzt kommt das alles weg."
„Kannst du wirklich so rigoros sein?"

„Und ob.“
„Was wirst du mit all den Sachen machen?“
„Wenn du etwas haben möchtest, komm vorbei und bediene dich.“
Sophie kichert. „Das wäre ja besser als Weihnachten! Aber das ist sicher nicht dein Plan, mir deine Sachen zu schenken, oder?“
„Stimmt. Ich werde sie verkaufen und das Geld für einen guten Zweck spenden.“
„Was bist du für ein Gutmensch geworden! Weißt du schon, wen du mit dem Geld unterstützen wirst?“
Ich erzähle Sophie von Thea, der alten Flaschensammlerin.
„Und wenn du sie nicht wiedertriffst?“
„Ich kenne ihren vollen Namen, und stell dir vor, sie steht im Telefonbuch. Alte Leute tun das manchmal noch.“
„Hey, du Detektivin, da hast du ja schon ganze Arbeit geleistet. Ich bin wirklich beeindruckt.“
Es klingelt. Wir beenden das Gespräch. Hat Claas etwas vergessen und möchte mich nicht noch einmal erschrecken? Ich öffne die Tür. Meine Güte, das Blumen-Abo! Es ist Samstag, Punkt fünfzehn Uhr. Als ich die drei prachtvollen Sträuße in Empfang nehme, einer mit Chrysanthemen und Eukalyptus, der andere aus Christrosen, Hortensien und Pistazienzweigen und der dritte aus Calla, Anthurie und Torfmyrte, wird mir klar, dass dieses Abo ein Relikt aus einer anderen Zeit ist. Aus einer Zeit, in der ich versucht habe, aus dieser Wohnung die perfekte Hülle für mein morsches Leben zu machen. Aber nun passt das nicht mehr. Ich stelle die Sträuße an ihre altbewährten Plätze und kündige dann per Mail das Abo. Meine Blumen werde ich mir zukünftig selber nach Lust und Laune zusammenstellen.
Da es mir mit dem Verkauf meiner Sachen nicht schnell genug gehen kann, lade ich gleich alles ins Auto und fahre damit zur Dependance einer Onlineplattform, die auf den Verkauf von Designerstücken spezialisiert ist. Wir gehen die Teile einzeln durch, und für jedes gebe ich meine Preisvorstellung ab. Dabei kommt eine ordentliche Summe zusammen. Die Sachen werden bis Ende nächster Woche online sein, dafür zahle ich gern einen Expresszuschlag.
Ein erneuter Versuch, meinen Vater zu erreichen, scheitert. Er wolle noch immer nicht mit mir sprechen, sagt meine Mutter. Zumindest erfahre ich von ihr, dass er bereits ein Gespräch mit seinem Neffen Markus geführt hat. Alles geht weiter, auch ohne mich.
Den Rest des Tages verbringe ich online mit dem Studieren von

Wohnungsinseraten. Es ist mühsam. Immerhin finde ich drei vielversprechende Wohnungen, die mich interessieren. Ich setze meine Anfragen ab und warte auf die Rückmeldung der Makler.

Bevor wir das Atelier besichtigen, treffen Sophie und ich uns auf einen Kaffee. Es gibt viel zu besprechen.
„Ich habe die Anfrage für ein größeres Projekt erhalten. Das könnte unser erster gemeinsamer Auftrag sein. Es geht um die Einrichtung einer Villa in Blankenese. Der Besitzer hat lange mit seiner Frau im Ausland gelebt. Im Januar kommt er allein wieder zurück", sagt Sophie.
„Das klingt interessant. Weißt du, warum sie sich getrennt haben?"
„Wie nachlässig von mir! Das habe ich noch nicht abgefragt." Sophie grinst. „Ein alleinstehender Herr in Blankenese, das könnte tatsächlich was für dich sein."
Ich strecke ihr die Zunge raus.
„Nun ja, ich war schon mal so frei und habe einen Termin vereinbart. Am Donnerstag treffen wir den Hausherrn. Er ist gerade zu Besuch in Deutschland."
„Das geht ja jetzt Schlag auf Schlag! Apropos, komm, wir müssen los."
Ich übernehme die Rechnung, dann geht es weiter zu unserem Besichtigungstermin. Das Atelier befindet sich in einer alten Backsteinhalle, die in einem weitläufigen Hinterhof in der Speicherstadt steht.
„Also, die Lage ist schon mal top. Da kann ich mir kaum vorstellen, dass das ein Schnäppchen sein soll", sage ich.
„Doch, das ist doch das Grandiose, wir können zu den gleichen Konditionen mieten wie die Bildhauerin. Der Eigentürmer ist am Theater beteiligt. Ihm ist es wichtig, dass die Chemie stimmt. Auf das Geld ist er nicht angewiesen. Torben kennt ihn ganz gut und hat uns bereits einander vorgestellt."
„Es geht doch nichts über Beziehungen."
Da kommt ein sportlich gekleideter Mann um die fünfzig auf uns zu. Er stellt sich als rechte Hand des Eigentümers vor.
„Ich wusste gar nicht, dass ‚rechte Hand' ein anerkannter Beruf ist", flüstere ich Sophie zu, als er das Atelier aufschließt. Wir kichern. Die Bildhauerin hat es bereits ausgeräumt. Der große Raum ist besenrein, wie es so schön heißt.

„Repräsentativ ist hier noch gar nichts, aber ich kann mir gut vorstellen, wie sich das mit ein paar einfachen Handgriffen ändern lässt", sagt Sophie und gestikuliert in alle Richtungen, um es zu veranschaulichen.
„Ja, ich finde auch, dass es durchaus Charme hat", erwidere ich.
„Das ist doch ein guter Anfang", erklärt der Stellvertreter des Eigentümers, dessen Namen ich mir nicht gemerkt habe. Er bestätigt, dass die Kosten weit unter der ortsüblichen Miete liegen. „Das kommt einem Sechser im Lotto gleich. Wir wären mehr als dumm, wenn wir das nicht nehmen", flüstere ich Sophie zu.
„Ja, sag ich doch."
Kurz entschlossen sagen wir zu. Die rechte Hand verabschiedet sich von uns und verspricht, den Mietvertrag noch in dieser Woche fertig zu machen.
Als er weg ist, fange ich an zu lachen. „Sophie! Kannst du das glauben? Und wie gut meine Möbel da reinpassen werden!"
„Ja! Das Tolle ist, wir müssen nicht viel investieren, um es repräsentativ zu machen. Wir können mit Raumtrennern arbeiten. Ach, ich habe so viele Ideen, das wird fabelhaft!" Gut gelaunt gehen wir zu unseren Autos.
„Tschüs, Partnerin. Wir sehen uns am Donnerstag bei unserem ersten offiziellen Termin", sagt Sophie und steigt in ihren Wagen.
Claas zieht es konsequent durch, dass er nur noch zum Sachenwechseln nach Hause kommt.
„Hast du doch kein Interesse mehr an der Wohnung?", frage ich.
„Doch! Aber ich denke, solange du hier bist, ist es leichter, wenn ich es nicht so oft bin."
„Für mich oder für dich?"
Claas weicht meinem Blick aus.
„Du kannst mir das mit Judith ruhig erzählen. Es ist doch albern, nach Ausflüchten zu suchen."
„Du weißt es?"
„Ich habe euch gesehen, da konnte ich dann eins und eins zusammenzählen." Dass es geschmackloser kaum geht, brauche ich dir wohl nicht zu sagen.
„Es ist nichts Ernstes."
„Ach so? Weiß Judith das auch?"
„Keine Ahnung. Hast du dich schon wegen einer neuen Wohnung umgesehen?"

„Neulich wolltest du noch, dass wir eine Langzeit-WG werden. Aber keine Sorge, ich bin aktiv auf der Suche. Am Wochenende habe ich die ersten Besichtigungstermine."
„Viel Erfolg dabei. Ich hoffe, du findest, wonach du suchst."
Dann ist Claas auch schon wieder weg. Ich seufze. „Wahrscheinlich ist es wirklich besser, dass wir uns so selten sehen, wir haben uns einfach nichts mehr zu sagen", murmle ich, als die Tür ins Schloss fällt.

Nachdem ich nun bereits Punkt eins (Ausstiegsgespräch mit meinem Vater), Punkt zwei (Beziehung zu Claas klären) und vier (Ausmisten) auf meiner Liste abgehakt habe und weiß, dass bei Punkt drei (nicht so viel an Pierre denken) noch lange kein Haken in Sicht ist, kümmere ich mich jetzt endlich um Punkt fünf: Eltje besuchen.
Nun stehe ich tatsächlich ohne Vorankündigung auf ihrem Hof im Alten Land und stelle zum ersten Mal fest, wie idyllisch es hier ist. Viel zu lang konnte ich nicht nachvollziehen, wie meine Schwester hierherziehen konnte, und hatte sie als provinziell abgestempelt.
Das große, reetgedeckte Rotklinker-Haus mit dem weißen Fachwerk, den Sprossenfenstern und der dunkelgrünen Haustür sieht gepflegt aus. Links davon gibt es eine Scheune und zwei Hallen, ebenfalls aus Rotklinker, in denen die Äpfel verarbeitet werden. Hinter einer großen Wiese schließt sich die Apfelplantage an. Die Bäume sind längst abgeerntet und kahl. An diesem Tag Ende November sind sie von Nebelschwaden umhüllt.
Ich spaziere weiter über das Grundstück, sehe aber keinen Menschen. Vielleicht hätte ich doch besser vorher anrufen sollen. Tief inhaliere ich die kalte, feuchte Luft. Eine Schaukelstange und ein Basketballkorb erinnern daran, dass hier auch Kinder leben. Wie lange habe ich meine Neffen und Nichten nicht mehr gesehen? Wie heißen sie noch gleich? Was bist du nur für eine Tante! Ich hab's: Gerrit, Stine, Fenja und Janne. Geht doch! Die beiden jüngsten, Fenja und Janne, sind sicher um diese Zeit in der Schule; Gerrit und Stine leben mit ihren einundzwanzig und dreiundzwanzig Jahren nicht mehr auf dem Hof. Meine Mutter hat mir erst kürzlich erzählt, dass Gerrit in Lüneburg Informatik studiert und Stine in einem Hotel in St. Peter-Ording arbeitet.
Ich erschrecke, als die Stille plötzlich durch ein lautes Rufen unterbrochen wird. „Was suchen Sie hier?"
Es ist Eltje, die in einem grauen Arbeitsoverall und bewaffnet mit

einem Laubbesen auf mich zugelaufen kommt. „Charlotte? Du bist das! Wie um alles in der Welt hast du dich denn hierher verirrt?“
„Hallo, Eltje, ich wollte dich besuchen.“
Sie mustert mich skeptisch. „Einfach so? Warum hast du nicht angerufen? Oder wenigstens geklingelt.“
„Tut mir leid für den Überfall. Hast du etwas Zeit für mich?“
„Da bleibt mir jetzt wohl nichts anderes übrig. Ich bin wirklich überrascht, dich hier zu sehen. Komm rein. Ich mache uns einen Kaffee.“
Eltje stellt den Laubbesen ab, dann gehen wir ins Haus.

16

„Es ist schon sehr lange her, dass du uns hier besucht hast." Wir stehen in der urigen Küche. Eltje wirft die Kaffeemaschine an, nimmt zwei Tassen aus dem Schrank und eine Tüte Milch aus dem Kühlschrank. Ich setze mich auf die Eckbank. „Das stimmt. Ich habe ganz vergessen, wie wunderschön ihr es hier habt."
„Das sagst ausgerechnet du? Für dich war ich doch immer nur eine provinzielle Hofziege."
Ich schweige. Geräuschvoll läuft der Kaffee durch die Maschine.
„Da kam Miss Hansestadt aufs Land geschneit und war froh, schnell wieder das Weite suchen zu können. Deinen Anblick bei Stines Konfirmation habe ich nie vergessen. Wie du bei diesem Schietwetter in ultraeleganten High Heels hier herumgestöckelt bist, war zu lustig."
Ich lasse vor Scham den Kopf sinken, so fremd ist mir die Person, von der Eltje spricht. Dabei kann ich mich noch gut daran erinnern. Mein Besuch damals war für mich eine reine Pflichtveranstaltung. Ich war tatsächlich froh, am frühen Abend nach Hamburg zurückfahren zu können.
„Entschuldige, manchmal erkenne ich mich selbst nicht wieder."
„Siehst du etwa ein, dass du unausstehlich warst?"
Der Kaffee ist fertig.
„Milch?"
„Ja, bitte."
Sie gießt einen Schuss in eine der großen bunten Tassen und reicht sie mir.
„Danke. Wobei ‚unausstehlich' schon ein sehr hartes Wort ist."
Eltje sieht mich erstaunt an. „Charlotte? Was hat dieser Unfall mit dir gemacht? So zahm kenne ich dich nicht."
„Auf jeden Fall hat er mich dazu gebracht, Dinge zu reflektieren. Ich habe mir das nie eingestanden, aber mir ist klar geworden, dass ich dich in meinem Leben vermisse." Ich nippe an dem heißen Kaffee.
„Ich war nie weg."
„Stell dich nicht so an, du weißt doch genau, wie ich das meine.

Unser Schwesternverhältnis ist schon ein sehr schwieriges. Sag mir nicht, dass du das anders siehst."
„Nein, das sehe ich genauso. Du hattest aber doch ohnehin kein Interesse an mir. Ich habe nicht in dein Glamourleben gepasst."
„Pah! Welches Glamourleben? Mach es dir nur nicht so leicht, du hattest doch auch kein Interesse an mir. Ich war dir völlig egal."
„Das stimmt so nicht, ich habe dich im Krankenhaus besucht nach dem Unfall."
„Auch wenn ich davon kaum etwas mitgekriegt habe, es hat mich wirklich gefreut. Aber du hast dich danach nie gemeldet."
„Mama hat mir erzählt, wie es dir geht. Ich wollte dich nicht stören. Und du hast doch auch nichts von dir hören lassen."
„Das ist mal wieder beispielhaft für unser gestörtes Verhältnis."
„Warum bist du hergekommen?"
„Weil ich das Bedürfnis hatte, dich zu sehen und mit dir zu reden. Weil ich mir wünsche, dass wir uns annähern. Nur aus diesem Grund bin ich hier."
Eltje reibt sich den Kopf. „Ich weiß nicht, was ich dazu sagen soll … Mit allem habe ich gerechnet, aber damit nun wirklich nicht."
„Eine von uns muss doch den ersten Schritt machen."
„Ja! Das muss ich erst mal verdauen."
„Eltje, ich habe nicht verkündet, dass jemand gestorben ist! Wie siehst du das denn? Würdest du lieber weitermachen wie bisher?"
„Wenn du mich so fragst: Nein! Nur habe ich das mit uns in meinem Alltag bisher weitestgehend verdrängt. Wir sind einfach zu verschieden. Ein ehrliches, harmonisches Miteinander kann man nicht erzwingen, Schwester hin oder her – ja, so habe ich das gesehen."
Ich nicke zustimmend. „So in etwa ging es mir auch. Aber dadurch hatten wir nie eine Chance. Ich bin froh, dass wir endlich einmal darüber reden."
Eltje starrt in die Luft, kaut auf ihrer Unterlippe herum und trinkt dann einen Schluck Kaffee.
„Weißt du, dass ich dich schon als Teenager dafür bewundert habe, wie du deinen eigenen Weg gegangen bist? Du hast einfach immer gemacht, was du wolltest. Du hast Papa Widerworte gegeben und dir nicht in dein Leben reinreden lassen."
Eltje runzelt die Stirn. „Ist das dein Ernst? Du hast mich bewundert?"
„Ja, das habe ich. Dafür hast du in mir damals wohl immer nur ein

lästiges Anhängsel gesehen, um das du dich ab und zu kümmern musstest. Später war ich in deinen Augen nur die Streberin, die Papa alles recht machen wollte."
„Nicht erst später, das warst du schon immer."
„Vielleicht stimmt das tatsächlich."
„Aber es hat sich für dich gelohnt. Immerhin bist du sein Liebling – und dann kommt sehr lange erst mal nichts."
„Glaub mir, sosehr ich mich auch ins Zeug gelegt habe, letztlich konnte ich es ihm auch nicht immer recht machen. Und jetzt bin ich bei ihm sowieso unten durch. Ich bin aus der Firma ausgestiegen."
„Du bist was?" Eltje sieht mich mit großen Augen an.
„Ja, du hast schon richtig verstanden. Ich gehe jetzt auch meinen eigenen Weg."
Da fängt meine Schwester an zu lachen und kann gar nicht mehr aufhören.
„Was ist daran so lustig?"
Eltje hält sich den Bauch. „Ich hätte Haus und Hof darauf verwettet, dass du so etwas niemals tun würdest. Ha, ha, ha. So kann man sich irren."
Ihr Lachen ist ansteckend. Obwohl ich noch immer nicht weiß, was so witzig daran sein soll, lache ich mit ihr. Es ist ein befreiendes Lachen, ein Lachen, das die Mauer einzureißen scheint, die uns all die Jahre getrennt hat.
Als wir uns wieder beruhigt haben, erzähle ich ihr, welche Pläne ich nun habe.
„Ich kann mich erinnern, dass du schon in unserem Puppenhaus einen besonderen Wohnstil eingeführt hast. Du hast Möbel aus Streichholzschachteln gebaut."
„Was? Das weiß ich gar nicht mehr."
„Ich schon. Einmal hast du das ganze Zimmer eingesaut, als du die Schachteln und Wände mit meinen Schulmalfarben angemalt hast."
„Stimmt! Oje, an die Malaktion kann ich mich noch erinnern. Das gab richtig Ärger. Es ist schön, mit dir solche Erinnerungen zu teilen. Das haben wir noch nie gemacht."
Eltje lächelt. „Aber du warst damals wirklich nervig."
„Vielleicht hat sich das inzwischen ein bisschen verwachsen."
„Schauen wir mal. Hast du außer dem Eklat mit Papa sonst noch etwas Einschneidendes zu berichten?"

„Ja, das habe ich." Ich erzähle Eltje von der Trennung von Claas. „Ehrlich gesagt habe ich ihn nie besonders gemocht. Er war viel zu ichbezogen. Na ja, ich kenne ihn ja auch kaum. Aber irgendwie habe ich zwischen euch nie Liebe gespürt."

„Das ist bitter zu hören. Bei dir und Ferdinand ging es mir anders, da habe ich sie jedes Mal gespürt, wenn ich euch zusammen gesehen habe. Und dafür habe ich euch sogar ein bisschen beneidet."

Eltje zieht zweifelnd die Augenbrauen nach oben. „Du hast uns beneidet für unsere Liebe?"

„So weit war es gekommen."

Wir reden in einem fort. Es ist neu und wohltuend, dass zwischen uns keine Giftpfeile mehr hin und her fliegen.

„Waren wir je so vertraut miteinander?", frage ich irgendwann.

„Ich kann mich nicht erinnern." Eltje schaut auf die Uhr. „Was? So spät ist es schon? Die Kinder kommen gleich aus der Schule, und ich habe das Essen noch nicht fertig." Sie springt auf und nimmt einen großen Topf aus dem Schrank. „Okay, es werden Spaghetti mit Tomatensoße aus dem Glas. Willst du mit uns essen?"

Auf das Stichwort hin knurrt mein Magen. „Ja, sehr gern. Dann sehe ich endlich die Kinder einmal wieder."

An mir lag es nicht, du bist die Tante, scheint der schnelle Blick zu sagen, den Eltje mir zuwirft, während sie Wasser in den Topf füllt.

„Es ist sicher zu einfach, unser mieses Verhältnis als Entschuldigung dafür heranzuziehen, dass ich kaum Kontakt zu ihnen hatte. Denn die Kinder können ja nichts dafür."

„Völlig richtig." Eltje stellt den Topf auf den Herd, dann nimmt sie ein Glas Tomatensoße aus dem Vorratsschrank und füllt den Inhalt in einen kleineren Topf. „Es geht doch nichts über eine schnelle Nummer", murmelt sie dabei und dann: „Ich hatte immer den Eindruck, dass du nichts über die Kinder hören wolltest, das Thema war tabu. Also dachte ich mir, dass es womöglich an deiner Kinderlosigkeit liegen könnte; dass du dich deswegen nicht mit ihnen beschäftigst, weil sie dich daran erinnern, was du nicht hast."

„Ich habe mich damit abgefunden, dass ich keine Kinder haben werde. Es gibt ja schließlich Gründe dafür."

„Claas wollte keine mehr?"

„Stimmt. Aber ganz so einfach war es dann doch nicht. Ich habe Endometriose."

„Du hast was?"

„Endometriose. Das ist eine chronische Erkrankung, bei der Gewebe der Gebärmutterschleimhaut außerhalb der Gebärmutter wuchert. Mich hat es dabei so richtig erwischt. Vor acht Jahren hatte ich eine große OP, man sagte mir, wenn ich schwanger werden wolle, dann müsse es gleich sein. Aber damals passte es noch nicht."
„Oh Gott, Charlotte, ich hatte ja keine Ahnung!"
„Wie auch? Ich habe mit kaum jemandem darüber gesprochen. Damals war ich einunddreißig, und ich dachte, ich hätte ja noch viel Zeit. Denn trotz der Aussage der Ärzte habe ich es nicht für ausgeschlossen gehalten, dass es später noch eine Chance geben wird. Bei anderen Frauen hat es schließlich auch geklappt."
Eltje nimmt den Topf von der Platte und gießt die Nudeln ab. „Und? Hast du es noch einmal versucht?"
„Meine Beschwerden wurden wieder schlimmer. Die Wucherungen kamen zurück, ich hatte vier Jahre später noch eine OP. Details erspare ich dir … Heute nehme ich ein Medikament, das die Beschwerden abschwächt. Aber schwanger werden kann ich nicht mehr. Dafür geht es mir zumindest körperlich ganz gut."
„Das tut mir so leid!" Echtes Mitgefühl schwingt in Eltjes Stimme mit. Sie stellt den Topf mit den Nudeln in die Mitte des Tisches. „Ich möchte mir gar nicht vorstellen, wie du dich gefühlt haben musst."
„Das ist auch besser so. Soll ich den Tisch decken?"
„Nein, lass nur." Eltje wirbelt herum, nimmt das Geschirr aus dem Schrank und stellt den Topf mit der Soße auf den Tisch. Dann wirft sie erneut einen Blick auf die große Uhr über der Tür. „Wo bleiben sie bloß? Na, was solls. Wie bist du nur mit alldem umgegangen?"
„Es war nicht leicht für mich, mit dem Thema Kind endgültig abzuschließen. Manchmal habe ich mich regelrecht wie eine Versagerin gefühlt, weil ich es nicht geschafft habe, eins in die Welt zu setzen. Es gab tatsächlich eine Zeit, da konnte ich den Anblick von Schwangeren und jungen Müttern nur schwer ertragen. Das hat mich jedes Mal runtergezogen. Ich habe lange getrauert um das Kind, das ich nie hatte. Oje, das klingt sicher ganz schön pathetisch."
„Jetzt hör aber auf! Das kann ich gut nachvollziehen."
„Aber inzwischen habe ich es geschafft, das zu akzeptieren und meinen Frieden damit zu machen. Und es hat auch Vorteile, kinderlos zu sein, ich habe meine Freiheit." Ich lächle. „Also keine Sorge, ich kann Schwangere und meine Nichten und Neffen gut ertragen."
„Ganz ehrlich? Macht es dir wirklich nichts mehr aus?"

„Es gibt natürlich immer wieder Momente, in denen ich wehmütig werde. Aber das gehört wohl dazu – und sie gehen auch vorbei. Es ist okay."
„Dafür bewundere ich dich!"
„Nun hör aber auf, das ist das Letzte, wofür ich bewundert werden möchte!"
„Ich könnte das nicht, ich wäre verrückt geworden."
„Sei du einfach nur froh darüber, dass du dich damit nicht auseinandersetzen musst."
Ein Rumpeln ist zu hören, dann Stimmen.
„Mama?", erklingt eine Mädchenstimme.
„In der Küche!", ruft Eltje.
Da stehen Fenja und Janne auch schon in der Tür.
„Tante Charlotte!", ruft Janne.
„Ist etwas passiert?", fragt Fenja zaghaft.
„Nein, keine Sorge. Ich bin nur so vorbeigekommen. Schön, dass ihr mich gleich erkannt habt." Ich gehe auf die beiden zu und drücke erst Fenja und dann Janne, auch eine völlig neue Situation für mich. „Wie groß ihr geworden seid! Fenja, du bist ja eine richtige Frau!"
„Ich bin schließlich schon vierzehn, da will ich das aber auch hoffen." Sie lacht ein helles Mädchenlachen. Ihre Wangen sind gerötet und die braunen Haare zu einem Pferdeschwanz gebunden. Sie sieht wunderhübsch und dabei so natürlich aus, in Hamburg würden sich die Mädchen sicher anders stylen. „Und Janne, spielst du noch Fußball?"
Er nickt nur.
„Sein Ziel ist es, Profifußballer zu werden, da bedanke ich mich regelmäßig bei ihm, besonders, wenn Samstagfrüh wieder ein Spiel in irgendeinem Kaff ansteht", sagt Eltje.
„Und wir haben dreimal in der Woche Training", ergänzt Janne nun. Ja! Er taut auf!
„Es ist der Horror! Wo ich mir doch so sehr wünsche, dass er Gehirnchirurg wird. Aber er lässt sich davon nicht abbringen", sagt Eltje und zwinkert.
Wir sitzen am Tisch und plaudern ausgelassen. Ich fühle mich richtig wohl, so als gehörte ich schon immer dazu.
Später kommt auch Ferdinand. „Hallo, Charlotte! Was um alles in der …"
Lachend falle ich ihm ins Wort. „Moin, Ferdinand. Keine Angst, es

ist nichts passiert. Ich hatte einfach nur Sehnsucht nach euch."
„Komm, setz dich und iss, bevor es kalt wird", sagt Eltje und füllt seinen Teller.
Nach dem Essen zeigen mir die Kinder ihre Zimmer, und anschließend führt Eltje mich über den Hof.
„Wohin geht die Treppe da hinten am Haus?", frage ich.
„Zu unseren beiden Ferienwohnungen."
„Ich wusste gar nicht, dass ihr welche habt."
„Tja, wir brauchen jeden Cent, die Vermietung sollte etwas Geld in die Kasse spülen. Nur sind die Wohnungen ganz schön in die Jahre gekommen. Da muss dringend was gemacht werden. Dein Einrichtungs-Gen ist mir leider vorenthalten worden."
„Zeigst du sie mir?"
„Aber sie sind wirklich nicht mehr schön." Eltje zieht einen Schlüsselbund aus der Tasche und steigt die Treppe hoch. Ich folge ihr und stehe kurz darauf in einem ungemütlichen, modrig riechenden Zweizimmerapartment. Hier ist alles lieblos zusammengewürfelt, an den Wänden billige Kunstdrucke von Inseln im Sonnenuntergang, ein abgetretener Teppich, ein abgewetztes Sofa, aber auch alte Bauernmöbel, die durchaus Potenzial haben.
„Da kann man etwas draus machen", sage ich und lasse mir von Eltje auch das andere Apartment zeigen. Es sieht kaum besser aus.
„Die Vermietungslage in diesem Jahr war eine Katastrophe."
„Ehrlich gesagt wundert mich das nicht." Ich scanne noch einmal die Räume ab. „Weißt du was? Ich werde mich darum kümmern. Es braucht gar nicht viel, damit das hier wieder einladend wirkt."
„Aber das können wir nicht bezahlen!"
„Eltje! Natürlich möchte ich dafür kein Geld von dir haben!" Ich lächle sie an und habe in Gedanken schon alles renoviert und aufgefrischt.
„Wirklich? Aber warum solltest du das tun?"
„Weil es mir eine Herzensangelegenheit ist."
Ungläubig schüttelt Eltje den Kopf. „An dein neues Ich muss ich mich erst noch gewöhnen. Hast du überhaupt Zeit dafür?"
„Lass das nur meine Sorge sein." Ich nehme mein Smartphone zur Hand und fotografiere alles.
Erst am Abend breche ich wieder nach Hamburg auf. Eltje begleitet mich zum Auto.
„Weißt du noch, wann wir zuletzt so viel Zeit miteinander verbracht

haben?“, frage ich.
„Nein, ich kann mich nicht erinnern. Übrigens stehen dir die Sneakers viel besser als High Heels.“
Ich schaue auf meine grauen Nikes. Sie sind schmutzig geworden.
„Das finde ich auch. Es war schön, Eltje. Du hast eine ganz großartige Familie.“
Sie nickt. „Danke für den ersten Schritt.“
Ich öffne die Fahrertür. „Gern geschehen. Wir sehen uns spätestens nächste Woche wieder, schließlich habe ich nun ein Projekt hier auf dem Hof.“
„Da bin ich wirklich gespannt. So ganz glauben kann ich das noch nicht.“
„Lass dich überraschen!“ Ich zögere einen Moment. „Und wie soll ich deiner Meinung nach jetzt mit Papa umgehen?“
„Sitz es aus! Das wird schon irgendwie.“
„Danke für deinen schwesterlichen Rat. Aber ich möchte nichts mehr aussitzen.“
„Manchmal ist das aber der einzige Weg. Glaub es mir, ich bin schließlich die Ältere von uns.“
„Mist!“
Und dann passiert noch etwas völlig Neues. Eltje und ich umarmen uns zum Abschied. Dann steige ich ins Auto, winke Eltje noch einmal zu und fahre beschwingt nach Hause.

17

In Blankenese erwartet Sophie und mich eine weiße Jugendstilvilla, die auf einem großzügigen Grundstück mit Blick auf die Elbe thront.
„Was für ein Haus! Jetzt bin ich aber wirklich neugierig auf unseren ersten potenziellen Kunden. Wie ist er überhaupt auf dich gekommen?", frage ich.
„Ich bin ihm empfohlen worden. Dem Namen nach zu urteilen ist er sicher ein spießiger Bildungsbürger Anfang sechzig. Oder was meinst du?" Sophie drückt auf die Klingel.
„Ich weiß gar nicht, wie du darauf kommst, der Name Friedrich Einsiedel klingt doch total hip. Und passend ist er noch dazu, immerhin will er hier alleine einziehen."
Wir kichern. Ein Summen ertönt, wir betreten das Grundstück und laufen vor bis zur Haustür. Sie wird von einem Mann geöffnet, der aussieht, als wäre er dem Cover eines Lifestyle-Magazins entsprungen. Strubbelige dunkelblonde Haare, stechend blaue Augen, Dreitagebart. Er trägt einen figurbetonten azurblauen Pullover, der seinen gestählten Oberkörper betont und unglaublich gut zu seinen Augen passt, dazu verwaschene Jeans und Sneakers. Er dürfte kaum älter als dreißig sein.
„Guten Tag, wir sind hier mit Herrn Einsiedel verabredet", sage ich. Ist dein Vater zu Hause?
Links neben mir höre ich ein Glucksen. Irritiert schaue ich zu Sophie, die vergeblich versucht, einen Lachkrampf zu unterdrücken. Dann liegen sie und der junge Mann sich auch schon in den Armen – und sie lacht und lacht. Als sie wieder Luft holen kann, sagt sie: „Es ist so schön, dass du nach all den Jahren zurück in Hamburg bist."
„Meine kleine Sophie!"
Er hebt sie hoch und dreht sich einmal mit ihr im Kreis. Die Fragzeichen über mir werden immer größer.
„Danke, dass du mir helfen wirst. Du siehst übrigens toll aus, gar nicht wie eine Mutter."
„Hey, was hast du denn für ein Bild im Kopf?", fragt sie lachend und boxt ihm in den Bauch.

„Äh, entschuldigt, dass ich euch unterbreche, aber würdet ihr mich jetzt bitte mal aufklären?"
Sophie räuspert sich. „Oh, entschuldige, natürlich. Friedrich, das ist meine Freundin und Partnerin Charlotte, von der ich dir bereits erzählt habe. Wir werden das hier bei dir zusammen rocken. Charlotte, das ist Friedrich, der spießige Bildungsbürger Anfang sechzig."
Wir schütteln uns die Hände.
Sophie lacht schon wieder. „Entschuldige, aber den Spaß habe ich mir erlaubt", sagt sie.
„Das ist wirklich so lustig, dass ich mich gar nicht mehr einkriege vor Lachen", erwidere ich und ziehe eine Grimasse in ihre Richtung.
„Was hast du ihr erzählt?", fragt Friedrich.
„Na ja, ich habe ihr verschwiegen, dass wir uns kennen."
„Sie hat mir noch dazu gesagt, dass dein Name Friedrich Einsiedel ist. Verrätst du mir deinen echten Namen?"
„Da muss ich dich leider enttäuschen, ich heiße wirklich so."
„Oh!"
„Das ist okay. Ich lebe schon sehr lange damit."
„Würdet ihr mich jetzt bitte noch über euer Verhältnis aufklären?"
Sophie legt einen Arm um Friedrich. „Er ist der Sohn von Freunden meiner Eltern und hat die letzten Jahre in den USA verbracht, hat sich nun aber von seiner amerikanischen Frau getrennt. Friedrich sieht übrigens jünger aus, als er ist. Sag du es ihr."
„Sophie? Was wird das hier? Ihr sollt euch das Haus vornehmen, nicht mich. Aber gut, ich bin fünfundvierzig."
„Kommt, ihr habt mich für heute wirklich ausreichend auf den Arm genommen", sage ich.
„Das stimmt wirklich. Friedrich sah schon immer viel jünger aus. Mit zwanzig dachte man, er sei drei Klassen unter mir, dabei ist er fünf Jahre älter als ich."
„Ganz so schlimm war es nicht. Nun aber rein mit euch, ihr seid schließlich nicht zum Spaß hier." Friedrich hält uns die Tür auf. Wir gehen hinein.
„Dass wir hier einiges verändern sollen, stimmt also, ja?", frage ich vorsichtig nach.
„Absolut. Schau dich nur um, würdest du so wohnen wollen?", fragt Friedrich.
Wir stehen im düsteren Entree, das vollgestellt ist mit wuchtigen,

dunklen Möbeln.
„Nein, das würde mich hier alles erschlagen."
„Siehst du, deswegen muss sich das ändern. Das ist das Haus meiner Großeltern. Nach ihrem Tod wurde es vermietet." Friedrich führt uns weiter durch das modrig riechende Haus.
„Hast du seit deiner Ankunft schon mal gelüftet?", frage ich.
„Ja, natürlich. Aber der Geruch scheint in allen Ritzen zu hängen."
Ich werfe einen Blick in das Gäste-WC und traue meinen Augen kaum. „Schaut euch das an, der WC-Deckel hat einen Plüschbezug!"
Sophie steckt ihren Kopf durch die Tür und kichert. „Dass es so etwas noch gibt."
„Stammt die Einrichtung noch von deinen Großeltern?", frage ich.
„Ja. das Haus wurde damals möbliert an ein älteres Ehepaar vermietet."
Auch in den anderen Räumen ist alles vollgestellt mit wuchtigen, ornamentreichen Schränken, Kommoden und Vitrinen. Eine massive grüne Ledercouch mit passenden Sesseln und einem dunkelbraunen, gekachelten Couchtisch unter einem schweren Kronleuchter bildet den Mittelpunkt im Wohnbereich. Er ist durch eine breite Flügeltür vom Essbereich getrennt. Alles wirkt düster und bedrückend.
„Das passt nicht zu diesem wunderschönen Haus und seiner Lage", sage ich.
„Wem sagst du das. Aber dieser Stil scheint einmal sehr angesagt gewesen zu sein", erwidert Friedrich.
„Zumindest über die Qualität kann man nicht meckern", sagt Sophie und klopft auf den hässlichen Couchtisch. „Charlotte, du fotografierst doch so gern. Magst du das Grauen festhalten?"
„Klar!" Ich schmunzle und zücke mein Smartphone.
Währenddessen erklärt Friedrich uns, dass er sich für das Haus einen puristischen Retrolook wünscht, Mid-Century, betont er. Wir gehen zur weiteren Bestandsaufnahme in die obere Etage, wo es nicht viel besser aussieht. Ich mache auch hier eifrig Fotos. „Hast du einen Grundriss, oder müssen wir alles ausmessen?", frage ich.
„Nicht nötig, den gibt es. Was meint ihr, bis wann ihr mir erste Entwürfe liefern könnt?"
Sophie und ich beratschlagen uns einen Moment.
„Bis Ende nächster Woche", sagt sie dann. Friedrich scheint zufrieden zu sein mit unserem ersten Treffen. Nach gut zwei Stunden ent-

lässt er uns wieder.
„Warum hast du mir nie etwas von ihm erzählt?", frage ich auf dem Weg zurück in die Stadt.
„Als ich dich kennengelernt habe, hat er schon nicht mehr in Hamburg gelebt. Außerdem hätte ich diesen Moment heute nicht so auskosten können, wenn du ihn gekannt hättest." Sie streckt mir die Zunge raus.
„Das merke ich mir! Hattest du mal was mit ihm?"
Sophie winkt ab. „Aber nein. Friedrich war für mich in meiner Kindheit und Jugend immer wie ein Bruder. Ich hatte tatsächlich nie andere Gedanken, obwohl er ja wirklich sensationell attraktiv ist."
„Hach, klingt das rührend. Aber bist du dadurch nicht befangen? Normalerweise würden wir einen Kostenvoranschlag erstellen, aber wie läuft das bei einem Freund der Familie? Wie weit wirst du ihm entgegenkommen?"
„Er möchte keine Sonderbehandlung und kriegt seinen Kostenvoranschlag wie jeder andere auch."
Ich trete wegen eines Baustellenstaus auf der Elbchaussee auf die Bremse. Wir rollen in Schrittgeschwindigkeit weiter.
„Erzähl mir mehr über Friedrich. Was macht er beruflich?"
Sophie stellt die Lehne des Sitzes nach hinten und lehnt sich zurück.
„Man mag es zwar kaum glauben, weil er gar nicht danach aussieht, aber Friedrich ist ein echter Nerd. Er ist Softwareentwickler und hat schon vor Jahren sein erstes Start-up verkauft. Seitdem hat er immer wieder neue Ideen realisiert und an große Player veräußert. Das Leben in San Francisco und die Arbeit im Silicon Valley waren perfekt für ihn. Finanziell hat er schon seit Jahren ausgesorgt."
„Okay, wir sollten nie vergessen, wie sehr ein erster Blick täuschen kann. Niemals hätte ich ihn für einen Softwareprofi gehalten. Was möchte er jetzt hier in Hamburg machen?"
„Das weiß ich auch noch nicht so genau. Frag ihn doch bei Gelegenheit einmal. Vielleicht bei einem Essen?" Sophie grinst. Der Stau löst sich auf, ich beschleunige.
„Denk gar nicht erst dran, mich verkuppeln zu wollen!"
„Mach ich auch nicht. Komm, nur ein Essen!"
„Wozu? Du weißt, dass ich nicht frei bin. Außerdem hat er sicher andere Ansprüche an eine Frau. Ich bin nicht mal blond."
„Mach dir darüber keine Gedanken. Wir halten unsere Präsentation

nächste Woche bei unserem Italiener ab, und dann sehen wir weiter."
„Lass mich raten. Musst du dann dringend eher los?"
„Das könnte passieren."
Ich schüttle lachend den Kopf. „Komm, das ist so billig. Und außerdem …"
Sophie unterbricht mich. „Ja, ja, und außerdem hat dieser Pierre dein Herz besetzt. Aber dort kannst du nicht viel mit ihm anfangen."
„Du nervst. Wir sollten uns lieber auf das Wesentliche konzentrieren, immerhin wollen wir in einer guten Woche unser Konzept präsentieren. Da bleibt uns nicht viel Zeit."
Wir biegen in Sophies Straße ein. Ich fahre vor ihrem Haus rechts ran. „Voilà, Sie haben Ihr Ziel erreicht", sage ich.
„Danke für den Shuttle. Wir sehen uns morgen bei der Arbeit. Um neun bei mir. Mach's gut, Partnerin." Sophie springt aus dem Auto.

Am nächsten Tag sitze ich in Sophies Arbeitszimmer und lasse mich von ihr in eine spezielle Software einführen, mit der man im Handumdrehen Räume gestalten kann. Wir nehmen uns den Grundriss des Hauses vor und richten mit Hilfe von Fotos aus dem Internet die Zimmer ein. Außerdem gehen wir die Fotos durch, die wir vom vorhandenen Mobiliar gemacht haben, und suchen aus, welche Teile auch nach der Renovierung gut in die Villa passen würden.
Als Sophie Feierabend macht, weil sie Johanna aus der Kita abholen muss, bin ich so vertieft in die Arbeit, dass ich allein weitermache. Ich höre erst auf, als Sophie mich zum Abendessen abkommandiert.
„Morgen schaue ich mir drei Wohnungen an. Drück mir die Daumen, dass schon was dabei ist", sage ich beim Gehen.
„Nimmst du mich mit? Ich liebe solche Besichtigungen."
„Aber gern. Dann können wir zu zweit den Makler bezirzen. Ich hol dich um zehn ab."
„Es wird mir ein Vergnügen sein. Übrigens hast du heute schon richtig gute Arbeit geleistet."
„Danke, Sophie. Es bedeutet mir wirklich viel, dass du mir eine Chance gibst. Bis morgen."
Ich gebe ihr ein Küsschen und trete hinaus in einen neblig-trüben Abend.
Als ich am frühen Samstagnachmittag von der Wohnungsbesichtigungstour nach Hause komme, bietet sich mir ein allzu vertrauter

Anblick: Claas sitzt vor dem Fernseher. „Welch seltener Gast! Sag bloß, Judith steht nicht auf Fußball."
„Sie hat Besuch. Außerdem wohne ich hier."
„Das hatte ich beinah vergessen. So wie es aussieht, werde ich übrigens noch vor Weihnachten ausziehen."
Irgendjemand schießt ein Tor, der Reporter jubelt und Claas auch. Er wird sich niemals ändern.
„Was hast du gesagt?", fragt er dann, und ich wiederhole es.
„So schnell?"
„Ja, ich habe mir heute drei Wohnungen angesehen und mich gleich für eine entschieden."
„Aber das heißt doch noch lange nicht, dass du sie auch kriegen wirst."
„Sophie hat mich begleitet und sich gleich dem Makler an den Hals geworfen. Stell dir vor, er liebt die Zimtschnecken aus unserem Backhaus. Na ja, jedenfalls hat er versprochen, mir nächste Woche den Mietvertrag zu schicken."
„Eine Zimtschnecke macht dir auf dem eng umkämpften Wohnungsmarkt den Platz frei. So einfach geht das also."
„Anscheinend schon. Freust du dich?"
Claas zuckt mit den Schultern. „Es wird trotz allem eigenartig sein, wenn du nicht mehr hier bist."
„Hey, willst du damit etwa sagen, dass du mich vermissen wirst?"
Jemand verfehlt das Tor, der Reporter schimpft. Claas schlägt sich aufs Knie.
„Okay, ich werde dir also wirklich fehlen! Sobald ich hier raus bin, lasse ich für dich einen Mietvertrag aufsetzen."
Claas nickt. „Danke, dass ich hier wohnen bleiben darf."
Wieder richtet er seine Aufmerksamkeit auf das Spiel.
„Solange du eine angemessene Miete zahlst, lasse ich nicht räumen."
Ja, ich habe alles richtig gemacht.

Ich gehe in mein Zimmer und beuge mich über das Exposé meiner neuen Wohnung. Immer wieder muss ich schmunzeln, wenn ich daran denke, wie Sophie den Makler eingelullt hat. Sie war dermaßen charmant dabei, dass ich sogar Nachsicht hatte, als sie die Backhaus-König-Karte zog.
„Wer kann der Erbin einer solchen Dynastie schon eine Absage erteilen?", hat sie mir zugeflüstert.

Meine neue Wohnung wird ganze hundertfünfzig Quadratmeter kleiner sein als die jetzige. Siebzig Quadratmeter umfasst sie, verteilt auf zweieinhalb Zimmer. In Gedanken richte ich sie bereits ein.

In der folgenden Woche arbeiten Sophie und ich weiter an der Präsentation, sprechen mit Handwerkern und setzen den Kostenvoranschlag auf. Wenn ich nicht mit dem Villa-Projekt beschäftigt bin, fahre ich zu Eltje und nehme mir ihre Ferienwohnungen vor. Ich habe wirklich alle Hände voll zu tun, fühle aber trotz körperlicher Erschöpfung eine große Befriedigung in mir. Es ist so viel los in meinem Leben, alles scheint ein einziger Aufbruch zu sein. Tatsächlich kommt wie versprochen der Mietvertrag für die neue Wohnung.
„Es wird nicht langweilig", sage ich am Telefon zu Camille, die ich regelmäßig auf dem Laufenden halte.
„Hast du dich inzwischen mit deinem Vater wieder versöhnt?", fragt sie.
„Nein, dazu gab es noch immer keine Gelegenheit."
„Bald ist Weihnachten. Vielleicht schafft ihr es da, Frieden zu schließen, auch wenn du nicht im Krieg bist."
Camille ist ein wichtiger Mensch für mich geworden. Ich schätze ihren Blick auf das Leben sehr.

Am Freitag sitzen wir beim Italiener und präsentieren Friedrich bei einer Flasche Weißwein unsere Entwürfe.
Er studiert alles ganz genau und nickt immer wieder. Das Wohnzimmer schmückt ein gemütliches Sofa im Chesterfield-Stil, davor steht ein filigraner Couchtisch mit dünnen Beinen aus Buchenholz. Ein Ohrensessel mit Hocker und ein größerer Tisch mit Clubsesseln, helle Teppiche, eine Vintage-Stehlampe mit einem verzierten Bronzefuß, eine Kommode aus dem Altbestand und schlichte Hängelampen runden das Bild ab. Die alten Küchenmöbel weichen einer voll ausgestatteten SieMatic-Küche mit Kochinsel. Aufgelockert wird der Raum durch Kacheln mit grafischen Mustern und einen großen Kühlschrank im Vintage-Design in Eisblau. An die Decke kommt ein abstrakter Bronze-Kronleuchter aus den 1950er-Jahren. Das in Taupe gestrichene Arbeitszimmer besticht durch zwei String-Pocket-Regale aus Holz und einen dänischen Vintage-Schreibtisch sowie einen Stuhl im Industrial Design. Auch hier fin-

det noch ein Schrank aus dem Besitz der Großeltern Platz. Weiter geht es mit dem Schlafzimmer und dem Gästezimmer.
„Und, was meinst du? Bist du mit unserem Mid-Century-Look zufrieden?", fragt Sophie.
„Ja, es gefällt mir. Das nehme ich so", sagt Friedrich.
„Ernsthaft? Du hast keine Anmerkungen?", vergewissert sich Sophie.
Er schüttelt den Kopf. „Legt los, Mädels. Ich kann kaum erwarten, in mein neues Heim zu ziehen."
„Willst du nicht erst mal einen Blick auf die Kosten werfen?", frage ich.
„Ich vertraue euch, und wenn ihr mich enttäuscht, hetze ich die Mafia auf euch. Muss ich was unterschreiben? Dann her damit."
Ich nehme den Kostenvoranschlag aus der Hülle und gebe ihn ihm. Friedrich wirft nur einen kurzen Blick darauf.
„Wie gesagt, bei dem Posten ‚Neuanschaffungen' ist es bisher nur eine grobe Schätzung", erkläre ich.
„Kein Problem." Friedrich zückt einen Kugelschreiber und krakelt seine Initialen aufs Papier.
„Das ging jetzt aber wirklich schnell", sage ich.
Friedrich lächelt einnehmend. „Warum sollte ich es unnötig hinauszögern?"
„Das ist mein Friedrich! So, ihr Lieben, es war schön mit euch, aber leider muss ich jetzt los, die Babysitterin wartet." Sophie steht auf und sammelt ihre Sachen zusammen.
„Du kennst wirklich keine Gnade", raune ich ihr zu, als sie sich zur Verabschiedung zu mir herunterbeugt.
„Es könnte schlimmer sein", erwidert sie nur, und da muss ich schmunzeln.
„Bis bald, Friedel. Habt noch einen netten Abend." Sie umarmt ihn und verlässt das Restaurant.
„Schön, dass wir schon alles besprochen haben. Oder ist dir doch noch etwas eingefallen?", frage ich.
„Ja, ich bin hungrig. Wollen wir etwas zu essen bestellen?"
„Gern." Ich überfliege die Karte. „Teilen wir uns die Vorspeisenplatte?", schlage ich vor.
„Meinetwegen. Danach nehme ich das Kalbsschnitzel. Und du?"
„Mir reicht die Vorspeise."
Wir bestellen das Essen und eine weitere Flasche Weißwein. Fried-

rich räuspert sich. „Das war eben mal wieder typisch Sophie. Schon früher musste ich mich ab und zu mit Frauen treffen, die sie als passend für mich identifiziert hat. Es wurde aber nie etwas daraus, weil es doch nicht gepasst hat."

Wie peinlich! Das hast du richtig gut hingekriegt, Sophie! „Du meine Güte. Aber nein! Sie hat nicht vor, uns zu verkuppeln."

Friedrich zieht die Mundwinkel nach unten. „Wie schade", sagt er und lacht.

„Sie hat mir nichts von den gescheiterten Verkupplungsversuchen erzählt. Es tut mir wirklich leid für dich. Wahrscheinlich hat sie daraus gelernt und lässt dich nur noch mit Frauen allein, die nicht auf der Suche sind."

Friedrich grinst. „Das ist ein interessanter Ansatz."

Der Kellner kommt und öffnet die neue Flasche Wein. Friedrich kostet vor und lässt ihn einschenken.

„Darauf trinken wir", sagt er und hebt sein Glas.

Ich tue es ihm nach. „Sophie hat dich übrigens als Nerd vorgestellt. Aber du entsprichst so überhaupt nicht dem Klischee. Bist du wirklich einer?"

„Das ist aber reizend von ihr. Als Softwareentwickler, der die meiste Zeit seines Lebens vor elektronischen Geräten verbringt, landet man leicht in dieser Schublade. Aber ich achte mehr auf mein Äußeres als in der Branche üblich und esse gerne auch mal was anderes als Chips."

Nun schmunzle ich. „Wie sympathisch, dass du zugibst, eitel zu sein."

„So eitel, wie ein Nerd eben sein kann."

Die Vorspeisenplatte wird serviert. Sie ist so üppig, dass ich froh bin, kein Hauptgericht bestellt zu haben. Genussvoll esse ich das gegrillte Gemüse und die pikante Salami, bevor ich mich über das Vitello tonnato hermache. Schon bald bin ich so satt, dass nichts mehr reinpasst.

Wir reden über Friedrichs Umzug nach Deutschland und sein Beziehungsaus.

„Für Susan war es irgendwann nicht mehr erträglich, dass ich sie weniger beachtet habe als jedes elektronische Gerät. Es ist besser für uns beide, dass wir einen Schlussstrich gezogen haben. Liebe lässt sich nicht programmieren."

„Das klingt nach einem Hollywood-Blockbuster. Hast du den Titel

schon schützen lassen?", scherze ich.
„Da bringst du mich auf eine gute Idee."
Friedrichs Kalbsschnitzel wird gebracht. Ich lasse ihn essen und schweige.
Der aufmerksame Kellner kommt an den Tisch und schenkt Wein nach. Ich sollte nichts mehr trinken und schwenke auf Wasser um.
Es dauert nicht lange, bis Friedrich fertig ist und den Teller zur Seite schiebt. Er muss wirklich Hunger gehabt haben.
„Was willst du beruflich jetzt hier in Hamburg machen?"
„Ich habe mich in den USA an einer Firma beteiligt, die ein völlig neuartiges Nahrungsergänzungsmittel herausgebracht hat. Es verlangsamt den Alterungsprozess. Das bringe ich nun nach Deutschland."
Ich kichere. „Aha, du bist also ein Forever-Young-Nerd. Seit wann nimmst du das Zeug?"
Friedrich zieht seinen Pullover an der Schulter herunter und legt ein Stück Rücken frei. „Noch nicht lange. Hier, schau dir das an. Mir sind am Rücken sämtliche Haare ausgefallen, das konnten die Pillen nicht stoppen."
„Du Armer! Da bist du ja nun völlig entstellt. Schon mal über eine Transplantation nachgedacht?"
Wieder lachen wir. Der Abend ist wesentlich amüsanter, als ich erwartet hatte.
Wir reden über die abwegigsten Themen. Friedrich ist dabei ein interessanter Gesprächspartner. Doch als er irgendwann über die Zombie-Apokalypse spricht, von der ich bisher weniger Ahnung hatte als von Neutrinophysik, steige ich aus.
„Es ist schwer, eine Frau zu finden, die all meine Interessen teilt."
„Daran habe ich keinen Zweifel", sage ich.
„Deswegen werde ich mich bis auf Weiteres mit Affären durchschlagen und nichts erwarten. Dabei gehe ich intellektuell weniger in die Tiefe."
Ich schmunzle. „Das ist wenigstens ein ehrliches Statement. Vermutlich wirst du dich vor Avancen kaum retten können. Danke für den interessanten Abend", sage ich.
Wir verabschieden uns und ich freue mich auf die lockere Arbeitsatmosphäre, die uns sicher bei der Umgestaltung seines Hauses begleiten wird.

18

Am nächsten Morgen wird uns der Schlüssel für das Atelier übergeben. Sophie und ich tanzen ausgelassen durch den leeren Raum.
„Na, wie war es noch mit Friedrich?“
„Er ist wirklich ein interessanter Typ, und ich mag ihn.“
Sophie springt in die Luft und grinst mich breit an.
„Nein! Nicht so! Selbst wenn ich frei wäre, käme er für mich nicht infrage. Er ist zu schön und zu speziell für mich.“
„Du bist auch speziell und alles andere als unattraktiv, vielleicht entwickelt sich doch noch mehr zwischen euch.“
„Sophie! Lass es!“
Wir sind nicht länger allein. Sophie hat einen Termin mit einem Elektriker vereinbart, der zehn Minuten zu früh kommt.
Auch ein Techniker rückt an, der sich um die Installierung des Internetzugangs kümmern soll.
Später werden bereits die Raumteiler geliefert, die ich bestellt habe. Ich schaue sie mir genau an und bin zufrieden mit dem fotorealistischen Print in Holzoptik, der sie ziert. „Sie sehen wirklich hochwertig aus“, sage ich zu dem Mitarbeiter der Transportfirma und lasse sie zunächst neben der Tür abstellen, bis sie an ihre vorgesehenen Plätze kommen. Mit den Raumteilern können wir die Fläche immer wieder individuell anpassen, so mein Plan.
Auch die nächsten Tage stehen ganz im Zeichen der Ateliereinrichtung. Die Handwerker haben die nötigsten Arbeiten verrichtet. Wir trennen ein Büro ab, den kleinen Empfangsbereich, den wir mit Lounge-Möbeln einrichten, und die Werkstatt, in der wir Möbel lagern und bearbeiten können. Meine bei Claude gekauften Schätze lasse ich mir von einer Spedition liefern. Als sie ihren Platz gefunden haben, fängt das Atelier tatsächlich an zu leben – und unsere eigentliche Arbeit steht wieder im Fokus.
Ich kümmere mich weiterhin um Eltjes Ferienwohnungen und um das Projekt Friedrich. Dabei setzen Sophie und ich auf Arbeitsteilung: Ich organisiere die Möbel und Accessoires, Sophie kümmert sich um die Fliesenauswahl, die Wandfarben und die Koordinierung der Handwerker.

Es ist aufwendiger, als ich dachte, die Möbel für Friedrichs Haus zu beschaffen. Ich bin in Vintage-Läden unterwegs und recherchiere einschlägige Angebote im Netz. Dann vergleiche ich alles miteinander.
Friedrich drängelt. Nach drei Wochen habe ich dann alles beisammen und stimme die Liefertermine mit ihm ab. Noch sind allerdings die Handwerker im Haus.
Dann steht auch noch mein Umzug in die neue Wohnung an. Ich weiß nicht, woher ich all die Energie nehme, aber ich schaffe ihn dank eines Umzugsunternehmens und der Hilfe von Sophie an einem Wochenende.
Doch als ich später die letzten Sachen aus der Wohnung hole und Claas meinen Hausschlüssel und seinen neuen Mietvertrag überreiche, klappe ich endgültig zusammen. Die ganze Anstrengung der vergangenen Wochen entlädt sich in einem Heulkrampf auf dem Boden meines ehemaligen Zimmers. Ich kann nicht aufhören zu weinen.
„Es tut mir leid, es tut mir alles so leid", sagt Claas und versucht unbeholfen, mir wieder auf die Beine zu helfen.
„Lass nur, es geht schon", schluchze ich. „Du kannst es wohl kaum erwarten, dass ich weg bin. Ist es das, was dir leidtut?"
„Nein, Charly, das ist doch Quatsch!"
Es klingelt.
„Bekommst du noch Besuch?" Ich wische mir über das Gesicht und stehe mühsam auf.
„Es tut mir leid. Es tut mir so leid."
„Claas, es ist gut. Das habe ich schon verstanden! Ich gehe jetzt."
Er geht zur Tür. Ich schnaufe durch, schnappe mir die Tasche mit den Sachen und folge ihm.
Das Lächeln in Judiths Gesicht friert ein, als sie mich sieht. Sie hält eine Flasche Champagner im Arm.
„Oh, äh, hallo, Charlotte", stammelt sie.
„Hallo, Judith. Nein, danke für das Angebot, aber ich möchte nichts mit euch trinken." Ich schiebe mich an Claas und ihr vorbei. „Also, kein Grund für schlechte Laune. Ich bin weg. Jetzt könnt ihr richtig feiern. Ciao", rufe ich und renne durch das Treppenhaus nach unten.
Nun ist das hier ganz offiziell nicht mehr mein Zuhause. Das befindet sich nun einige Straßen weiter in einem Neubau.
Als ich die neue Wohnung betrete, schaffe ich es nur noch, mir die

Schuhe auszuziehen. Dann falle ich auf das ebenso neue Bett und schlafe durch bis zum nächsten Morgen.

Was Schlaf doch bewirken kann. Ich fühle mich wieder besser und widme mich ausgiebig meiner Wohnung, verrücke hier und dort etwas, hänge Bilder auf und räume Schränke ein. Es gibt eine offene Küche zum Wohnzimmer. Modernes habe ich mit klassischen Elementen gemixt, so passt eine Nussholz-Kommode von Claude perfekt zu Sophies Hängesessel vor einer Wand, die ich mit Blümchentapete tapeziert habe. Die Couch habe ich mit lavendelfarbenem Stoff überziehen lassen, ein Kristalllüster an der Decke und ein barocker Sessel mit Leinenüberzug machen sich ebenfalls gut in dem Zimmer.
Unwillkürlich muss ich schmunzeln, als ich in dem gemütlichen kleinen Schlafzimmer meinen Kleiderschrank einräume. Er hat ungefähr ein Achtel Volumen von meinem alten, reicht aber tatsächlich für meine Sachen aus.
Das halbe Zimmer, das es auch noch gibt, nutze ich als Arbeitszimmer. Schnell gewöhne ich mich daran, dass ich nun in meiner Wohnung keine großen Spaziergänge mehr unternehmen kann.
Endlich komme ich dazu, den Verkauf meiner Sachen bei dem Online-Flohmarkt nachzuverfolgen. Freudig stelle ich fest, dass mir bereits eine ordentliche Summe gutgeschrieben worden ist. Meine Gedanken wandern zu Thea Gerdes, der Flaschensammlerin, die ich mit dem Geld unterstützen möchte. Kurz entschlossen mache ich mich auf den Weg zu ihrem Stamm-Supermarkt.
Leider treffe ich sie dort nicht an. Auch als ich die Umgebung ablaufe: keine Spur von der kleinen Frau und ihrem Einkaufstrolley. Aber ich kenne dank des Telefonbuchs ja ihre Adresse und mache mich auf den Weg zu ihr. Dabei muss ich daran denken, wie sie mir von ihrem Traum erzählt hat, Wien zu besuchen. Der sollte sich doch noch realisieren lassen! Als ich an einem Reisebüro vorbeikomme, folge ich einem spontanen Impuls und informiere mich über Reisen für Senioren nach Wien. Tatsächlich gibt es ein passendes Angebot.
„Das scheint perfekt zu sein! Wissen Sie, ich möchte die Reise verschenken. Eventuell komme ich später mit der alten Frau wieder."
„Ich bin hier", sagt die nette Beraterin namens Frau Reuter, die sicher froh über jeden Kunden ist.

Kurz darauf erreiche ich die Adresse aus dem Telefonbuch. Einladend sieht es hier nicht aus. Ich betrete einen ranzig riechenden Hausflur. Die Briefkästen sind verbeult, Farbe blättert von den Wänden ab, und die ausgetretenen Treppenstufen knarzen. In diesem Haus dürfte zuletzt etwas gemacht worden sein, als Helmut Schmidt noch Bundeskanzler war, schießt es mir durch den Kopf. In der zweiten Etage steht Gerdes auf einem angelaufenen Metallschild. Ich drücke die Klingel. Nichts passiert. Noch einmal. Dann höre ich Geräusche, und kurz darauf wird die von einer Kette gesicherte Tür einen Spaltbreit geöffnet. Der penetrante Geruch von Katzenurin schlägt mir entgegen.
„Ja, bitte?"
„Hallo, Frau Gerdes, erinnern Sie sich noch an mich?"
Zwei kleine Augen mustern mich. Erstaunlich, dass sie keine Brille trägt.
„Du bist die Deern, die mir neulich das Geld zugesteckt hat. Was willst du hier? Bei mir gibt es nichts zu holen. Dein Geld habe ich nicht mehr."
„Deswegen bin ich nicht hier. Entschuldigen Sie den Überfall. Ich wollte wissen, wie es Ihnen geht. Haben Sie Lust, einen kleinen Spaziergang mit mir zu machen?"
Der Kopf kommt näher. „Was?"
Ich wiederhole, was ich gesagt habe. Frau Gerdes nestelt an der Kette herum und öffnet die Tür. Der üble Geruch wird noch stärker. Aber sie scheint sich in keiner Weise daran zu stören.
„Komm rein. Ich hatte schon sehr lange keinen Besuch mehr. Es ist nicht aufgeräumt bei mir. Da bitte ich um Nachsicht." Sie krächzt mehr, als dass sie spricht. Das ist mir bei unserer ersten Begegnung gar nicht aufgefallen.
Schon in dem kleinen Flur sehe ich, dass es ein schmaler Grat ist zwischen Unordentlichkeit und einem Messie-Haushalt. Überall lagert Unrat. Solche Bilder kenne ich nur aus den Medien. Wir erreichen das Wohnzimmer, das in etwa die Größe meines ehemaligen Ankleidezimmers hat und sicher sehr lange nicht gelüftet wurde. An den Wänden klebt eine vergilbte Raufasertapete, die älter sein dürfte als ich. In den Ecken ist es schmutzig grau. Schreiend hässliche Bilder von Clowns in roten Plastikrahmen verstärken diesen trostlosen Anblick noch. Niemals könnte ich so wohnen. Andererseits: Die Geschmäcker sind verschieden. Und egal ob eine versiffte

Wohnung, der falsche Mann oder ein ungeliebter Job, wir Menschen können uns an alles gewöhnen, das weiß ich doch selber nur allzu gut. Auf einem zerschlissenen grünen Cordsofa sitzt eine Puppenfamilie neben einer echten, dicken Katze.
„Das ist Carlo", sagt Frau Gerdes.
„Hi, Carlo." Ich streichle ihn und höre sein Schnurren, das klingt, als würde ein Hubschrauber landen.
Alte Zeitungen stapeln sich auf dem Tisch, und überall ist so viel Tinnef. Auch hier im Zimmer gibt es jede Menge Müll in Pappkartons.
„Das sind alles Fundstücke von der Straße", sagt Frau Gerdes, als hätte sie meine Gedanken erraten.
Ich nicke fassungslos und frage mich, was sie mit den ausgelutschten Männer-Turnschuhen anfangen möchte oder all den Plastiktüten, Körbchen und dem Technikschrott.
„Setz dich doch. Möchtest du einen Keks?" Frau Gerdes geht an die dunkle Schrankwand und nimmt eine geöffnete Packung Butterkekse heraus. Eine Motte wird aufgescheucht und flattert davon, ich lehne dankend ab.
„Sag mir noch einmal, weswegen du gekommen bist."
„Ich möchte Sie zu einem Spaziergang einladen."
Frau Gerdes knabbert an einem Keks. Sie hat kaum mehr Zähne im Mund. „Wie kommst du auf so eine Idee? Wohin denn?", fragt sie.
„Das werden Sie gleich sehen. Sie würden mir einen großen Wunsch erfüllen."
„Aber, Deern, du bist jung, du bist schön, und ich bin nichts, und ich hab nichts. Wie könnte ich dir einen großen Wunsch erfüllen?"
„Na, Frau Gerdes, so was möchte ich nicht hören! Kommen Sie doch einfach mit."
„Du machst es aber spannend. Nun bin ich ja doch neugierig. Ich komme mit."
Sie zieht sich ihren zerschlissenen Mantel über, schlüpft in ihre alten Stiefel und setzt den schwarzen Hut auf. Dann laufen wir los – direkt ins Reisebüro.
„Es freut mich, Sie kennenzulernen. Ihre Enkelin hat etwas Schönes für Sie gefunden. Setzen Sie sich doch bitte", sagt Frau Reuter zur Begrüßung.
„Ich denke nicht daran! Was soll das hier werden? Ich habe keine Enkelin! Ist das irgend so ein Trick? Hast du mich etwa deswegen

hergelockt?" Frau Gerdes sieht mich misstrauisch an.
Ich lächle. „Aber nein! Das mit der Enkelin war nur ein Missverständnis. Es ist alles in Ordnung, wirklich."
„Na, ich weiß ja nicht … aber gut, wenn ich schon mal hier bin", murmelt sie, nimmt ihren Hut ab und setzt sich widerwillig hin. Der Gedanke daran, dass ich sie mit alldem überfordern könnte, kommt mir erst jetzt. Super, Charlotte, weil es dir nicht schnell genug gehen kann! Ich werfe einen besorgten Blick zu Frau Reuter. Sie nickt mir zu. Keine Sorge, das wird schon.
„Die nette junge Dame hier hat eine schöne Reise für Sie herausgesucht."
„Sie müssen lauter sprechen!" Frau Gerdes blickt immer wieder nervös um sich. „Ich verstehe das alles nicht!"
Frau Reuter wiederholt den Satz.
„Was für eine Reise?", fragt Frau Gerdes.
„Sie würden mir einen großen Wunsch erfüllen, wenn ich Ihnen dabei helfen dürfte, dass Sie doch noch Ihren Traum verwirklichen. Fahren Sie nach Wien! Ich schenke Ihnen die Reise dorthin. Bitte, nehmen Sie das einfach an."
Frau Gerdes sieht mich an, als wäre ich ein ausgestopftes Tier. „Was bitte?"
Ich habe so laut gesprochen, dass Ihre Frage sicher nicht auf die Akustik abzielt. „Sie fahren nach Wien! Bitte, Frau Reuter, erzählen Sie ihr alles über die Reise."
Die Fachfrau beginnt zu sprechen, ebenfalls sehr laut. Theas Mund steht dabei die ganze Zeit über offen. „Aber das geht doch nicht, das geht doch nicht! Ich habe noch nie etwas gewonnen. Wer soll denn meinen Kater füttern? Ich war noch nie von zu Hause weg. Das geht doch nicht!"
Die kleine Frau ist so aufgewühlt, dass ich sie am liebsten in den Arm nehmen würde. „Doch! Und wie das geht. Carlo werde ich füttern. Bitte! Sie würden mich sehr glücklich machen, wenn Sie die Reise antreten würden."
Frau Gerdes lässt ihren Hut von einer Hand in die andere wandern, in ihren Augen schimmert es feucht. „Du bist ein Engel. Du bist so ein Engel! Und das ist wirklich kein Scherz? Die Sache hat keinen Haken?"
„Nein, das meine ich genau so. Und? Darf ich für Sie buchen?"
Frau Gerdes reibt sich die Nasenwurzel. „Meinetwegen, machen Sie

das. Aber glauben kann ich das alles noch nicht."
Ich greife nach ihrer Hand und drücke sie. „Es tut mir leid, dass ich Sie mit der Aktion so überrumpelt habe. Aber …"
Sie nickt und redet dazwischen. „Aber wer weiß, wie viel Zeit mir noch bleibt. Da hast du recht, Deern. Ich war auch nie eine Freundin von langfristigen Plänen. Es kommt eh immer anders. Fahre ich jetzt wirklich nach Wien?"
„Ja!"
Mich kostet es nur etwas Geld, für Thea Gerdes ist es das größte Geschenk. Besser könnte ich mein Geld gar nicht investieren. Ich buche die frühestmögliche Reise. Sie findet noch vor Weihnachten statt.
„Das ist alles völlig verrückt", murmelt Frau Gerdes vor sich hin. Wir geben der netten Frau Reuter zum Abschied die Hand und verlassen mit den Reiseunterlagen ihr Geschäft.
„So, Deern, jetzt, wo du mir diese Reise geschenkt hast, hörst du endlich mit diesem schnöseligen Gesieze auf! Ich bin Thea."
„Das sollte ich schaffen. Hallo, Thea."
Der schwarze Schatten, der auf ihrem Leben liegt, hat sich für den Moment aufgehellt. Sie strahlt so freudig, dass sie kaum wiederzuerkennen ist. Wir laufen an einem Café vorbei. Spontan lade ich Thea dorthin ein. Wir verbringen den restlichen Nachmittag in dem gemütlichen kleinen Café und plaudern bei Milchkaffee und Apfel-Mohn-Kuchen mit Schlagsahne angeregt über das Leben.
„Es ist so schnell vergangen. Weißt du, Deern, während es so dahinläuft, denkt man darüber nicht nach und macht immer so weiter. Wir denken, wir haben ewig Zeit. Aber jetzt, wo die Batterie stetig schwächer wird, da muss ich erkennen, dass ich nichts aus meinem Leben gemacht habe", sinniert Thea irgendwann.
„Das solltest du so nicht sagen. Dein Leben war voller Höhen und Tiefen, und du hast dich da jedes Mal durchmanövriert. Das ist eine enorme Leistung."
Sie lacht auf. „Wie nett von dir, dass du das so sagst. Weißt du, was eine Tragik des Lebens ist? Je älter wir werden, desto schneller vergeht die Zeit." Thea nimmt ihre Kaffeetasse und schiebt sie über die Tischfläche. „Wie ein Zug, den man nicht stoppen kann."
„Denkst du viel darüber nach?"
„Manchmal. Es macht mir schlechte Laune. Wenn man immer den gleichen Horizont sieht, fühlt es sich im Nachhinein so an, als wenn

die Zeit besonders schnell vergangen wäre, habe ich gelesen. Tja, so war mein ganzes Leben. Flutsch und vorbei." Sie schnippt mit den Fingern.
Ich bin erstaunt, weil ich von Thea einen solchen philosophischen Exkurs nicht erwartet hätte.
„Jetzt fährst du erst mal nach Wien. Das ist ein erstes Mal für dich, und je mehr erste Male wir erleben, desto mehr können wir die gefühlte Zeit abbremsen, das habe ich wiederum gelesen." Ich tippe mir an den Kopf. „Das passiert alles hier oben. Je mehr Neues und Aufregendes wir erleben, desto mehr prägt es sich im Gedächtnis ein, und desto länger wirkt der Zeitraum im Nachhinein."
„Dass ich jetzt tatsächlich so ein Gespräch führe …" Thea faltet ihre Hände. „Für die meisten Menschen bin ich unsichtbar, für die anderen nur eine komische Alte. Es ist nicht so, als wäre mir das nicht bewusst. Manchmal erschrecke ich diese dameligen Kinder, die sich über mich lustig machen. Das ist ein Spaß!" Thea formt ihre dünnen, krummen Finger zu Krallen. Ich schrecke lachend davor zurück. „Die kriegen dann richtig Angst vor mir."
„Das kann ich mir gut vorstellen."
„Aber das ist mir egal. Mir ist sowieso alles egal, seit mein Mann gestorben ist. Seitdem hat alles keinen Sinn mehr." Thea senkt den Blick auf die Tischplatte. „Denk nur nicht, dass ich stolz bin auf meine Wohnung. Ich schäme mich dafür und hätte dich gar nicht reinlassen dürfen."
„Das ist doch Quatsch, Thea! Ich möchte dir gern helfen, damit du dich wieder wohler fühlen kannst."
„Was willst du denn noch alles für mich tun?" Sie hebt ihren Zeigefinger. „Oder musst du Sozialstunden leisten, weil du was ausgefressen hast?"
„Auf die Idee bin ich noch gar nicht gekommen. Nein, ich mache das freiwillig."
„Hast du wirklich nichts Besseres vor? Ist dein Leben so arm? Du kennst mich doch kaum."
„Aber ich bin doch gerade dabei, dich kennenzulernen."
Später begleite ich Thea nach Hause und begutachte noch einmal die Wohnung.
„Sag mir, woran hängst du besonders?"
„Nur an Carlo. Der Rest ist mir egal."
Obwohl Thea inzwischen mehr Vertrauen zu mir gefasst hat, war es

eine Qual für sie, mir auch das zweite kleine Zimmer mit ihrem Bett und dem wandfüllenden blinden Spiegelschrank zu zeigen. Auch hier stapelt sich der Unrat, ebenso wie in der Küche und dem Mini-Bad.
„Wenn es dir recht ist, lasse ich mir etwas einfallen", sage ich.
„Aber es lohnt sich doch sowieso nicht mehr."
„Wer sagt das? Thea, du bist weitaus fitter als der ausgelutschte Turnschuh, den du von der Straße mitgebracht hast. Da wartet noch eine gute Zeit auf dich."
„Dein Wort in Gottes Ohr." Immer wieder fährt sie sich durch ihre wirren weißen Haare. „Dabei habe ich schon vor langer Zeit aufgehört, an Wunder zu glauben."
„Das Leben ist eben unberechenbar."
Zum Abschied nehme ich die kleine, dünne Frau in den Arm.

Nun ist nicht nur Friedrichs Villa umgestaltet, sondern auch mein Projekt bei Eltje abgeschlossen. Ich habe in den beiden Ferienwohnungen Schränke abgeschliffen und lackiert, die Wände sonnengelb gestrichen, die Bilder an den Wänden ausgetauscht und mit neuen Decken, Kissen und Teppichen Behaglichkeit geschaffen. Eltje hatte während dieser Zeit keinen Zutritt. Als ich ihr nun das Ergebnis meiner Arbeit präsentiere, ist sie sichtlich überwältigt.
„Das warst du wirklich ganz alleine?"
„Ja. Ich kann es selber kaum glauben. Aber es hat Spaß gemacht."
Eltje klatscht in die Hände. „Das sieht so schön aus! Wie kann ich mich dafür nur revanchieren?"
„Trink einen Schnaps mit mir."
„So viel du willst! Auf dass ich jetzt wirklich eine Schwester habe, die sich freiwillig und gern dreckig macht."
„Wirst du nun etwa sentimental?", scherze ich.
Sie nickt. „Im Ernst, wie du das alles nebenbei geschafft hast, das verdient meinen höchsten Respekt. Was machst du eigentlich an Weihnachten?"
„Ehrlich gesagt bin ich noch nicht dazu gekommen, darüber nachzudenken. Selbst Mama hat mich noch nicht gefragt, das hat sie sonst immer getan. Wahrscheinlich hat Papa sie gebremst." Mein Blick wandert zu dem neuen, hellen Teppich. „Es ist komisch. Seit ich auf der Welt bin, habe ich jedes Jahr wenigstens einen Weihnachtstag mit unseren Eltern verbracht. Diesmal scheint es das erste

Mal anders zu sein. Warum stellt Papa sich nur so an?"
„Feiere Weihnachten doch mit uns! Du bist herzlich eingeladen."
„Wirklich?"
„Nein, natürlich nicht." Eltje verdreht die Augen.
„Na gut, dann nehme ich dein Angebot gern spontan an, bevor du es dir womöglich wieder anders überlegst." Ich lache auf. „Wer hätte vor einem Jahr gedacht, dass wir freiwillig gemeinsam das Fest der Liebe feiern werden?"
Eltje lächelt. „Also, ich definitiv nicht."
„Was hältst du davon, wenn wir beide zusammen an einem Tag Mama und Papa besuchen? Weihnachten als Fest der Versöhnung ist doch ein prima Ansatz."
„Das ehrt dich. Aber ich möchte keinem Menschen mehr hinterherrennen, der sich nicht für mich interessiert. Das habe ich bei Papa viel zu lange vergebens versucht."
„Aber, Eltje, er liebt dich doch!"
„Sagt wer? Nur weil es jeder erwartet, muss es noch längst nicht so sein. Es lässt sich nicht per Gesetz regeln, dass Väter ihre Töchter lieben müssen."
„Sei doch nicht so hart zu dir selbst! Auf gewisse Weise hängst du doch trotz allem an ihm."
Eltje zuckt mit den Schultern. „Ich habe mir immer gewünscht, dass er mich so akzeptiert, wie ich bin. Das hat nicht funktioniert. Also dachte ich mir, ich richte mir mein Leben ohne ihn ein. Aber das klappt nicht. Und weißt du auch, warum?"
„Sag es mir!"
„Weil ich nicht konsequent bin. Ich gehe zu familiären Pflichtterminen wie zu seinem Geburtstag, weil es von mir erwartet wird. Das ist doch völlig schizophren! Also erkenne ich daran, dass Papa mir trotz allem nicht gleichgültig ist, dass ich noch immer um seine Aufmerksamkeit buhle. Und das kotzt mich an."
„So ehrlich hast du mit mir noch nie darüber gesprochen."
„Bei welcher Gelegenheit auch?"
„Du solltest Tacheles mit ihm reden!"
Eltje runzelt die Stirn. Dann berührt ihre Zungenspitze die Oberlippe. Das hat sie schon als Kind getan, wenn es in ihr arbeitete. „Okay, dann lass uns Mama anrufen."
„Fein. Die wird sich wundern, dass wir beide am Apparat sind!"
Ich wähle ihre Nummer und stelle auf „laut".

„Charlotte, hallo, Schatz. Wie geht es dir?"
„Gut, danke. Ich bin bei Eltje, sie hört mit."
„Eltje, das ist ja eine Überraschung! Ist bei euch alles in Ordnung?"
„Ja, Charlotte und ich planen gerade Weihnachten. Es wäre doch schön, wenn wir uns an einem Tag alle zusammen sehen könnten", sagt Eltje.
„Das wäre es wirklich. Aber ich wollte ohnehin noch mit euch sprechen. Wir werden Weihnachten nicht in Deutschland sein."
„Was?", frage ich.
„Papa und ich fliegen nach Miami. Euer Vater möchte in die Wärme. Wir bleiben bis Neujahr."
„Aber ihr seid Weihnachten noch nie verreist!", sage ich, als ob das etwas ändern würde. Jetzt bist du endgültig erwachsen. Du wirst das erste Weihnachten ohne deine Eltern verbringen.
„Ich schätze, Papa hat keine Lust auf seine Töchter und geht ihnen so aus dem Weg", sagt Eltje.
„Nein, sag doch so etwas nicht!", erwidert Mama.
„Was ist es denn sonst?", frage ich und spüre einen Kloß in meiner Kehle. Ich überlasse Eltje das Telefon. Die macht es kurz.
„Gut, dann sehen wir uns eben nicht. Einen erholsamen Urlaub wünschen wir euch."
„Warte! Wir treffen uns gleich im Januar, ja? Die Pakete für die Kinder habe ich schon abgeschickt."
„Das hättest du nicht tun müssen. Sie hätten sich mehr darüber gefreut, euch zu sehen. Mach's gut." Eltje legt auf. „Das war übrigens geflunkert. Aber Mama soll ruhig ein schlechtes Gewissen mit nach Florida nehmen. Sie lässt aber auch alles mit sich machen!"
„Sei es ihnen gegönnt, mal woanders zu feiern."
„Du verständnisvoller Engel."
„Bin ich nicht, mir gefällt das auch nicht." Ich werfe einen Blick auf die Uhr. „Oje, entschuldige, ich muss los. Meine nächste Baustelle wartet."
„Die Wohnung dieser alten Frau?"
„Genau. Die möchte ich auch unbedingt noch vor Weihnachten fertigkriegen."
„Du kommst gar nicht mehr zur Ruhe. Hast du schon mal drüber nachgedacht, dich klonen zu lassen?"
„Besser nicht. Was, wenn da was schiefgeht?" Ich umarme Eltje und mache mich auf den Weg zurück nach Hamburg.

19

Thea ist in Wien, und ich fühle mich wie in einer dieser Renovierungssoaps im TV. Mit zwei Handwerkern, die ich für das Projekt organisiert habe, stehe ich in Theas Wohnung. Allein wäre das innerhalb von drei Tagen unmöglich zu schaffen.
Erster Punkt auf der Tagesordnung: das große Ausmisten. Dafür habe ich einen Transporter bestellt, der an diesem trüben, immer wieder von Graupelschauern heimgesuchten Dezembertag mit allem beladen wird, was nicht direkt in den Müll wandert. Ich würde zwar das meiste sofort entsorgen, maße mir aber nicht an, über Theas Kopf hinweg zu entscheiden. Deshalb lasse ich die Stücke erst mal einlagern.
„Was ist hiermit? Kann der alte Röhrenfernseher weg?", fragt einer der Handwerker.
„Nein, der funktioniert noch einwandfrei. Der bleibt hier", sage ich und schleppe eine Kiste mit Theas Fundsachen von der Straße nach draußen.
Die Aufräumaktion kostet fast einen ganzen Tag. Es ist unglaublich, was sich in einer siebenundvierzig Quadratmeter kleinen Wohnung so ansammeln kann. Auch der Schädlingsbefall ist nicht unerheblich, kurzum: Fast alles muss raus. Theas Kater Carlo habe ich bei mir zu Hause einquartiert. Sein erstes großes Geschäft hat er auf meinem Flurboden verrichtet, aber ansonsten hat er den Umzug gut verkraftet. Er frisst, lässt sich von mir streicheln und schläft entspannt auf meinem Sessel.
Als die Wohnung weitestgehend von Unrat, Müll und Schädlingen befreit ist, kümmern sich die Handwerker um die Renovierung. Währenddessen fahre ich zurück ins Atelier und streiche eine der Kommoden, die ich von Claude gekauft habe. Sie passt perfekt in Theas Wohnzimmer und wird einen Teil der alten Schrankwand ersetzen.
Sophie gesellt sich zu mir. „Dir ist aber schon klar, dass du nicht auf Dauer ehrenamtlich arbeiten kannst, ja? Erst Eltje, jetzt deine neue Freundin …" Sie reibt sich die Stirn. „Pass bloß auf, dass du es mit deinem Helfersyndrom nicht übertreibst. So kann keine Firma überleben."

Ich tauche den Pinsel in den Lack. „Danke für diesen Hinweis."
„Versteh mich nicht falsch, ich finde das ganz toll, was du machst. Aber betriebswirtschaftlich gesehen ist das ein Fiasko."
Ich streiche weiter und rolle genervt mit den Augen. „Sophie, ich mache das hier nicht unter betriebswirtschaftlichen Gesichtspunkten. Das ist mein Privatvergnügen, das ich mir Gott sei Dank noch leisten kann. Ich habe ja sonst kein teures Hobby. Im Moment habe ich die Zeit und stelle dafür keinen zahlenden Kunden hintan. Zufrieden?"
„Aber ab Januar müssen wir ranklotzen, sonst wird das hier nichts mit uns."
„Das weiß ich!"
„Hoffentlich. Die Wohnen mit Stil berichtet in ihrer neuen Ausgabe über mich und meine Objekte. Da werden dann sicher ein paar größere Anfragen kommen."
„Aber das ist ja fantastisch! Du bist eben inzwischen eine kleine Berühmtheit. Die Presse reißt sich um dich."
Sophie nickt. „Das klingt super."
Wir schmunzeln. Sophie hat eine gute Bekannte, die dort in der Redaktion arbeitet und dankbar ist für Content.
„Die Bestellungen sind deutlich in die Höhe geschossen in den letzten Tagen. Dabei ist der Artikel noch gar nicht erschienen."
„Deine Makramee-Objekte sind ja auch ganz besondere Weihnachtsgeschenke."
„Anscheinend schon. Ich bin froh, dass ich die Produktion auslagern konnte und sich nun Heimarbeiterinnen darum kümmern. Jetzt bin ich nur noch die Frau für das Design, genauso wie ich es wollte."
„Um noch mal auf mein ehrenamtliches Engagement zurückzukommen, liebe Sophie, ich schenke uns zu Weihnachten eine kleine Social-Media-Kampagne unter dem Motto ‚Interieur mit Seele'. Damit können wir ins neue Jahr starten. Mein guter, alter Werber Tommi, mit dem ich im Backhaus zusammengearbeitet habe, ist Profi in dem Bereich. Er ist gut vernetzt und könnte einen Deal mit dieser Influencerin einfädeln, deren Namen ich schon wieder vergessen habe. Du weißt schon, diese einrichtungsverrückte Rothaarige. Wie findest du das?"
„Ah ja, ich weiß, sie hat unglaublich viele Follower. Klasse finde ich das! Was würde das kosten?"

„Lass das meine Sorge sein. Jetzt bin ich mal dran in Sachen Marketing. Noch vor Weihnachten kommt Tommi übrigens für eine kleine Fotosession vorbei."
Sophie grinst. „Wie herrlich unkonventionell es doch bei uns zugeht. Okay, ich sehe, du hast das Wohl unserer Firma durchaus im Blick. Nutze die ruhige Zeit zum Jahresende also gern für deine sozialen Projekte."
„Das mache ich. Danke für deinen Segen", sage ich und setze den letzten Pinselstrich. Fertig! Ich stelle den Pinsel in ein leeres Glas und schließe die Dose mit dem Lack. Sophie geht zurück an den Schreibtisch, der auch als zentrale Ablagestelle für unsere persönlichen Sachen dient.
„Dein Telefon macht komische Geräusche. Ich glaube, du hast eine neue Nachricht erhalten", ruft sie nun.
„Was wäre ich nur ohne dich!" Ich gehe zu ihr und nehme ihr das Telefon aus der Hand.
„Na, von wem ist sie?"
„Sind wir etwa neugierig?"
„Nein, überhaupt nicht. Los, wer ist es?"
„Sophie! Es wird wohl einer meiner zwanzig Lover sein."
Ich tippe die PIN ein. „Eine Nachricht von Matthias."
„Deinem Tischler?"
„Ganz genau."
„Was schreibt er?"
„Er erinnert mich an die Einladung zum Essen."
„Jetzt sag schon zu! Du verpflichtest dich damit zu nichts."
„Aber ich möchte nicht, dass er sich falsche Hoffnungen macht."
„Sei nicht so langweilig! Wie ich dich kenne, wirst du die eh sofort zunichtemachen. Los, geh mit ihm aus! Es wird dir sicher guttun, dieses ereignisreiche Jahr mit einem netten Date ausklingen zu lassen."
„Ein ereignisreiches Jahr, das war es wirklich. Okay, warum nicht?"
Sophie streichelt mir den Kopf und widmet sich wieder ihrer Arbeit. Die Nachrichten zwischen Matthias und mir fliegen hin und her.
„Er schlägt vor, dass wir gemeinsam Silvester feiern", rufe ich Sophie zu.
„Das ist doch prima!"
„Aber da sind wir doch zusammen auf der Party von Torbens Theaterclique."

„Du bringst ihn einfach mit. Das ist doch kein Problem. Oder hast du Bedenken, weil Friedrich auch dort sein wird?“ Sophie zwinkert mir so ungelenk zu, dass ich lachen muss.
„Oh ja, womöglich schlagen sich die beiden um mich!“ Ich strecke ihr die Zunge raus. „Na gut, ich nehme ihn mit.“
Nun habe ich mit Matthias eine Verabredung für den 31. Dezember.

Am Abend wird Thea zurückkommen. Ich wirble durch ihre Wohnung und lege letzte Hand an. Alles sieht nun schon viel freundlicher aus. Der unangenehme Geruch ist trotz des neuen Anstrichs noch nicht ganz verschwunden, er hat sich zu tief in die alten Dielen gefressen. Aber meine Nase ist sicher kein Maßstab.
Als ich Thea einmal gefragt habe, ob sie sich vorstellen könne umzuziehen, das Wort Altersheim habe ich dabei nicht benutzt, hat sie vehement verneint. Sie wolle in dieser Wohnung sterben, wozu habe sie denn sonst hier so lange durchgehalten, hat sie gesagt. Deswegen war es mir umso mehr eine Herzensangelegenheit, es ihr so behaglich wie möglich zu machen.
Ich hole sie am Bahnhof ab. Da Thea die einzige Person ohne Handy ist, die ich kenne, spüre ich einen kurzen Moment Panik, als ich sie nicht gleich sehe und noch dazu weiß, dass ich sie nicht erreichen kann. Ihr wird doch nichts zugestoßen sein? Nervös laufe ich den Bahnsteig ab. Da ist sie! Ich bin erleichtert. Inmitten einer Gruppe älterer Menschen steht Thea und unterhält sich angeregt. Bis auf die Reiseleitung dürfte keiner von ihnen unter fünfundsiebzig sein. Als Thea mich sieht, winkt sie mir freudig zu und verabschiedet sich dann mit Handschlag von den Mitreisenden. Auch auf sie warten Angehörige. Es ist schön zu sehen, wie viel Leben in all diesen alten Menschen steckt. Jeder von ihnen trägt ein Lächeln auf dem Gesicht und scheint trotz der langen Fahrt vor Energie zu sprühen.
Als wir im Auto sitzen, erzählt Thea ganz beseelt von der Reise. „Dass ich das noch alles sehen durfte! Und dabei habe ich auch noch so nette Menschen kennengelernt.“ Sie kichert wie ein Teenager. „Stell dir vor, ich bin mit Bertold Riesenrad gefahren. Er wohnt ganz bei mir in der Nähe und wollte meine Telefonnummer haben.“
„Thea, du wirkst, als wärst du in einen Jungbrunnen gefallen.“
„Er ist drei Jahre jünger als ich, erst einundachtzig.“
„Na, das erklärt einiges.“
Wir lachen.

„Deern, ich kann dir nicht genug für diese Reise danken. Die Tage in Wien zählen zu den schönsten meines Lebens."
Wir halten an einer roten Ampel. Thea umklammert fest ihre Handtasche.
„Das freut mich so sehr. Ich bin wirklich froh darüber, dass ich dich kennengelernt habe. Was für ein unglaublicher Zufall das doch war."
Die Ampel schaltet auf Grün. Ich trete aufs Gas.
„Nun übertreib aber nicht. Ich bin diejenige, die glücklich darüber ist, dich kennengelernt zu haben."
So geht es noch ein paarmal hin und her.
„Jetzt ist es aber gut. Halten wir einfach fest, wie schön es ist, dass wir einander begegnet sind", sage ich und parke vor Theas Haus ein. „Übrigens muss ich dich vorwarnen. Deine Wohnung sieht ein bisschen anders aus als vor deiner Abreise."
Thea reagiert nicht, sie scheint nichts verstanden zu haben. Ich trage ihr Gepäck in den zweiten Stock und schließe nervös ihre Wohnungstür auf. Wie wird sie reagieren? Ich stoße die Tür auf und lasse sie als Erste eintreten.
„Willkommen zu Hause", sage ich.
„Wo sind wir?", fragt Thea und sieht sich ungläubig um. Vorsichtig berührt sie die frisch gestrichenen Wände und murmelt immer wieder vor sich hin: „Das ist unfassbar. Unfassbar ist das."
Carlo schleicht um ihre Beine und miaut herzerweichend. Sie streichelt ihn. „Kneif mich, Deern. Sofort!", sagt sie.
Zaghaft komme ich ihrem Wunsch nach. „Geht es so besser?"
„Nicht so lasch!"
Ich kneife sie noch einmal. „Gefällt es dir?"
„Das fragst du noch? Ich erkenne meine eigene Wohnung nicht wieder. Alles ist so hell und freundlich."
Thea nimmt auf dem neuen Sofa Platz, das ich gebraucht gekauft habe, und federt darauf auf und ab. „Es ist viel bequemer als das alte und sieht auch besser aus." Sie steht auf und begutachtet die neuen Schränke und das Bett. „Womit habe ich das nur verdient?"
Thea stützt sich an der Kommode ab und fängt plötzlich an zu schluchzen. Wie diese kleine Frau da vor mir steht und weint, weil sie das alles nicht fassen kann, berührt mich so sehr, dass nun auch bei mir die Tränen laufen.
Ein Mix aus Glück und Trauer. Trauer, weil das Leben viel zu lange nicht gut war zu Thea.

„Das gibt es doch nicht, dass wir jetzt hier beide flennen! Wir brauchen einen Schnaps“, sagt sie da bestimmt. „Gibt es hier irgendwo noch welchen?“
„Eine Flasche Whisky im Originalkarton hat überlebt.“ Ich gehe an den Schrank und nehme sie heraus.
„Danke, dass du sie aufbewahrt hast. Die Flasche ist noch von meinem Mann.“
„Oh! Wir kaufen besser eine neue.“
„Aber nein! Sei nicht zimperlich. Whisky kann nicht schlecht werden. Wo sind die Gläser?“
Ich zeige es Thea. Sie meint es gut und gießt zwei Wassergläser halb voll.
„Hier, trink. Prost!“, sagt sie. Ohne mit der Wimper zu zucken, leert sie in einem Zug das Glas.
„Prost!“ Ich nippe an dem Whisky und schüttle mich, weil er widerlich schmeckt.
„Trink es aus!“
„Thea! Ich bin noch nicht so abgehärtet wie du.“
„Das ist alles eine Frage des Willens.“
Ich stelle das Glas zur Seite. Sie trinkt es aus. Wir lachen.
„Nächste Woche ist Weihnachten. Hast du Heiligabend schon etwas vor?“, frage ich.
„Ach, da ist es schon wieder so weit? Heiligabend läuft bei mir traditionell den ganzen Tag der Fernseher, und ich sitze davor.“
„Würdest du mit dieser Tradition brechen und mit mir und der Familie meiner Schwester auf ihrem Hof im Alten Land feiern?“
Thea schaut mich an, als wäre ich das Christkind persönlich. „Das meinst du nicht ernst!“
„Stimmt, ich veräpple dich zu gern. Doch, natürlich meine ich das ernst!“
Zwar habe ich mit Eltje darüber noch nicht gesprochen, aber ich kann mir nicht vorstellen, dass etwas dagegenspricht. Theas Blick wandert durch das Zimmer. In ihren Augen schimmert es feucht.
„Ich hole dich Heiligabend hier ab, und wir fahren zusammen hin. Pack eine kleine Tasche, vielleicht bleiben wir über Nacht.“
Thea schüttelt den Kopf. „Warum machst du das alles nur?“
„Weil ich mich freue, wenn du dich freust, weil ich finde, dass wir auch mal spontan sein sollten, und vor allem, weil wir unser Leben auskosten müssen. Wir planen es oft Wochen und Monate im Voraus,

dabei kann eine Millisekunde über genau dieses Leben entscheiden. Das habe ich in diesem Jahr eindrucksvoll erfahren."
Thea setzt sich wieder auf das neue Sofa. „Was ist passiert?"
Ich nehme neben ihr Platz und erzähle ihr von meinem Unfall und den Veränderungen in meinem Leben.
„Dann hätten wir uns nie kennengelernt, wenn du diesen Unfall nicht gehabt hättest?"
Ich zucke mit den Schultern. „Wahrscheinlich nicht."
„Puh! Da hatte ich aber Glück. Entschuldige!" Thea hält sich die Hand vor den Mund.
„Schon gut. Ich fahre jetzt nach Hause. Wir sehen uns Heiligabend."
Sie begleitet mich zur Tür, bedankt sich noch einmal überschwänglich und entlässt mich in den späten Abend.

Drei Tage vor dem Fest sitze ich bei Kerzenschein und Räucherduft in meiner Wohnung und gebe meinen Geschenken einen ansprechenden Look. In diesem Jahr habe ich mich erstmals keinem Shoppingrausch hingegeben, sondern verschenke Zeit. Jetzt ist Eltjes Präsent an der Reihe. Es trägt die Überschrift Einmal aus allen Zwängen fliehen. Sie kriegt ein Wochenende an einem Ort ihrer Wahl mit mir. Dass ich Thea spontan zu ihr eingeladen habe, hat sie gelassen zur Kenntnis genommen. „Sie wird uns sicher nicht die Haare vom Kopf fressen", hat sie gesagt, und ich erwiderte, dass ich dies garantieren könne. Bei dem Gedanken daran muss ich lächeln. Thea isst weniger als ein Spatz. Den Bogen mit meinen handgeschriebenen Zeilen rolle ich in weihnachtliches Papier ein. Es ist Jahre her, dass ich Eltje überhaupt ein Weihnachtsgeschenk gemacht habe. Wenn ich mich recht erinnere, war das letzte ein Paar Kniestrümpfe. Ja, ich konnte wirklich originell sein.
Meine Gedanken wandern zu Claas. Seit Längerem habe ich nichts von ihm gehört. Längst bin ich in einem Alltag ohne ihn angekommen. Dass das so schnell ging, zeigt mir nur immer wieder, wie überfällig unsere Trennung war. Es ist nun das erste Jahr, in dem ich keine Geschenke für ihn kaufe. Egal ob es etwas zum Anziehen, eine Tasche oder ein Eau de Toilette war, ich habe gerne Dinge für ihn ausgesucht. Er hingegen wollte jedes Mal besonders einfallsreich sein und hat sich einen Spaß daraus gemacht, Gegenstände festlich zu verpacken, die man gemeinhin nicht verschenkt. Das konnten dann beispielsweise Tampons, ein Waschmittel, WC-Reiniger oder

Mottenfallen sein. Claas freute sich wie ein kleiner Junge über meine Reaktion. Meine entglittenen Gesichtszüge waren anscheinend das schönste Geschenk für ihn. Diese Art seines speziellen Humors sah ich ihm erst nach, wenn er eine kleine Schachtel aus der Tasche zog, in der sich ein edles Schmuckstück befand. In den letzten vier Jahren kam aber gar nichts mehr von ihm. „Diesem Geschenkezwang sollten wir uns nicht länger unterwerfen", hat er gesagt und es konsequent durchgezogen. Doch ich ließ mich darauf nicht ein und schenkte weiter. Ich wollte nicht, dass wir an diesem Punkt ankamen, an dem sich keiner mehr etwas für den anderen überlegt. Da habe ich mich sogar nach seinen Anti-Geschenken gesehnt. Rückblickend frage ich mich, ob man schon daran hätte erkennen können, dass die Liebe starb. Weg mit den Gedanken an meinen zukünftigen Ex-Mann!

Ich mache mir einen Tee und kümmere mich um das Geschenk für Sophie. Klamauk statt Klamotte, schreibe ich auf die selbst gebastelte Karte. In den vergangenen Jahren habe ich ihr stets etwas zum Anziehen geschenkt, diesmal werden wir zusammen lachen in einem Kabarett in Berlin, da wollte Sophie schon immer mal hin. Es macht so viel Spaß, mir für jeden etwas Persönliches auszudenken. Thea werde ich regelmäßig zum Essen einladen. Als ich eine Karte an Camille und Baptiste schreibe, sind meine Gedanken bei Pierre. Da ist sie wieder, diese Sehnsucht in mir. Meine Gefühle für ihn sind nicht abgeflaut. Ich spüre seine Berührungen und erinnere mich an unsere Gespräche. Trotzdem habe ich Angst davor, dass sein Bild in mir verblassen könnte. Manchmal sehe ich sein Äußeres nur noch unscharf vor meinem inneren Auge. Bleib bei mir, möchte ich schreien und mache Musik an. Ein Tango muss es sein. Es ist, als könnte ich mich so in seine Arme flüchten. Wie von Sinnen tanze ich durch das schummrige Weihnachtszimmer.

Thea und ich weihen die frisch renovierten Ferienwohnungen ein. Wir legen unser Gepäck ab und laufen über den festlich geschmückten Hof ins Haupthaus. Ein riesiger beleuchteter Schlitten, der von einem Rentier gezogen wird, steht neben einer hohen, geschmückten Tanne. Überall sind Lichterketten angebracht. Alles hier wirkt so friedlich, als wäre die Welt heil. Nur der Schnee fehlt.

Das Haus ist voll, auch Gerrit und Stine, Eltjes ältere Kinder, sind nach Hause gekommen. Thea wird von allen freundlich aufgenommen.

Dann klingelt Eltje auch schon mit einem Glöckchen und ruft zur Bescherung ins große Wohnzimmer. Es duftet intensiv nach Tannengrün. Unter dem festlich geschmückten Baum stapeln sich Geschenke. Überall brennen Kerzen, und auf dem Tisch stehen bunte Teller voll mit Plätzchen und Lebkuchen. Eltje zeigt ihren Kindern, wer wo seine Päckchen findet. Mit großen Augen knien sie sich auf den Boden und machen sich darüber her.

Auch meine Geschenke kommen gut an. Mit meinen kleinen und großen Nichten und Neffen werde ich durch Hamburg bummeln, und jeder darf sich etwas aussuchen. Ferdinand schenke ich eine Einrichtungsberatung für sein Büro, das aus allen Nähten zu platzen droht.

Von Eltje kriege ich ein Buch mit dem bezeichnenden Titel Finde den Himmel auf Erden. „Danke, liebe Eltje. Ich arbeite dran."

„Keine Sorge, es gibt auch noch was Sinnvolles." Sie überreicht mir einen Gutschein für Produkte vom Hof.

„So einen hast du Papa zum Geburtstag auch geschenkt", sage ich.

„Stimmt, aber im Gegensatz zu ihm wirst du deinen vielleicht sogar einlösen."

„Worauf du dich verlassen kannst." Ich umarme sie. „Danke."

Als sie mein Geschenk auspackt, huscht ein Lächeln über ihr Gesicht. „Ich darf mir wirklich aussuchen, wo wir zusammen hinfahren?"

„Aber ja!"

„Dann einmal nach Wellness, bitte." Eltje gluckst. „Da wollte ich schon immer mal hin."

„Gut, das lässt sich einrichten."

Beinah schüchtern steckt mir Thea ein Geschenk zu. Ich packe einen kleinen weißen Engel aus Porzellan aus.

„Der soll dich immer daran erinnern, was du für mich bist. Die Welt ist eine bessere, wenn sich die Menschen füreinander interessieren."

„Och, Thea, danke! Komm her." Ich nehme sie in den Arm. Sie riecht heute gut, pudrig, fruchtig und blumig.

„Du hast das Parfüm benutzt, das ich dir ins Bad gestellt habe", sage ich.

„Stimmt. Danke dafür. Der Zerstäuber sieht sehr hübsch aus. Aber da hätte auch Buttersäure drin sein können, ich kann nichts mehr riechen."

„Ach, Thea, das tut mir leid. Aber es erklärt einiges."

„Nur kein Mitleid! Es ist nicht schön, aber macht das Leben leichter", sagt Thea, und ich gebe ihr einen Kuss.
Im Hintergrund singt ein Weihnachtschor Alle Jahre wieder, und mir kommen prompt die Tränen. Es gelingt mir nicht, es zu verbergen.
„Geht es dir nicht gut?", fragt Ferdinand.
„Doch … doch, das … ist hier nur alles so überwältigend", stammle ich.
Thea drückt meine Hand, und es fühlt sich an, als wäre sie mein Weihnachtsengel.
Später sitzen wir an der festlich gedeckten Tafel und essen Kartoffelsalat mit Würstchen.
„Schön, dass du diese Tradition beibehalten hast", sage ich zu Eltje, denn bei unseren Eltern war es nie anders. Sie lächelt.
Zum Ausklang des Heiligen Abend gehen wir später alle zusammen in die Dorfkirche zur Mitternachtsmesse.

Am ersten Weihnachtsfeiertag stehen Eltje und ich in der Küche und bereiten die Gans vor. Draußen schneit es leicht.
„Das erinnert mich an unsere Kindheit", sage ich.
„Damals ist der Schnee aber nicht gleich wieder geschmolzen. Schau dir das an! Werde also bitte jetzt nicht sentimental."
„Es war schon komisch, als Mama gestern angerufen hat und Papa nicht mal ans Telefon kam."
Eltje schiebt die Gans in den Ofen und wischt sich die Hände an ihrer Schürze ab.
„Komm, wir trinken jetzt auf dein erstes Weihnachtsfest ohne Eltern", sagt sie und schenkt uns selbst gemachten Apfellikör ein.
„Danke. Auf uns!", sage ich.
„So schlimm ist es doch gar nicht, oder?"
„Apfellikör geht immer."
Eltje schmunzelt. „Du nun wieder. Hat sich Claas zum Fest bei dir gemeldet?"
Ich lecke mit der Zunge das kleine Glas aus. Eltje schenkt mir nach.
„Davon haben wir reichlich, keine Sorge."
„Sehr gut. Nichts habe ich von ihm gehört. Der wird mit seiner Judith beschäftigt sein. Ich habe mich auch nicht bei ihm gemeldet."
Wir bereiten aus frischen Kartoffeln den Kloßteig zu und kümmern uns um das Dessert: Glühweinmousse mit Mascarpone.

„Erinnerst du dich noch daran, dass wir früher nie Lust hatten, in der Küche mitzuhelfen? Und heute zählt es zu meinen Highlights, hier mit dir zu stehen und das Festmahl vorzubereiten", sage ich.
„Ich war wirklich verwundert, dass du gar nicht gemurrt hast, als ich dich in Beschlag genommen habe." Eltje sieht mich lange an. „Es ist schön, dass du hier bist."
Werde bloß nicht wieder sentimental, Charlotte. „Es muss doch all die Jahre ohne mich schrecklich langweilig für dich gewesen sein."
„Aber echt. Rückblickend kann ich auch nicht verstehen, wie ich das ausgehalten habe." Eltje zieht eine Grimasse, die mich laut auflachen lässt.
Als wir später zum Essen an der Festtafel versammelt sind, ist der Raum erfüllt von Harmonie und interessanten Gesprächen. Genussvoll lasse ich mir die Gans auf der Zunge zergehen und könnte mich nicht wohler fühlen.
„Es stimmt, das erste Weihnachtsfest ohne Eltern hätte weitaus schlimmer ausfallen können", raune ich Eltje zu.
Sie grinst, und wir prosten uns mit unseren Rotweingläsern zu.
Am Abend fahren Thea und ich wieder zurück nach Hamburg. Eltje wollte uns überreden, noch zu bleiben, aber Thea möchte Carlo nicht länger als eine Nacht allein lassen.
Als ich sie zu Hause absetze, umarmt sie mich und dankt mir für eins der schönsten Weihnachtsfeste, das sie je erlebt hat. „Du kannst dich glücklich schätzen, so eine Familie zu haben", sagt sie.
„Das weiß ich nun endlich auch. Bis bald, Thea."
Ohne lange zu überlegen, fahre ich zurück ins Alte Land und bleibe noch drei Tage bei Eltje auf dem Hof.

20

Mit einem Glas Champagner in der Hand stehe ich in einer loftartigen Dachgeschosswohnung und blicke durch die bodentiefen Fenster hinaus in die aufgewühlte Silvesternacht. Orkanartige Böen peitschen ausgelassen den Regen durch sie hindurch. Die große Terrasse, von der aus wir das Feuerwerk beobachten wollten, können wir deswegen nicht betreten.

„Tanzen wir? Oder kann ich sonst etwas Gutes für dich tun?", fragt Matthias da plötzlich hinter mir.

Lachend drehe ich mich zu ihm um. „Du schon wieder. Wie oft soll ich dir noch sagen, dass du dich mir gegenüber nicht verpflichtet fühlen musst, nur weil wir zusammen auf diese Party gegangen sind. Also, ran an die Frau! Ihr gebt ein hübsches Paar ab." Energisch schubse ich ihn von mir weg. Matthias und ich haben uns bereits am späten Nachmittag getroffen und lange unterhalten. Schnell war auch ihm klar, dass wir die platonische Ebene niemals verlassen werden.

Als wir dann auf die Party kamen, hat Torben ihm auf mein Drängen hin Iris vorgestellt, die Wohnungsinhaberin und Partyinitiatorin. Sie ist seit fast zwei Jahren Single. Die beiden schienen auf Anhieb Gefallen aneinander gefunden zu haben.

Matthias tänzelt noch immer um mich herum. Ich kichere. „Du bist aufdringlicher als ein bettelnder Hund. Hau ab!"

„Wirklich?"

„Ja! Sonst brennt Iris womöglich mit einem anderen durch."

„Das muss ich verhindern. Du bist großartig, Charlotte, danke." Unsere Hände berühren sich, und dann ist Matthias verschwunden.

Ich schaue wieder aus dem Fenster und beobachte die beeindruckenden Kräfte der Natur.

„Was sinnierst du? Komm mit, lass uns Spaß haben und tanzen!" Sophie zieht mich vom Fenster weg in Richtung der improvisierten Tanzfläche.

„Matthias ist ein richtig feiner Kerl. Die Frau, die eines Tages mit ihm zusammen sein wird, kann sich glücklich schätzen", sage ich.

„Was sind denn das auf einmal für Töne?"

„Keine Sorge, es ist alles gut. Ich wünsche ihm nur, dass er eine ebenso wunderbare Partnerin findet.“
„Das soll aber nicht dein Problem sein. Nur noch fünfzehn Minuten bis Mitternacht!“
Aus den Boxen dröhnt „Hey, was geht ab, wir feiern die ganze Nacht“. Die Tanzfläche ist voll. Es sind sicher sechzig Menschen in dieser Wohnung.
„Ich tanze nur zu Final Countdown oder Time to Say Goodbye“, brülle ich und möchte wieder zurück an meinen Fensterplatz.
„So siehst du aus! Ach, komm schon, stell dich nicht so an!“
„Schau dir doch nur an, mit welcher Wucht das Unwetter da draußen wütet. Als ob das alte Jahr dem neuen zeigen möchte, wie viel Kraft in ihm gesteckt hat.“
„Ja, schon klar. Vielleicht trinkst du besser nichts mehr“, sagt Sophie.
„Mach mir doch meinen melancholischen Moment nicht kaputt. Wo wird Pierre jetzt feiern? Immerhin weiß ich, dass er sich nicht volllaufen lässt. Auf dich, Pierre!“ Mein Glas ist leer, ich brauche Nachschub.
Als ich meinen Kopf zu Seite drehe, sehe ich Matthias in einer Ecke mit Iris knutschen. „Das ging nun aber wirklich schnell“, sage ich.
Sophie seufzt. „Als hätten sie nur aufeinander gewartet. Wie schön.“
Ich reiße einen Arm nach oben und winke. „Hier! Es ist dringend!“, rufe ich dazu.
Ein vollbärtiger Nachwuchsschauspieler mit einem Tablett voller Gläser kommt zu mir, und ich tausche mein leeres Glas aus.
„So viel ist passiert in diesem Jahr. Aber was ist, wenn ich Pierre nie wiedersehe?“
„Och nee, bitte kein Alkohol mehr in dieser sentimentalen Phase!“ Sophie schlägt mir auf die Schulter. „Wenn du ihn nicht wiedersehen solltest, wirst ihn irgendwann vergessen.“
„So einfach ist das also.“
Aus den Boxen tönt nun ohrenbetäubend laut Also sprach Zarathustra. Es ist Mitternacht. Alle um mich herum fallen sich in die Arme. Welche Träume und Erwartungen haben all diese Happy-New-Year-Rufer? Nun nimmt Sophie mich in den Arm und spricht mit mir wie mit einem Baby. „Schscht ... alles wird gut. Ich wünsche dir ein wundervolles neues Jahr.“
„Danke! Ich dir auch.“

„Ach, hier bist du, ich hab dich überall gesucht." Torben steht plötzlich bei uns und zieht seine Frau an sich heran. „Frohes Neues, mein Schatz." Dann wendet er sich mir zu. „Dir auch, Charlotte. Ist dir nicht gut?"
„Doch, doch, ich hab einfach nur Spaß. Happy New Year, Torben."
Nur noch ein Schluck, dann ist das Glas schon wieder leer.
„Sie hat eine sentimentale Minute", höre ich Sophie zu Torben sagen.
„Es geht schon wieder. Entschuldigt mich, ich geh mich jetzt bewegen", sage ich und mische mich unter die Tänzer. Sophie folgt mir.
Die Toten Hosen mit Tage wie diese beschallen den Raum. Ich singe lautstark mit. Wir albern ausgelassen herum, indem wir immer wieder unterschiedliche Tanzstile ausprobieren.
„Jetzt kommt hier ein bisschen Stimmung in die Bude! Trinken wir noch was?", rufe ich.
Sophie lacht und schüttelt den Kopf. „Ich muss mal für kleine Mädchen."
„Bis gleich." Ich schließe die Augen und tanze weiter. Campinos Stimme wird abgelöst von I gotta a feeling von den Black Eyed Peas.
Als ich die Augen für einen Moment wieder öffne, findet sich Friedrich neben mir in meinen Rhythmus ein.
„Charlotte, du bist eine beeindruckende Tänzerin", schreit er.
„Danke. Und du bist wirklich der attraktivste Nerd, den ich je getroffen habe!"
„Hörst du bitte damit auf, mich ständig nur auf meinen Geist zu reduzieren?"
„So bin ich eben!" Wir lachen.
„Du siehst wunderschön aus", sagt Friedrich.
„Du auch."
Wir tanzen nun Arm in Arm zu Happy New Year von ABBA. Dabei ergreift mich die Musik in diesem Moment mehr, als mir lieb ist. Noch einmal scheinen sich alle Gefühle des alten Jahres zu einem Revival in mir zu treffen und sich Bahn zu brechen.
Friedrich wirbelt mich herum und wiegt mich in seinen Armen. Ich lächle unter Tränen und lehne meinen Kopf an seine starke Schulter.
Als ich die Augen wieder öffne, sehe ich Matthias und Iris an uns vorbeitanzen. Er sieht glücklich aus und wirft mir ein Luftküsschen zu. Ich blinzle und halte meinen ausgestreckten Daumen nach oben.
Nach zwei weiteren durchgetanzten Songs holt Friedrich uns etwas zu trinken.

Als wir uns mit einem Gin Tonic zuprosten, stößt Sophie dazu. „Torben und ich gehen gleich. Willst du mitkommen, Charlotte?"
„Nein, Mami, ich amüsiere mich prächtig und möchte noch bleiben."
„Sie ist volljährig", merkt Friedrich an und legt seinen Arm um mich. Sophies Blick wandert von mir zu ihm und wieder zurück. „Sicher?"
Wir nicken synchron.
„Na gut, dann wünsche ich euch noch eine amüsante Nacht. Pass mir gut auf sie auf, Friedrich."
Ich knuffe sie in die Seite. „Sophie! Das schaffe ich noch selber."
Sie nickt und umarmt uns. Dann verlässt sie Hand in Hand mit Torben die Party.
Kurze Zeit später philosophiere ich mit Friedrich beim Tanzen über die große Frage, ob Intellekt sexy ist.
„Evolutionsbiologische Theorien besagen, dass sich mentale Fähigkeiten wie Intelligenz, Kreativität oder Humor nicht wegen ihrer biologischen Nützlichkeit entwickelt haben", referiert Friedrich.
Ich muss kichern, weil ich währenddessen seinen trainierten Körper umfasse. „Oh, das glaube ich gern, da gibt es ganz andere Dinge, die evolu…dings…biologisch wichtig sind." Ich kriege einen Schluckauf. „Große Denker hingegen … hick … sind sicher nicht für Alltagsprobleme gemacht. Dass … hick … Nietzsche oder Kant … hick … jemals einen verstopften Abfluss repariert, einen Reifen gewechselt oder Kartoffelsuppe gekocht haben, kann … hick … ich mir kaum vorstellen."
Friedrich grinst. „Eben. Daraus lässt sich schlussfolgern, dass der menschliche Geist nicht evolviert ist, weil er unmittelbar biologisch nützlich gewesen wäre …"
„Sondern … hick … weil er seinen Träger attraktiv gemacht hat?"
„Ganz genau. Intellekt ist sexy", fasst Friedrich zusammen.
„Wobei ich … hick … keineswegs verurteile, wenn Verstand und Schönheit zusammengehen." Ich halte die Luft an, damit ich den Schluckauf loswerde.
„Charlotte, du sprichst mir aus der Seele."
Ich atme wieder aus. Ja, endlich, er ist weg!
Irgendwann geht die Musik aus. Erst jetzt registriere ich, dass wir bis auf zwei in der Ecke sitzende Gestalten die letzten Gäste sind. Zeit zu gehen. Iris, die zerzauste Gastgeberin, steht mitten im Raum,

hinter ihr taucht nun ein nicht weniger zerzauster Tischlermeister auf. Die beiden kichern, ich stimme mit ein. „Ihr seid toll zusammen. Macht was draus", rufe ich ihnen zu, bevor wir uns zum Abschied umarmen.

Ich lasse mich von Friedrich nach draußen führen. Eng umschlungen laufen wir durch die kalte, nasse Stadt. „Wollen wir bei mir noch einen Absacker nehmen?", fragt er.

„Danke für das Angebot, aber ich möchte nur noch ins Bett … also, in mein Bett, allein."

„Was?! Das kann nicht sein!" Friedrich klingt so entsetzt, als hätte ich ihm soeben den Beginn der Zombie-Apokalypse verkündet.

„Doch, uns bleibt keine Zeit mehr", erwidere ich, und da brechen wir beide in schallendes Gelächter aus.

Es ist ein schwieriges Unterfangen, in der Silvesternacht ein Taxi zu kriegen. Friedrich bleibt an meiner Seite, bis es uns gelingt, eins anzuhalten. „Komm her", sage ich und drücke ihn fest an mich. „Danke für diese Nacht. Besser hättest du mich nicht ins neue Jahr bringen können."

„Es war mir ein Vergnügen. Bis bald, Charlotte."

Ich sinke in den Wagen, winke ihm noch einmal zu und lasse mich nach Hause fahren.

21

Ein Dreivierteljahr später

Der Barkeeper öffnet mit einem lauten Plopp eine Flasche Rosé-Champagner, schenkt ein und schiebt die Gläser zu uns herüber.
„Nun bist du eine geschiedene Frau. Darauf trinken wir", sagt Friedrich.
„Unbedingt!", erwidere ich.
„Endlich ist alles geregelt, und du bist wieder frei", sagt Sophie.
Genüsslich trinken wir den edlen Tropfen.
„Wirst du deinen Mädchennamen wieder annehmen?", fragt Friedrich.
„Ja, das werde ich."
„Noch mal Prost, Frau König! Es war wirklich gut, dass ihr den Beginn eures Trennungsjahres um einiges zurückdatiert habt, sonst würden wir heute hier noch nicht sitzen", sagt Sophie.
„Ja, das stimmt. Jetzt kann Claas sich als freier Mann auf sein neues Glück konzentrieren", erwidere ich.
Sophie rümpft die Nase. „Du sagst das so leicht. Also ehrlich, bei so viel Klischee kommt mir immer noch das Essen hoch. Da gehört schon einiges dazu, erst mit der Assistentin anzubändeln und sie dann auch noch zu schwängern."
„Es sei ihm gegönnt, bei seiner Frau hat es ja nicht funktioniert", sage ich.
„Bewahr dir bloß deine Ironie, Charlotte. Und lass dich nicht mehr von Claas volljammern. Nach allem, was ich über ihn gehört habe, kann ich nur sagen, dass er ein Idiot ist", sagt Friedrich, nimmt die Champagnerflasche aus dem Kühler und schenkt uns nach. Er ist mir in den letzten Monaten ein sehr guter Freund geworden.
„Ganz sicher nicht. Die Zeiten sind vorbei. Jeder kriegt, was er verdient", erkläre ich.
„Claas kriegt nun ein Leben, das er nie wollte, und hat dadurch erkannt, was er an dir hatte", sagt Sophie.
„Ja, das ist großartig. Es hätte wieder was werden können mit uns."
„Jetzt reicht es aber!", sagt Friedrich.

Nachdem Claas erfahren hat, dass Judith schwanger ist, stand er wieder bei mir vor der Tür. Es sei das Schlimmste für ihn, noch einmal Vater zu werden, klagte er. Tatsächlich machte er mir kurzzeitig allen Ernstes den Hof, worüber ich allerdings nur bitter lachen konnte. Irgendwann fügte er sich dann aber doch seinem Schicksal, er trennte sich nicht von Judith. Nun wird in einigen Wochen das Kind auf die Welt kommen. Anfangs war es eine Qual für mich, damit umzugehen. Was Claas in unserer Ehe kategorisch ausschloss, ließ er nun zu, selbst wenn es nur durch eine Unaufmerksamkeit passiert war.

„Was solls, ich wäre ohnehin nicht schwanger geworden, da hätte ich mich noch so sehr verbiegen können."

„Charlotte, hör auf! Du hast doch ein wunderbares Leben. Euer Laden läuft, und du bist gesund."

„Danke, dass du mich daran erinnerst, Friedrich. Ich weiß."

Mein Blick schweift aus dem Fenster in den schummrigen Spätseptember-Abend. Böiger Wind wirbelt Laub auf, und ich verliere mich in Gedanken. Das Jahr lief schleppend an. Ohne meine finanziellen Rücklagen hätte ich die Partnerschaft mit Sophie beenden müssen. Doch dann kurbelte unsere Social-Media-Kampagne das Geschäft an. Außerdem haben Sophie und ich mit der Unterstützung von Friedrich einen kleinen, feinen Web-Shop ins Leben gerufen. Dort werden nicht nur Sophies Makramee-Objekte angeboten, sondern auch meine selbst designten Kleinmöbel.

Alles hat mit dem Tisch angefangen, den ich damals bei Baptiste angefertigt habe, er war quasi mein Gesellenstück. Als Sophie ihn in meiner Wohnung sah, war sie hellauf begeistert und spornte mich an, damit in Serie zu gehen. „Der ist durch seine spezielle Form eine Bereicherung für jeden Einrichtungsstil", hat sie gesagt. Ich legte los und gab dem Modell den schwungvollen Namen Nouveau Départ, Französisch für Neuanfang. Die Palette erweiterte ich um ein kleines Regal, einen Hocker und eine Truhe – und ich habe noch viel mehr im Kopf. Alle Prototypen tischlere ich selber. Matthias half mir mit seinem Know-how und vermittelte mir den Kontakt zu einer Behindertenwerkstatt, wo ich die Möbel nun nach meinen Entwürfen fertigen lasse. Durch die steigende Nachfrage wäre ich allein in der Produktion nicht mehr hinterhergekommen. Iris und Matthias sind tatsächlich ein Paar geworden. Jedes Mal, wenn wir uns sehen, bedankt er sich bei mir dafür.

Da schnippt Sophie mit den Fingern. „Erde an Charlotte, kannst du uns hören?"
„Entschuldigt! Ich war in Gedanken."
„Ach, das haben wir gar nicht bemerkt", sagt Friedrich und schaut auf die Uhr. „Leider muss ich gleich los. Ich treffe mich noch mit meinem Nerd-Freund von der Uni."
„Aber die Flasche ist noch nicht leer", sagt Sophie und füllt noch einmal die Gläser.
„Wir sind stolz auf dich, Friedrich, dass du dich nun wieder wirklich innovativen Projekten widmest, die der Menschheit dienlich sind. Lasst uns darauf trinken!", sage ich.
Wir lassen die Gläser klingen.
Friedrich ist dabei, mit seinem Kompagnon eine Katastrophen-App zu entwickeln, die weltweit ohne Mobilfunknetz kommunizieren können soll.
„Ja, das stimmt, Friedrich. Endlich machst du wieder etwas Sinnvolles. Von deinem fragwürdigen Anti-Aging-Pillen-Business konnte man das nicht sagen. Da habe ich überhaupt keine Wirkung bemerkt", sagt Sophie.
„Du bist eben einfach noch zu jung dafür und zu schön", erwidert Friedrich.
„Gib dir keine Mühe, das war nichts", sage ich augenzwinkernd.
„Ist ja gut, Mädels. Das Kapitel Nahrungsergänzungsmittel war eine Erfahrung für mich und ist endgültig abgeschlossen."
„Schade, jetzt ist die Flasche leer", sagt Sophie.
Ich winke den Barkeeper heran und bestelle drei Gläser extra.
„Bevor du gehst, Friedrich, muss ich euch noch etwas sagen. Ich fahre nächste Woche in die Normandie. Und dann lasse ich mich überraschen …"
Sophie sieht mich teilnahmsvoll an. Du unbelehrbares Mädchen. „Willst du dir das wirklich antun? Charlotte, er wird womöglich nicht kommen. Du heillose Romantikerin solltest endlich loslassen!"
„Du warst klasse darin, mir das über Monate ausreden zu wollen, aber es hat keinen Sinn." Er wird da sein! Es geht gar nicht anders. „Santé!"
„Also, ich finde es entzückend, wie du an die Liebe glaubst. Und an diesen Pierre. Ich würde mir wünschen, einmal so für eine Frau empfinden zu dürfen."

„Solange du so ein Schwerenöter bist, wird das sicher nichts. Du tauschst deine Frauen viel zu schnell aus", sage ich.
Sophie grinst. „Die Krux ist, dass sie sich eben alle so sehr um ihn bemühen, stimmt's, Friedrich?"
„Was kann ich dafür, dass ich so begehrt bin?"
Sophie und ich rollen mit den Augen.
Friedrich macht sich bereit zum Gehen. „Wahre Liebe findet immer einen Weg. Charlotte, es ist wichtig, dass du nach Frankreich fährst."
„Ach, Friedrich, womöglich war es ein Fehler, dass wir uns nie eine Chance gegeben haben", scherze ich und umarme ihn zum Abschied.
„Genau! Ihr beiden hättet so ein schönes Paar abgegeben. Zu schade, dass ihr es nie miteinander versucht habt", sagt Sophie und gibt Friedrich ein Küsschen.
„Immerhin ist Charlotte von all den Frauen, mit denen du mich je verkuppeln wolltest, die interessanteste." Er winkt uns noch einmal zu und verlässt die Bar.
„Hach! Er ist schon ein toller Mann", seufze ich.
„Den du nicht haben wolltest ..."
„Ist gut jetzt! Themawechsel."
Sophie bestellt eine Flasche Wasser. „Wie geht es Thea?", fragt sie.
„Sie ist gerade bei Eltje auf dem Hof. Carlos Tod hat ihr wirklich zugesetzt. Für sie war er nicht nur eine Katze, sondern ein Lebenspartner. Eltje spannt sie so gut es geht mit in die Arbeit ein. Es tut ihr gut, gebraucht zu werden. Abgesehen davon hat die Hofkatze Junge bekommen, und sie darf sich eins aussuchen."
„Hat das noch Sinn?"
„Natürlich! Thea geht es gut."
„Du hast der alten Frau wirklich ein neues Leben geschenkt."
„Nun übertreib aber nicht. Ich habe ihr nur ein bisschen unter die Arme gegriffen und ihr aufgezeigt, dass es nie zu spät dafür ist, noch Freude am Leben zu haben."
Der Barkeeper stellt uns ein Schälchen mit salzigen Nüssen vor die Nase. Anscheinend trinken wir zu wenig. Ich stecke mir ein paar in den Mund und kippe ein Glas Wasser hinunter.
„Wir haben schon lange nicht mehr über deinen Vater gesprochen. Gibt es etwas Neues?"
„Nein, nichts. Aber weißt du was? Mein Leben ist leichter geworden, seit ich nicht mehr um seine Gunst buhle. Als wir uns im Sommer

bei der Hochzeit von Markus gesehen haben, da wurde mir endgültig klar, dass das Einzige, was ihm in seinem Leben wichtig ist, das Backhaus ist und das damit verbundene Renommee. Mein lieber Cousin Markus arbeitet ja nun für ihn. Mein Vater scheint sehr zufrieden damit zu sein."
„Wie ist euer Verhältnis jetzt?"
Ich zucke mit den Achseln. „Da ich nichts mehr erwarte, kann ich auch nicht mehr enttäuscht werden. Immerhin sprechen wir wieder miteinander. Aber ich muss akzeptieren, dass er meinen Schritt niemals verstehen wird."
„Vielleicht ändert sich das ja doch noch."
„Ja, wer weiß. Aber darüber mache ich mir keine Gedanken. Eltje meint, er sei milder geworden. Tatsächlich hat er sie auf dem Hof besucht. Das freut mich sehr für sie."
„Wer hätte vor einem Jahr gedacht, dass du dein Leben so komplett umkrempeln wirst?"
„Hey, ich hatte daran keinen Zweifel. Jetzt fehlt nur noch das Happy End."
„Fühlst du dich einsam, Charlotte?"
Ich stecke mir die letzte Nuss in den Mund. „Ja, manchmal schon. Weißt du, ich muss diese Sehnsucht nach Pierre loswerden. Ich weiß, dass die Wahrscheinlichkeit hoch ist, dass er nicht kommt. Aber wenn es wirklich so sein sollte, dann habe ich zumindest Gewissheit."
Sophie tätschelt sanft meine Schulter. Ihr Telefon klingelt. „Mist, die Babysitterin!" Sie nimmt das Gespräch an, nickt und sieht besorgt aus. „Ich bin in zwanzig Minuten da. Bis gleich."
„Was ist los?"
„Johanna ist gestürzt und hört nicht auf zu weinen. Tja, irgendwas ist immer. Ich muss los." Hektisch räumt Sophie ihren Platz.
„Die Rechnung, bitte", rufe ich über den Tresen. „Mich hält hier auch nichts mehr, ich feiere allein zu Hause weiter." Ich zücke mein Portemonnaie und zahle, dann verlassen wir gemeinsam die Bar.

Eine Woche später bin ich in Frankreich. Camille kommt aus dem Haus gestürmt, als ich auf das Grundstück fahre. Sie scheint die ganze Zeit hinter dem Fenster auf diesen Moment gewartet zu haben. „Da bist du ja endlich", ruft sie und küsst mich ab. „So schnell vergeht ein Jahr!"

„Ja, das ist verrückt. Es ist schön, wieder hier zu sein. Wie geht es dir?"
Camille winkt ab. „Lass uns lieber über dich sprechen."
„Was ist los?" Ich lege meinen Arm um sie, wir gehen ins Haus.
„Es wird immer schlimmer mit Baptiste." Sie schluckt schwer. „Er lebt total in seiner eigenen Welt. Ich wollte darüber am Telefon nicht sprechen, womöglich hättest du dann keine Lust gehabt hierherzukommen."
„Aber Camille! Was redest du da?"
„Es ist schwer, Charlotte. Komm, jetzt trinken wir erst mal einen Cidre."
Camille zieht mich in die Küche und schenkt uns den Apfelwein ein. „Willkommen!", sagt sie und prostet mir zu.
„Santé. Wo ist Baptiste?"
„In der Werkstatt. Aber er arbeitet dort nicht mehr, er sitzt nur noch herum und starrt ins Leere. Oft führt er Selbstgespräche. Es gibt nur noch wenige Augenblicke, in denen ich mich mit ihm unterhalten kann. Ich weiß nicht, ob er dich noch erkennt, Charlotte."
„Wie schaffst du das? Hast du Hilfe?"
„Ja, Gott sei Dank. Aber ich weiß nicht, wie lange wir hier noch zusammenleben können. Das macht mir solche Angst."
So klein und verletzlich habe ich Camille noch nie erlebt. Ich nehme sie in den Arm.
„Lass nur, es geht schon. Die Zeit kennt eben keine Gnade, der Verfall macht vor niemandem halt", sagt sie und gießt nach. „Aber deswegen bist du nicht hier. An den Verfall sollst du noch lange nicht denken. Glaub mir, ich bin wegen Pierre genauso aufgeregt wie du!" Sie trinkt den Wein aus.
„Danke, da fühle ich mich gleich weniger allein. Aber jetzt würde ich gern Baptiste sehen. Meinst du, ich kann es wagen? Kommst du mit?"
„Gut, versuchen wir es."
Auf dem Weg in die Werkstatt gehen wir an der Scheune vorbei, die ich im letzten Jahr renoviert habe.
„Die Kinder haben im Sommer eine Woche darin gewohnt. Sie haben sich wohlgefühlt", sagt Camille und öffnet die Eingangstür. „Hier, schau, ich hoffe, du bist noch zufrieden mit dem Zustand."
Sie geht voran. Alles wirkt aufgeräumt und sauber und sieht noch genauso aus, wie ich es im letzten Jahr eingerichtet habe.

„Prima. Ja, ich bin sogar sehr zufrieden und freue mich schon drauf, heute hier zu schlafen."
Wir gehen weiter zu Baptiste. Wie Camille gesagt hat, sitzt er in der Werkstatt und wirkt dabei abwesend. Er hat einen Stock in der Hand und schwenkt ihn summend hin und her. Der Anblick bricht mir fast das Herz.
„Vor einem Jahr war er doch noch voll da", flüstere ich.
„Da ging es aber schon los."
Als Baptiste uns sieht, lacht er und nuschelt etwas, das ich nicht verstehe.
„Zum Glück wird er nicht aggressiv. Das gibt es ja auch oft genug", sagt Camille.
„Wie sehr sich im Leben die Prioritäten verschieben, was einen plötzlich froh macht", murmle ich.
„Jeder vollendet das Leben auf seine Weise. Nur ist es der Horror, dabei zuzusehen, wie der Mann, den ich liebe, immer mehr verschwindet." Sie klatscht in die Hände. „So, das reicht jetzt aber!"
„Kommt Baptiste nachher allein ins Haus?"
„Nein, ich muss ihn holen. Alles ist durchgetaktet, weil feste Strukturen gut für ihn sind. In einer halben Stunde gibt es Abendessen, danach geht er ins Bett."
Wir gehen zurück ins Haus, ich bringe meine Sachen in die Scheune und helfe Camille dann bei der Vorbereitung des Abendessens.
„Er ist wieder ein Kind, ein sehr kleines manchmal", sagt sie und kocht ihm einen Haferbrei. „Er darf nicht zu heiß sein, deswegen bereite ich ihn jetzt schon vor."
Was ist nur passiert in diesem einen Jahr? Camille scheint zu ahnen, was in mir vorgeht. „Du weißt doch aus eigener Erfahrung, wie sehr sich ein Leben ändern kann."
Ich decke den Tisch in der Küche ein. „Ja, schon, aber das kann man unmöglich miteinander vergleichen."
„Stimmt, das wäre wohl zynisch. Du hast immerhin gehandelt – und erkannt, wie wichtig es ist, Grenzen zu überwinden und die eigene Unzufriedenheit nicht länger hinzunehmen."
„Das hast du schön gesagt, Camille."
„Weißt du, tatsächlich war ich mir vor einem Jahr noch nicht so sicher, ob du das hinkriegst." Sie mustert mich. „Wie schaffst du es, so ruhig zu sein? Immerhin schlägt morgen Abend die Stunde der Wahrheit."

„Das täuscht. Innerlich bin ich alles andere als ruhig, glaub mir. Denn ich habe zwölf Monate auf diesen Tag hingefiebert."
Camille schneidet Brot und nimmt die Käseglocke von einem Brett mit Camembert und anderen Spezialitäten. Außerdem holt sie eine Salami aus dem Schrank.
„Entschuldige, außer Haferbrei koche ich kaum noch etwas. Und Appetit habe ich auch keinen mehr."
Ich nehme ihr die Salami aus der Hand und schneide ein paar Scheiben ab.
„Ich liebe Brot mit Käse und Salami!", sage ich.
Zwanzig Minuten später sitzen wir zu dritt am Tisch. Baptiste trägt ein Lätzchen und schlürft seinen abgekühlten Brei. Camille scheint die ganze Zeit darauf bedacht zu sein, dass die Situation nicht allzu beklemmend wirkt – was nahezu unmöglich ist. Ich weiß nicht, ob sie das jeden Abend macht oder nur, weil ich hier bin. Sie redet und scherzt mit Baptiste und bezieht ihn in unsere Unterhaltung mit ein, ohne je eine Antwort zu erhalten. Es wirkt grotesk, ist aber vielleicht genau der richtige Weg, um damit umzugehen. Irgendwann klingelt es an der Tür. „Das ist Veronique. Sie hilft mir dabei, Baptiste ins Bett zu bringen. Das ist allein unmöglich."
„Wie schaffst du es nur, in dieser ganzen Situation den Verstand nicht zu verlieren?"
„Wer sagt denn, dass ich ihn nicht längst verloren habe?"
Da steht auch schon eine Frau im Zimmer, die mir Camille als Veronique vorstellt. „Sie hat einen Schlüssel, und sie ist ein wahrer Schatz", sagt sie. Und dann: „Irgendwann gewöhnst du dich daran. Wie an alles im Leben."
Und du kannst nicht fliehen aus dieser Situation, weil du es nicht übers Herz bringen würdest, die Liebe deines Lebens allein zu lassen.
Wehmütig blicke ich zu Baptiste, der nun von den beiden Damen aus dem Zimmer eskortiert wird. Veronique und Camille scheinen dabei ein wirklich gut eingespieltes Team zu sein.
„Das dauert jetzt eine Weile. Mach es dir so lange gemütlich", ruft Camille.
Nachdem ich die Küche aufgeräumt habe, mache ich mich kurzerhand auf zu einem Spaziergang. In der Dunkelheit laufe ich in Richtung Strand, hin zu dem Haus, in dem Pierre letztes Jahr gewohnt hat. Mein Herz schlägt dabei bis zum Hals. Als ich sehe, dass es im

Dunkeln liegt und kein Auto in der Einfahrt steht, überrollt mich eine Welle der Enttäuschung. Das hat nichts zu bedeuten, Charlotte. Was hast du nur erwartet? Ihr seid erst morgen Abend verabredet! Stimmt.
Später sitze ich noch einen Moment mit Camille zusammen. Doch ich merke schnell, dass sie nur mir zuliebe noch wach ist. Sie sieht uralt, müde und abgekämpft aus. Ich verabschiede mich ins Bett, damit sie es auch tut.

Der Tag, auf den ich ein Jahr lang gewartet habe, ist ein freundlicher. Es ist mild, die Sonne zeigt sich öfter. Ich kann nicht stillsitzen, und so laufe ich am Strand entlang und stelle mir vor, wie es wäre, jetzt ein Déjà-vu zu erleben. Immer wieder bleibe ich stehen und suche den Strand nach Monet und seinem Herrchen ab. Doch das Einzige, was ich wahrnehme, sind die Stiche in meiner Brust. Um die Zeit bis zum Abend irgendwie rumzukriegen, ohne zu kollabieren, telefoniere ich lange mit Sophie und Friedrich, die mir gut zureden. Eine Stunde vor der verabredeten Zeit bin ich dermaßen aufgeregt, dass Camille es nicht länger aushält und mir einen Schnaps verabreicht.
„Trink den! Glaub mir, wenn ihr wirklich füreinander bestimmt seid, dann werdet ihr euch wieder begegnen“, sagt sie dazu in einem Ton, bei dem ich eine Gänsehaut bekomme. Ich schlucke den hochprozentigen Tropfen, besser wird es dadurch aber nicht.
Immer wieder schnappe ich wie ein Fisch nach Luft, weil ich nicht ruhig atmen kann. Und dann laufe ich los, werde schneller und schneller und stoppe völlig außer Atem vor unserem kleinen Restaurant. Erst mal durchschnaufen! Ganz ruhig, Charlotte, ganz ruhig. Wird Pierre schon auf mich warten? Von draußen kann ich ihn nicht sehen. Punkt acht betrete ich den Gastraum. Aber was ist das? Nein! Er ist nicht da. Wie kann das sein? Ich lasse mich von dem Kellner an einen Zweiertisch führen und bin wie betäubt, als ich mich setze. Nervös werfe ich ständig einen Blick auf die Uhr. Sicher verspätet er sich nur etwas. Oder? Ich bestelle ein Glas Wein, essen kann ich nichts.
Die Eingangstür öffnet und schließt sich wieder, doch Pierre kommt nicht. Meine Kehle schnürt sich immer fester zu. Aber ich möchte noch nicht aufgeben und starre weiter durch das Fenster in die Dunkelheit. Der Kellner kommt an den Tisch und sieht mich besorgt

an. „Ist alles in Ordnung bei Ihnen? Kann ich etwas für Sie tun?"
Ja, bringen Sie mir Pierre, aber sofort! „Nein, vielen Dank." Ich zittere ebenso wie meine Stimme.
Als ich kurz vor elf aufgebe, meinen Wein zahle und gehe, bricht es aus mir heraus. Hemmungslos schluchzend laufen mir an der frischen, salzigen Nachtluft die Tränen über die Wangen. Noch einmal gehe ich an dem Haus vorbei, in dem wir Tango getanzt haben. Noch einmal flammt unsere Unterhaltung in mir auf.
„Was hältst du davon, wenn wir uns genau heute in einem Jahr um acht Uhr abends in unserem Restaurant wiedertreffen?"
„Wenn wir unser Leben auf Vordermann gebracht haben und unsere Ehen gescheitert sind?"
„Wenn wir wissen, wo wir stehen, wenn wir noch immer aneinander denken müssen und glauben, dass das mit uns etwas ganz Besonderes ist."
„Ich war mir so sicher bei dir, Pierre – und ich war bereit", flüstere ich gegen den Wind und schmecke das Salz meiner Tränen. Aber es wäre wohl tatsächlich zu kitschig und zu einfach gewesen, wenn es genau so gekommen wäre, wie ich es mir erträumt habe.

„Gegen die Macht des Schicksals kommen wir nicht an", sagt Camille am nächsten Morgen zu mir, nachdem ich ihr von meinem Abend erzählt habe.
„Glaubst du wirklich daran?"
„Oh ja, das tue ich."
„Es tut mir leid, Camille, aber ich kann nicht länger bleiben."
„Das verstehe ich."
Ich packe meine Sachen ins Auto und drücke sie fest. Gemeinsam gehen wir dann noch einmal zu Baptiste. Er sitzt auf der Bank hinter dem Haus, zu seinen Füßen liegt Filou. Der Hund schaut auf und kläfft kurz, als er uns sieht. Baptiste beugt sich zu ihm und streichelt ihn. Still beobachte ich ihn eine Weile dabei, wie er in seiner eigenen Welt in den Tag lächelt. Vielleicht ist er glücklich. Wer weiß das schon?
„Mach's gut, Baptiste", sage ich und hebe meine Hand zum Gruß. Eine Träne rinnt mir über das Gesicht. Camille sagt nichts, sie legt nur ihren Arm um meine Taille und begleitet mich zum Auto. Wieder liegen wir uns in den Armen. Dann fahre ich davon.
Weit komme ich nicht. Das Bedürfnis in mir, noch einmal an den

Strand zu gehen und so auf meine Weise von Pierre Abschied zu nehmen, ist zu stark.

Die Kulisse könnte dabei kaum beeindruckender sein. Wolken türmen sich zu einem riesigen dunkelgrauen Gebirge. Ein Sturm zieht auf, mächtige Wellen rollen an. Gleich wird es anfangen zu regnen. Ich stelle mich dem Wind entgegen und blicke hinaus auf den rauen Atlantik. Die ersten Tropfen klatschen mir ins Gesicht. Es ist schwer, mir einzugestehen, dass alles nur eine Illusion war.

„Au revoir, Pierre", raune ich, während sich der Regen mit meinen Tränen vermischt.

Bin ich jetzt wieder gänzlich frei? Es fühlt sich nicht gut an.

22

Zurück in Hamburg stürze ich mich in die Arbeit. Sophie und Friedrich geben alles, um mich bei Laune zu halten. Wir gehen ins Kino, auf Konzerte und sogar zum Sport. Friedrich meint, das sei gut und wichtig für mich. So nimmt er mich mit in sein Sportstudio und spielt exklusiv für mich den Trainer. Ich bin gerührt, wie sehr er sich um mein Wohlergehen bemüht.
Eltje lässt nicht locker und preist immer wieder einen angeblich unglaublichen Single-Bauern aus ihrem Nachbardorf an. Dass ich mich nicht interessiert zeige, ignoriert sie und nötigt mich zu einem – wie sie sagte – zwanglosen Abendessen bei sich auf dem Hof.
So sitze ich nun bei Grünkohl mit Kartoffeln und Pinkel an einem Tisch mit Eltje, Ferdinand und einem gewissen Jens. Der wäre sicher ein attraktiver Kandidat für Bauer sucht Frau. Jens hat schüttere blonde Haare, schöne Augen, eine spitze Nase und ein nettes Lächeln. Er trägt ein lila-rot kariertes Hemd, weiß sich halbwegs gut auszudrücken, hat dunkle Ränder unter den Fingernägeln und scheint mich sympathisch zu finden. Ich weiß nicht, was Eltje ihm über mich erzählt hat. Zwanglos ist hier gar nichts. Abgesehen davon trennen uns Welten.
„Kannst du dir vorstellen, auf dem Land zu leben?“, fragt Jens.
„Darüber habe ich noch nicht nachgedacht. Ich liebe Frankreich, ja, ich glaube, dort könnte ich sogar auf dem Land leben.“
„Sprichst du Französisch?“
„Ja, ich liebe es.“
Jens grinst. „Genau wie ich. Aber ich kann es nicht sprechen.“ Er schaut ob dieses vermeintlichen Spitzengags stolz wie ein kleiner Junge in die Runde, der sein erstes Lego zusammengebaut hat.
„Und sonst?“, fragt Eltje nur.
„Plattes Land, platter Humor, das ist genau mein Ding“, sage ich und kann nicht aufhören, mich für Jens fremdzuschämen.
Eltje hustet.
„Wie auch immer, mag noch jemand einen Pinkel?“, fragt Ferdinand.
Da bricht Eltje in lautes Lachen aus. Die Situation ist so obskur, dass

ich nun ebenfalls loslache. Jens nickt mir zu. Siehst du, wir verstehen uns doch super.
Als er dann noch auf die Dringlichkeit verweist, einen Stammhalter für seinen Hof zu zeugen, und erklärt, dass er sich mich gut als Mutter seiner Kinder vorstellen könnte, ist bei mir alles vorbei.
„Entschuldigt mich, aber ich fürchte, es wird nicht besser. Ich muss leider los", sage ich.
„Wie schade. Dann melde ich mich einfach bei dir. Ich fand den Abend richtig gut. Beim nächsten Mal zeige ich dir meinen Hof", erwidert Jens, der tatsächlich in etwa so hell zu sein scheint wie ein Kellerloch.
„Ja, unbedingt."
„Aber du wolltest doch hier übernach…"
Ich falle Eltje ins Wort. „Kommst du noch mit raus? Tschüs, Ferdinand, Leb wohl, Jens."
Eltje begleitet mich nach draußen.
„Da der Abend dann doch kürzer war als gedacht, werde ich nicht hier übernachten. Das war wirklich eine reizende Idee von dir, mir den netten Jens vorzustellen, aber aus uns wird nichts. Ich glaube, dass es am besten für mich ist, erst mal eine Pause beim Thema Männer zu machen."
„Es hätte ja sein können, dass es passt. Aber als er über Kinder sprach, da war mir klar, dass es schwierig werden könnte. Du wirst auch so über Pierre hinwegkommen."
„Ja, bestimmt."
„Ach komm her, kleine Schwester." Eltje zieht mich an sich und wiegt mich hin und her. „Manchmal sind es unsere Sehnsüchte und Träume, die uns tragen. Und manchmal ist es eben die Realität. Das ist zwar meist weniger schön, aber da müssen wir durch."
„Eltje! Seit wann bist du so philosophisch unterwegs? Du meinst, es kommen auch wieder andere Zeiten, ja?"
„Auf jeden Fall."
Ich lächle. „Mach's gut, weise Schwester." Dann setze ich mich ins Auto und fahre davon.

Sophie und ich haben den Auftrag übernommen, ein kleines Boutique-Hotel mit zwölf Zimmern etwas außerhalb von Hamburg einzurichten. Es ist bereits Dezember, und das Projekt wird uns noch weit ins neue Jahr begleiten. Wir sprudeln nur so über vor Ideen.

„Sag mal, was hältst du davon, wenn wir nächstes Wochenende nach Paris fahren? Torben hat spielfrei, er würde sich um Johanna kümmern", sagt Sophie.
„Meinst du wirklich? So kurz vor Weihnachten?"
„Ja! Warum nicht? Nur wir beide. Wir brauchen so viele Accessoires für unser Hotel, und du wolltest doch schon immer mal auf diesen riesigen Flohmarkt dort."
Sofort sind meine Gedanken bei Pierre, und ich spüre einen stechenden Anflug von Wehmut. Klasse, wie sehr du bereits über ihn hinweg bist!
„Charlotte?"
„Was? Äh … Es ist alles okay."
„Vielleicht sollten wir statt nach Paris nach London düsen oder nach Mönchengladbach", murmelt Sophie. „Dort gibt es auch Flohmärkte."
„Nein, nein, vergiss es! Ich werde diese Stadt ganz sicher nicht meiden, nur weil meine unerfüllte Liebe dort lebt."
Sophie ahmt mit großer Geste eine Geigenspielerin nach.
Ich muss lachen. „Du bist so doof! Ist ja gut, ich habe doch längst begriffen, dass es keine Fortsetzung mit Pierre geben wird. Es wäre fantastisch, zusammen nach Paris zu fahren!"
„Vernünftiges Mädchen! Dann machen wir das jetzt fest. In der Weihnachtszeit ist es dort bestimmt besonders schön. Selbstbestimmt essen, trinken, bummeln – ein Traum wird wahr." Sophie breitet ihre Arme aus, als würde sie jemanden willkommen heißen. Ein seliges Lächeln liegt auf ihrem Gesicht. Sie war noch nicht allein weg über Nacht, seit Johanna auf der Welt ist.
„Paris, Paris, wir fahren nach Paris!", rufe ich.
„Vive la France!" Sophie reißt ihren Arm in die Höhe. Kurzerhand buchen wir die Flüge.

Es ist später Nachmittag, als wir erschöpft nach stundenlangem Besuch des Marché aux Puces de Saint-Ouen auf dem Rückweg zum Hotel sind. Auf diesem riesigen Flohmarkt, dem angeblich größten der Welt, haben wir ordentlich zugeschlagen.
„Meine Güte, Sophie, wer hätte gedacht, dass wir so erfolgreich sein werden! Die Stücke passen perfekt in das Hotel."
„Ja, besonders das Vestibül wird ein echtes Highlight. So etwas habe ich in Deutschland noch nicht gesehen."

„Eben. Wo, wenn nicht in Frankreich, versteht man mehr von Antiquitäten?"
Sophie hakt sich bei mir unter. Nun schlendern wir in der Dämmerung durch eine festlich geschmückte Gasse.
„Erst dachte ich, der Markt erschlägt mich mit den unzähligen Möbeln aus allen Epochen und den Designerstücken. Aber das zu sehen, war wirklich ein Erlebnis. Wir hatten ein erfolgreiches Jahr, Charlotte. Der Besuch hier ist mehr als ein würdiger Abschluss."
„Ja. Beruflich gesehen war es sicher das beste Jahr meines Lebens."
„Das werden wir heute Abend noch feiern!", sagt Sophie und bremst abrupt ab. Sie zieht mich mit vor ein Schaufenster.
„Wow! Sieh dir das Kleid an! Der Designer ist in Deutschland kaum zu haben. Wäre das nicht was für dich?"
Ich betrachte das lange, weit schwingende gelbe Kleid mit Blumenmuster und Spitzeneinsätzen.
„Es ist wie gemacht für diese Puppe. Aber nicht für mich. Wann sollte ich das anziehen?"
„Vielleicht bei der Oscar-Verleihung?"
„Stimmt, dafür habe ich tatsächlich noch kein Kleid im Schrank."
„Ach komm schon, probier's an. Gönn dir was!"
„Ehrlich, Sophie, dieses Kleid ist das Letzte, was ich brauche."
„Von brauchen spricht hier niemand. Charlotte! Dein Minimalismus in allen Ehren, aber manchmal nervt er. Es ist noch keine zwei Jahre her, da hättest du das Kleid hier schon längst herausgetragen."
„Aber inzwischen ist mein Kleiderschrank viel zu klein dafür."
„Na gut, dann probiere ich es an."
„Nur zu."
Wir betreten den Laden und werden von einer zierlichen Verkäuferin in einem schwarzen Hosenanzug begrüßt. Sie nimmt das Kleid aus dem Schaufenster und trägt es Sophie bis zur Umkleidekabine. Ich setze mich in den braunen Ledersessel davor.
Als Sophie in dem Kleid aus der Kabine tritt, fange ich an zu lachen und kann gar nicht mehr aufhören. Die Verkäuferin sieht mich irritiert an, gibt sich aber Sophie gegenüber absolut begeistert. In gefühlter Endlosschleife und schönstem Singsang kommen ihr die Worte incroyable und très jolie über die Lippen. Das verstärkt meinen Lachanfall nur noch. „Ja, Sophie, sie hat recht. Das sieht wirklich unglaublich und sehr hübsch aus. Aber nur, wenn du unerkannt bleiben willst. Der Stil des Kleides ist so weit von deinem entfernt

wie Neuseeland“, pruste ich.
„Danke, Charlotte!“
Obwohl die Verkäuferin nichts verstanden hat, scheint sie zu merken, dass ich ihr den Deal ruinieren könnte. Schnell sagt sie, dass es heute fünfzig Prozent Rabatt auf das Kleid gibt.
Sophie dreht sich vor dem Spiegel hin und her. „Charlotte! Dieser Designer … Für den Preis! Da wäre ich ja schön blöd, wenn ich das nicht kaufen würde. Es ist mal was anderes!“
Ich lächle. „Du warst doch früher nicht so.“
„Aber jetzt kann ich es mir leisten. Ich betrachte es als Wertanlage. Für den Preis kann ich das Kleid in Deutschland locker wieder verkaufen.“
„Macht es dich wirklich froh?“
„Ja!“ Sophie dreht sich zur Verkäuferin um. „Ich nehme es!“, sagt sie und verschwindet in der Kabine.
„Es ist das erste Mal, dass ich so etwas Verrücktes mache. Aber ich glaube, manchmal muss das einfach sein“, raunt sie mir an der Kasse zu und schiebt ihre Kreditkarte über den Tresen.
„Du brauchst dich dafür nicht rechtfertigen.“
„Okay, umso besser!“
Wir verlassen das Geschäft. Stolz trägt Sophie die edle Papiertüte mit dem Kleid.
„Ich bin richtig in Shoppinglaune. Schuhe dazu wären jetzt noch das i-Tüpfelchen. Was gibt es denn hier?“ Sophie stoppt vor einem Schaufenster, auf dem ein riesiger Aufkleber mit dem Text Ohlala prangt.
„Mist, das ist kein Sale, sondern Kunst“, ruft sie und macht sich über ein silbernes Draht-Nest mit hochglänzenden goldenen Eiern lustig, das direkt neben einer Skulptur von Karl Marx platziert ist. „Kein Kapitalismus ist auch keine Lösung. Ich möchte doch nur neue Schuhe kaufen.“ Wir laufen weiter. „Wobei, so ein bisschen Kunst auf dem Weg kann auch nicht schaden. Was haben wir denn hier?“, fragt Sophie und hält schon wieder an. Ich habe keine Lust, an jedem Schaufenster stehen zu bleiben, und laufe langsam vorbei.
„Nein! Das glaube ich nicht. Charlotte, komm sofort her! Das musst du sehen“, brüllt Sophie da.
„Was ist denn?“
„Du sollst herkommen!“
„Na, das muss ja wirklich sehr wichtig sein“, knurre ich und gehe zu

ihr. Nun stehen wir beide vor dem Schaufenster, und ich folge Sophies Finger, mit dem sie aufgelöst ins Innere zeigt.
„Da! Siehst du es?"
Dann sehe ich, was sie meint, und mein Herzschlag setzt aus.
„Das bist doch du!", kreischt Sophie.
Ich halte mich an ihr fest. „Wie ... wie um alles in der Welt ist das möglich?", stammle ich. Auf dem Bild tanzt ein Paar auf einem schmalen Steg über dem tosenden Ozean. Den Mann sieht man nur von hinten, das Gesicht der Frau hingegen erstrahlt in einem überirdischen Licht, das sich aus tiefschwarzen Wolken Bahn bricht. Es ist mein Gesicht.
„Das kann nicht sein …" Pierre, warst du das?
„Charlotte, du zitterst ja!"
„Wie bitte? Nein, ich ... äh ... Kneifst du mich mal?"
Sophie tut, wie ihr geheißen.
„Aua! Und das Bild hängt immer noch da."
„Wir gehen da jetzt rein!"
„Da steht aber, dass die Galerie geschlossen hat."
„Na und? Es brennt Licht, und ich sehe da zwei Männer. Komm!"
Sophie zerrt mich zum Eingang.
„Das ist nur ein Zufall. Womöglich habe ich so ein Allerweltsgesicht. Ich warte hier." Ich entwinde mich Sophies Griff und lasse mich auf eine der drei Eingangsstufen fallen. Aber worauf willst du warten? Mein Herz hämmert in einer Intensität, mit der ich einen Club beschallen könnte.
„Jetzt stell dich nicht so an!", herrscht Sophie mich an, winkt dann aber ab und geht allein in die Galerie.
Glaub mir, wenn ihr wirklich füreinander bestimmt seid, dann werdet ihr euch wieder begegnen. Camilles Worte sind in meinem Kopf. Wie benommen drehe ich mich um und schaue durch die Glasscheibe in die Galerie. Sophie spricht mit einem Mann mit weißen Haaren und brauner Hornbrille. Der andere Mann, er dürfte deutlich jünger sein, schiebt eine Trennwand mit Hängevorrichtungen für Bilder in die Mitte des Raums. Jetzt versperrt mir diese dämliche Wand die Sicht auf das Bild. Da kommt Sophie wieder aus der Tür. Sie nimmt mich an der Hand und zieht mich nach oben.
„Du kommst da jetzt mit rein und hörst dir das an! Morgen findet hier eine Ausstellungseröffnung statt, dafür wird heute alles vorbereitet."

Ich bin wie in Trance. „Und deswegen gehen wir jetzt da rein?"
„Ganz genau."
Dann stehe ich auch schon in dem hell erleuchteten Raum, inmitten all der surrealistischen Bilder.
„Unfassbar. Das … das ist a…alles Pierres Stil", stottere ich. Sophie hält noch immer meine Hand. Die beiden Männer starren mich an, als wäre ich ein Victoria's-Secret-Model.
„Das ist sie! Es ist wirklich unfassbar", sagt der Mann mit Hornbrille nun auf Französisch.
„Sag ich ja! Wie heißt der Maler?", frage ich.
„Olivier Bonnet", sagt die schwarze Hornbrille.
Es ist, als würde mir jemand mit aller Gewalt ein Kissen aufs Gesicht drücken und mir damit jede Hoffnung rauben. „Diesen Namen habe ich noch nie gehört … Wir können gehen." Du hast doch ein Allerweltsgesicht!
„Nun warte doch mal!", sagt Sophie.
„Er müsste jeden Moment kommen", sagt nun der andere Mann.
„Ich kenne keinen Olivier."
„Vielleicht malt er unter einem Pseudonym", sagt Sophie.
„Nennt man sich dann Olivier? Sicher nicht. Aber selbst wenn, es bringt doch nichts. In seinem Leben ist kein Platz für mich. Sonst hätte er mich im Herbst nicht versetzt. Komm, Sophie, nur raus hier."
„Du bist doch nicht bei Sinnen! Lass das pathetische Gequatsche. Wir warten jetzt hier auf diesen Olivier."
„Wozu?" Ich stürme auf die Tür zu und drehe mich noch einmal nach dem Bild um. Doch in genau diesem Moment geht die Tür auf, und ich stoße mit einem dünnen Mittzwanziger zusammen, der einen in Luftpolsterfolie gewickelten Gegenstand bei sich trägt. „Vorsicht, das Bild!", ruft er.
Ich trete erschrocken zurück. Da springt Sophie an meine Seite und zieht mich wieder in den Raum.
„Hiergeblieben!", zischt sie.
„Alles gut gegangen!", sagt die Hornbrille.
„Alexandre! Endlich bist du da. Wir hängen es hier auf", sagt der andere Mann und zeigt auf einen Haken an der Trennwand. Die Tür steht noch immer offen, ein kalter Luftzug lässt mich frösteln.
Nun betritt noch ein Mann die Galerie. Wieder setzt mein Herzschlag aus. „Das … das ist Pierre! Ich … ich weiß nicht, ob ich das

aushalte", flüstere ich Sophie zu.
„Doch, das wirst du!" Sie streichelt meine Hand.
Auch der Mann, der aussieht wie Pierre, hat die Hände voll. Hinter ihm tauchen ein dunkelhaariges, hübsches Mädchen auf, sicher seine Tochter, und eine Frau. Sie ist nicht unattraktiv, wenn auch etwas unscheinbar. Da hast du es! Sie haben wieder zusammengefunden. Er hat dir einen falschen Namen genannt. Er war nie wirklich an dir interessiert. Ich bringe kein Wort heraus.
„Charlotte?", ruft der Mann ungläubig.
„Olivier Bonnet?", erwidere ich tonlos.
„Das gibt es doch nicht! Wie hast du mich gefunden?"
„Ich habe dich nicht gesucht."
Sei nicht so eklig zu ihm! Sophie wirft mir einen mahnenden Blick zu und ergreift das Wort. „Wir haben von draußen dieses Bild gesehen. Das ist doch Charlotte, oder?"
Der Mann nickt. „Oh Gott, ich fasse es nicht, Charlotte! Dass ich dich hier sehe!" Er lässt mich nicht aus den Augen, stellt seine Fracht ab und schüttelt den Kopf. Dann kommt er auf mich zu. Gleich drohen mir die Knie wegzusacken.
„Wer ist das, Papa?", fragt das Kind da.
„Louanne, das ist Charlotte, die Frau, von der ich dir erzählt habe ..."
Du hast ihr von mir erzählt?
„Ach ja, das ist ja die von dem Bild. Papa hat gesagt, dass du Monet gerettet hast." Louanne hat eine hohe Stimme, sie klingt ein bisschen wie Lisa von den Simpsons. Wie kommst du jetzt nur auf die Simpsons?
„Aber … aber …", stammle ich.
Die weibliche Begleitung beobachtet schmunzelnd meinen Auftritt. Wer sich richtig artikulieren kann, ist klar im Vorteil, denke ich und erkenne mich nicht wieder. Mist!
„Komm, Louanne, wir müssen los, sonst schaffen wir es nicht rechtzeitig ins Kino. Wir wollten den Papa ja nur herbringen", sagt die Frau.
„Oh, wir dürfen den Film nicht verpassen! Au revoir, Charlotte. Es war schön, dich kennenzulernen."
„Fand ich auch. Viel Spaß, Louanne." Gott sei Dank, ich komme wieder in Form! Die Kleine ist zuckersüß, da kann der Vater wirklich stolz sein. Aber welche Ehefrau lässt so eine Szene unkommentiert? Louanne kriegt von ihrem Vater drei Küsschen, dann verlässt

sie an der Hand der Frau die Galerie.
„Das macht nicht jede mit", sage ich.
„Adèle schon. Sie ist die beste Nanny der Welt."
Sie ist die Nanny! Für einen kurzen Moment registriere ich, wie gebannt Sophie und die drei Männer unserem Schauspiel folgen. Ja, es ist, als stünden wir auf einer Bühne. Aber das ist mir völlig egal.
„Ich hätte nicht gedacht, dich noch einmal wiederzusehen. Olivier heißt du also." Kein Wunder, dass ich dich nicht mal ansatzweise googeln konnte.
„Das ist mein zweiter Vorname, unter dem male ich. Ansonsten bin ich Pierre."
„Du heißt wirklich so?"
„Willst du meinen Ausweis sehen?"
„Nein, danke, nicht nötig." Ob man meinen Herzschlag durch den dicken Mantel hindurch hören kann?
„Warst du dort?", fragt Pierre leise, und ich weiß sofort, was er meint. Ich nicke zaghaft. Aber was tut das zur Sache? Du warst es nicht!
„Es war albern von mir, das weiß ich nun auch …", sage ich.
„Warum sagst du das? Es war nicht albern. Ich wollte auch kommen, aber ich konnte nicht." Pierre macht eine Pause. Was kommt jetzt?
„Louanne hatte einen schweren Unfall beim Spielen. Sie hat sich mit ihrem Schal am Klettergerüst stranguliert. Einen Tag vor unserer Verabredung."
„Was? Das ist ja schrecklich!"
Pierre nickt. „Es bestand Lebensgefahr. Ich war die ganze Zeit bei ihr im Krankenhaus und hatte den Kopf nicht frei."
„Das tut mir sehr leid. Und ich bin froh, dass sie sich wieder gut erholt hat."
„Sie hat jetzt Klettergerüstverbot." Pierre schüttelt den Kopf. „Ich wollte dich finden und habe es über Camille probiert. Ihre Telefonnummer steht nicht im Telefonbuch, also bin ich hingefahren. Aber es öffnete niemand. Ich habe einen Brief hinterlassen, den sie an dich weiterleiten sollte ..."
„Ist das dein Ernst?", frage ich überwältigt.
„Es hat mich nicht losgelassen, ich musste wissen, ob du gekommen warst. Ich habe dann noch sämtliche Bäckereien Hamburgs abtelefoniert. Wahrscheinlich haben sie mich mit meinem Akzent und Herumgestottere für einen Freak gehalten. Ich bin jedes Mal schnell aus der Leitung geflogen ... "

„Pierre, dass du mich gesucht hast! Das alles ist unglaublich."
„Wem sagst du das? Ich fasse es noch immer nicht, dass ich dich ausgerechnet hier in dieser Galerie wiedersehe!" Er lacht. „Du hast mich wieder zum Malen gebracht. Und jetzt stehst du hier!"
„Ich?"
„Ja. Nachdem ich zurück in Paris war, hatte ich den Kopf plötzlich voller Ideen und konnte den Pinsel nicht mehr aus der Hand legen. Du scheinst Zauberkräfte zu besitzen."
„Hex, hex … Das warst ganz allein du!"
„Meinst du wirklich? Du hast keine Zauberkräfte?"
„Hm, wer weiß. Am besten, du findest es heraus." Ja, Charlotte, du weißt noch, wie es geht!
Ich schaue zu Sophie, die gebannt unserer Unterhaltung folgt. Die Männer hingegen haben sich wieder an die Arbeit gemacht und wuseln um uns herum. „Wenn wir euch stören, geht doch nach hinten", ruft einer.
„Darf ich mitkommen? Ihr toppt jeden Film", sagt Sophie. Und dann lauter: „Keine Sorge, ich gehe jetzt besser und erledige etwas Sinnvolles, Schuhe kaufen zum Beispiel. Ruf mich an, ja?"
Ich werfe ihr eine Kusshand zu. „Das mache ich."
Pierre und ich ziehen uns in den angrenzenden Raum zurück. Er schließt die Tür. Wir stehen uns gegenüber, die Luft ist geladen. Da spüre ich sie wieder, diese ganz besondere Verbindung zwischen uns, an die ich all die Zeit geglaubt habe.
„Francine und ich haben uns getrennt, es gibt keinen Weg zurück."
Ja, ja, ja!
„Claas und ich sind auch nicht mehr zusammen."
Da lachen wir beide schallend los, noch immer kopfschüttelnd, weil wir nicht glauben können, dass wir uns wirklich gegenüberstehen.
„Paris hat mehr als tausend Galerien für Gegenwartskunst, und du verläufst dich ausgerechnet in diese!"
„Das spricht für meinen exzellenten Geschmack, nicht wahr?"
Pierre nickt. „Auf jeden Fall."
„Tanzt das Paar auf dem Bild Tango?"
„Merde! Sieht das etwa nicht aus wie Hip-Hop?" Pierre streicht mir zärtlich über die Wange. Dabei schaut er mich an, als wäre ich der kostbarste Schatz dieser Welt. „Der Tango mit dir war eine unglaublich intensive Erfahrung", sagt er.
Glückswogen haben längst alle Unsicherheit in mir vertrieben. „Und

ich dachte schon, ich hätte so ein Allerweltsgesicht."
„Hast du auch." Pierre lächelt und fährt nun mit seinen Fingern durch meine Haare. Sofort habe ich überall Gänsehaut.
„Du bist das Gesicht aller meiner Welten."
„Oje, lass es lieber, ich glaube, das wird nicht besser", sage ich lachend und schlinge meine Arme um seine Taille.
Wie zärtlich er mich anschaut! Ich bin komplett elektrisiert. Das mit euch ist keine Illusion. Und es war niemals eine. Du hast es immer gewusst!
Im nächsten Moment zieht Pierre mich an sich. Ich versinke in seinen Armen und fühle mich, als wäre ich endlich angekommen. Ich schließe die Augen und sehe meine Großmutter Charlotte vor mir. Hab keine Angst. Du kannst nichts falsch machen. Steh zu dir. Liebe bedingungslos! Sie zwinkert mir zu.
„Worauf du dich verlassen kannst", flüstere ich selig, und es fühlt sich an, als würde ich wieder schweben. Dabei stehe ich mit beiden Beinen fest auf der Erde, und Pierres Lippen treffen auf meine. Mir wird einmal mehr klar, dass es für mich in dieser wunderbaren Welt noch so viel zu entdecken gibt.

Epilog

„Darf ich probesitzen?“, fragt Pierre. Er beugt sich zu mir herunter und küsst mich aufs Haar. Ich knie vor meinem neuen Prototypen, einem minimalistischen Schaukelstuhl aus Fichtenholz, dem ich einen mintgrünen Anstrich verpasst habe und nun mit einem Cuttermesser von einer beachtlichen Farbnase befreie.
„Ich bitte darum.“ Schnell platziere ich noch das graue Polster aus Wollfilz auf der Sitzfläche und mache den Weg frei. Pierre setzt sich und beginnt zu schaukeln. „Hier stehe ich nie wieder auf. Das macht Spaß.“ Er zieht mich auf seinen Schoß.
Monet kommt angelaufen und legt sich unbeeindruckt vor uns hin. Seit ich vor einem halben Jahr zu Pierre nach Paris gezogen bin, habe ich meine provisorische Werkstatt in einer Ecke seines großzügigen Ateliers. Obwohl wir uns dadurch fast ständig sehen, sind wir noch weit davon entfernt, einander überdrüssig zu werden. Im Gegenteil. Pierre bezeichnet mich als seine Muse. Gibt es eine männliche Form davon? Mus? Muserich? Egal. Er ist auch meine Inspiration.

Hier in Paris habe ich meinen Fokus noch stärker auf die Konzeption und das Design von Holzmöbeln gerichtet. Die Arbeit geht mir mit so viel Leichtigkeit und Freude von der Hand, dass ich davon noch oft genug selbst überrascht bin. Es geht eben mehr, als wir denken, auch ohne fundierte Ausbildung. Letztlich weiß ich ja nur zu gut, dass es Dinge gibt zwischen Himmel und Erde, die viel weiter gehen, als die meisten von uns je für möglich gehalten hätten – und die sich ganz sicher nicht rational erklären lassen. Erst mein Unfall, das Intermezzo mit dem Himmel, wie mein Therapeut so lockerflockig zu sagen pflegte, hat mich dazu gebracht, meine wahre Berufung zu leben und meinen eigenen Weg zu gehen. Jeden Tag bin ich aufs Neue dankbar für dieses Leben – und für die tiefe Liebe zu Pierre. Auch seine Tochter ist inzwischen in meinem Herzen. Louanne ist das Kind, das ich selber nie haben konnte. Ihre Mutter Francine ist noch immer als DJane unterwegs und froh darüber, ihre Tochter bei uns gut versorgt zu wissen.

Die Zusammenarbeit mit Sophie ist auch mit knapp achthundert Kilometern Luftlinie zwischen uns möglich. Einmal im Monat bin ich für ein paar Tage in Hamburg.
Friedrich widmet sich bald einem gänzlich neuen Projekt: seinem

ersten Sohn. Er ist die Folge eines One-Night-Stands. Nur hat er sich nachträglich in die Frau verliebt. Die beiden sind zusammengezogen, und in sechs Wochen kommt das Kind auf die Welt.
Meinen Kontakt zu Claas freundschaftlich zu nennen, wäre sicher übertrieben, aber wir gratulieren uns gegenseitig zum Geburtstag und sprechen ab und zu miteinander. Er wohnt noch immer in unserer alten Wohnung und zahlt pünktlich die Miete. Judith und die gemeinsame Tochter hat er nach zwei Monaten ausquartiert. Es sei ihm zu anstrengend mit dem Baby, hat er gesagt. Wenn die Tochter älter sei, könnten sie wieder einziehen. Judith lebt dieses Modell tatsächlich mit. Es gibt eben viele Formen der Liebe. Eine davon hat auch Thea erfahren. Sie und Bertold, den sie auf der Reise nach Wien kennengelernt hat, sind sich nähergekommen. Fast jede Minute verbringen die beiden miteinander. Eltje hat sie in eindeutiger Pose erwischt, als sie ein paar Tage Urlaub auf ihrem Hof gemacht haben. Ich schmunzle bei dem Gedanken daran.
Pierre holt mich zurück von meinem Exkurs. „Wann treffen wir Camille?"
„Um sieben. Ich habe einen Tisch im Chez Hugo reserviert." Camille ist seit einigen Wochen zu Besuch bei ihren Kindern in Paris. Wir sehen uns öfter. Vor zwei Monaten ist Baptiste gestorben. Am Ende gab es keinen Moment mehr, in dem er seine Frau erkannt hat. Aber das hat ihr den Abschied nicht leichter gemacht. Den Brief, den Pierre bei Camille für mich eingeworfen hat, hat sie nie gefunden. Er muss sich in Werbeprospekten verfangen haben und im Müll gelandet sein. „Da seht ihr es wieder, das Schicksal regelt ohnehin alles", hat sie dazu lapidar gesagt.
„Meine Mutter feiert in drei Wochen ihren siebzigsten. Kommst du mit?"
„Bin ich eingeladen?"
„Na klar. Mama ist längst deinem Charme verfallen und hat dir verziehen, dass ich nach Paris gezogen bin."
„Dann wird mich also nur noch dein Vater erschießen."
„Ich habe dir eine schusssichere Weste besorgt."
„Okay, dann bin ich dabei."
Ich schmiege mich fester an Pierre. Neulich fragte mich Sophie, ob es irgendetwas in unserer Beziehung gebe, was keiner schlechten Schmonzette alle Ehre machen würde. „Pierre schnarcht", erwiderte ich sachlich, und wir lachten.

Es gibt kein Mindesthaltbarkeitsdatum für den Glückszustand in Beziehungen. Das ist Grund genug, nicht darüber nachzudenken, wie lange er bei uns anhalten könnte. Ich gebe Pierre einen Kuss und lege einen Tango auf.